ZHONGGUO XIAOSHUO
100 QIANG

中国小说100强（1978—2022）

大老郑的女人

魏微 著

北京联合出版公司
Beijing United Publishing Co.,Ltd.

图书在版编目（CIP）数据

大老郑的女人 / 魏微著. -- 北京：北京联合出版公司，2023.9
（中国小说100强）
ISBN 978-7-5596-7052-6

Ⅰ.①大… Ⅱ.①魏… Ⅲ.①长篇小说－中国－当代 Ⅳ.①I247.5

中国国家版本馆CIP数据核字(2023)第118007号

大老郑的女人

作　　者：魏　微
出 品 人：赵红仕
出版监制：张晓冬　范晓潮
责任编辑：王　巍
特约编辑：和庚方　刘沐雨
封面设计：武　一

北京联合出版公司出版
（北京市西城区德外大街83号楼9层　100088）
北京兴星伟业印刷有限公司印刷　新华书店经销
字数166千字　650毫米×920毫米　1/16　18印张
2023年9月第1版　2023年9月第1次印刷
ISBN 978-7-5596-7052-6
定价：58.00元

版权所有，侵权必究
未经书面许可，不得以任何方式转载、复制、翻印本书部分或全部内容。
本书若有质量问题，请与本公司图书销售中心联系调换。
电话：010-65868687

中国小说100强（1978—2022）丛书

编委会

丛书总策划

  张　明　　著名出版人
  张　英　　资深媒体人

编委主任

  吴义勤　　中国作协副主席
  　　　　　中国小说学会会长

编　委

  吴义勤　　中国作协副主席、中国小说学会会长
  宗仁发　　《作家》杂志主编
  谢有顺　　中山大学教授、中国小说学会副会长
  顾建平　　《小说选刊》副主编
  张　英　　资深媒体人
  文　欢　　作家、出版人

总　序

"中国小说100强"（1978—2022）是资深出版人张明先生和腾讯读书知名记者张英先生共同策划发起的一套大型文学丛书。他们邀请我和宗仁发、谢有顺、顾建平、文欢一起组成编委会，并特邀徐晨亮参与，经过认真研讨和多轮投票最终评定了100人的入选小说家目录。由于编委们大多都是长期在中国文学现场与中国文学一路同行的一线编辑、出版家、评论家和文学记者，可以说都是最专业的文学读者，因此，本套书对专业性的追求是理所当然的，编委们的个人趣味、审美爱好虽有不同，但对作家和文学本身的尊重、对小说艺术的尊重、对文学史和阅读史的尊重，决定了丛书编选的原则、方向和基本逻辑。

从文学史的角度来说，1978年以后开启的新时期文学是中国当代文学的黄金时代，不仅涌现了一批至今享誉世界的优秀作家，而且创造了许多脍炙人口的文学经典，并某种程度上改写了20世纪中国文学史的版图。而在中国新时期文学的经典家族中，小说和小说家无疑是艺术成就最高、影响力最大的部分。"中国小说100强"（1978—2022）就是试图将这个时期的具有经典性的小说家和中国小说的经典之作完整、系统地筛选和呈现出来，并以此构成对新时期文学史的某种回顾与重读、观察与评判。呈现在读者面前的这套丛书是对1978—2022年间中国当代小说发展历程的一次全面、系统的整体性回顾与检阅，是中国当代文学经典化的重要成果，从特定的角度集中展示了中国新时期文学在小说创作方面的巨大成就。需要说明的是，与1978—2022年新时期文学繁荣兴盛的局面相比，100位作家和100本书还远远不能涵盖中国当代小说的全貌，很多堪称经典的小说也许因为各种原因并未能进入。莫言、苏童、余华等作家本来都在编委投票评定的名单里，但因为他们已与某些出版社签下了专有出版合同，不允许其他出版社另出小说集，因而只能因不可抗原因而割爱，遗珠之憾实难避免，而且文学的审美本身也是多元的，我们的判断、评价、选择也许与有些读者的认知和判断是冲突的，但我们绝无把自己的标准强加于别人的意思。我们呈现的只是我们观察中国这个时期当代小说的一个角度、一种标准，我们坚持文学性、学术性、专业性、民间性，注重作家个体的生活体验、叙事能力和艺术功力，我们突破代际局限，老、中、青小说家都平等对待，王蒙、冯骥才、梁晓声、铁凝、阿来等名家名作蔚为大观，徐则臣、阿乙、弋舟、鲁敏、林森等新人新作也是目不暇接，我们特别关注文学的新生力量，尤其是近10年作品多次获国家大奖、市场人气爆棚的新生代小说家，我们禀持包容、开放、多元的审美立场，无论是专注用现实题材传达个人迥异驳杂人生经验、用心用情书写和表现时代精神的现实主义作家，还是执着于艺术探索和个体风格的实验性作家，在丛书里都是一视同仁。我们坚信我们是忠实于自己的艺术理想、艺术原则和艺术良心的，但我们并不认为自己的角度和标准是唯一的，我们期待并尊重各种各样的观察角度和文学判断。

当然，编选和出版"中国小说100强"（1978—2022）这套大型丛书，除了上述对文学史、小说史成就的整体呈现这一追求之外，我们还有更深远、更宏大的学术目标，那就是全力推进中国当代文学"经典化"的历程和"全民阅读·书香中国"建设。

从1949年发端的中国当代文学已经有了70多年的发展历程，但对这70多年文学的评价一直存在巨大的分歧，"极端的否定"与"极端的肯定"常常让我们看不到当代文学的真相。有人认为中国当代文学达到了前所未有的高度和水平。王蒙先生在法兰克福书展上就说：中国当代文学现在是有史以来最繁荣的时期。余秋雨、刘再复甚至认为中国当代文学的成就远远超过了现代文学。也有人极端否定中国当代文学，认为中国当代文学都是垃圾。他们认为现代文学要远远超过当代文学，中国当代文学连与现代文学比较的资格都没有。比如说，相对于鲁（迅）、郭（沫若）、茅（盾）、巴（金）、老（舍）、曹（禺）这样大师级的人物，中国当代作家都是渺小的侏儒，根本不能相提并论，两者比较就是对大师的亵渎。应该说，与对中国当代文学的肯定之声相比，对当代文学的否定和轻视显然更成气候、更为普遍也更有市场。尽管否定者各自的角度和出发点不同，但中国当代作家、作品与中外文学大师、文学经典之间不可比拟的巨大距离却是唱衰中国当代文学者的主要论据。这种判断通常沿着两个逻辑展开：一是对中外文学大师精神价值、道德价值和人格价值的夸大与拔高，对文学大师的不证自明的宗教化、神性化的崇拜。二是对文学经典的神秘化、神圣化、绝对化、空洞化的理解与阐释。在此，我们看到了一个非常有趣的悖论：当谈论经典作家和文学大师时我们总是仰视而崇拜，他们的局限我们要么视而不见要么宽容原谅，但当我们谈论身边作家和身边作品时，我们总是专注于其弱点和局限，反而对其优点视而不见。问题还不在于这种姿态本身的厚此薄彼与伦理偏见，而是这种姿态背后所蕴含的"当代虚无主义"。这种"虚无主义"的最大后果就是对当代作家作品"经典化"的阻滞，对当代文学经典化历程的阻隔与拖延。一方面，我们视当下作家作品为"无物",拒绝对其进行"经典化"的工作,另一方面又以早就完全"经典化"了的大师和经典来作为贬低当下泥沙俱下的文学现实的依据。这种不在同一个层面上的比较,不仅毫无意义,而且只能使得文学评价上的不公正以及各种偏激的怪论愈演愈烈。

其实,说中国当代文学如何不堪或如何优秀都没有说服力。关键是要进行"经典化"的工作,只有"经典化"的工作完成了才有可能比较客观地对当代的作家作品形成文学史的判断。对当代的"经典化"不是对过往经典、大师的否定,也不是对当代文学唱赞歌,而是要建立一个既立足文学史又与时俱进并与当代文学发展同步的认识评价体系和筛选体系。当然,我们也要承认,"经典化"问题是一个非常复杂的问题,并不是凭热情和冲动一下子就能完成的,但我们至少应该完成认识论上的"转变"并真正启动这样一个"过程"。

现在媒体上流行一些对于中国当代文学经典化冷嘲热讽的稀奇古怪的言论,其核心一是否定中国当代文学有经典、有大师,其二是否定批评界、学术界有关"经典化"的主张,认为在一个无经典的时代,"经典"是怎么"化"也"化"不出来的,"经典化"是一个实实在在的"伪命题"。其实,对于文学,每个人有不同的判断、不同的理解这很正常,每一种观点也都值得尊重。但是,在"经典"和"经典化"这个问题上,我却不能不说,上述观点存在对"经典"和"经典化"的双重误解,因而具有严重的误导性和危害性。

首先,就"经典"而言,否定中国当代文学早就不是什么新鲜事,对当代文学的虚无主义态度在很多人那里早已根深蒂固。我不想争论这背后的是与非,也不想分析这种观点背后的社会基础与人性基础。我只想指出,这种观点单从学理层面上看就已陷入了三个巨大误区:

第一个误区,是对经典的神圣化和神秘化的误区。很多人把经典想象为一个绝对的、神圣的、遥远的文学存在,觉得文学经典就是一个绝对的、乌托邦化的、十全十美的、所有人都喜欢的东西。这其实是为了阻隔当代文学和"经典"这个词发生关系。因为经典既然是绝对的、神圣的、乌托邦的、十全十美的，那我们今天哪一部作品会有这样的特性呢？如果回顾一下人类文学史，有这样特性的作品好像也没有。事实上，没有一部作品可以十全十美，也没有一部作品能让所有人喜欢。在这个问题上，我们应该明确的是，"经典"不是十全十美、无可挑剔的代名词，在人类文学史上似乎并不存在毫无缺点并能被任何人所认同的"经典"。因此，对每一个时代来说，"经典"并不是指那些高不可攀的神圣的、神秘的存在，只不过是那些比较优秀、能被比较多的人喜爱的作品而已。从这个意义上说，当今中国文坛谈论"经典"时那种神圣化、莫测高深的乌托邦姿态，不过是遮蔽和否定当代文学的一种不自觉的方式，他们假定了一种遥远、神秘、绝对、完美的"经典形象"，并以对此一本正经的信仰、崇拜和无限拔高，建立了一整套关于中国当代文学的伦理话语体系与道德话语体系，从而充满正义感地宣判着中国当代文学的死刑。

第二个误区，是经典会自动呈现的误区。很多人会说，是金子总是会发光的。但对文学来说，文学经典的产生有着特殊性，即，它不是一个"标签"，它一定是在阅读的意义上才会产生意义和价值的，也只有在阅读的意义上才能够实现价值，没有被阅读的作品没有被发现的作品就没有价值，就不会发光。而且经典的价值本身也不是固定不变的。如果一个作品的价值一开始就是固定不变的，那这个作品的价值就一定是有限的。经典一定会在不同的时代面对不同的读者呈现出完全不同的价值。这也是所谓文学永恒性的来源。也就是说，文学的永恒性不是指它的某一个意义、某一个价值的永恒，而是指它具有意义、价值的永恒再生性，它可以不断地延伸价值，可以不断地被创造、不断地被发现，这才是经典价值的根本。所以说，经典不但不会自动呈现，而且一定要在读者的阅读或者阐释、评价中才会呈现其价值。

第三个误区，是经典命名权的误区。很多人把经典的命名视为一种特殊权力。这有两个层面的问题：一，是现代人还是后代人具有命名权；二，是权威还是普通人具有命名权。说一个时代的作品是经典，是当代人说了算还是后代人说了算？从理论上来说当然是后代人说了算。我们宁愿把一切交给时间。但是，时间本身是不可信的，它不是客观的，是意识形态化的。某种意义上，时间确会消除文学的很多污染包括意识形态的污染，时间会让我们更清楚地看清模糊的、被掩盖的真相，但是时间同时也会使文学的现场感和鲜活性受到磨损与侵蚀，甚至时间本身也难逃意识形态的污染。此外，如果把一切交给时间，还有一个前提，那就是对后代的读者要有足够的信任，要相信他们能够完成对我们这个时代文学的经典化使命。但我们对后代的读者，其实是没有信心的。我们今天已经陷入了严重的阅读危机，我们怎么能寄希望后代人有更大的阅读热情呢？幻想后代的人用考古的方式对我们这个时代的文学进行经典命名，这现实吗？我不相信后人对我们身处时代"考古"式的阐释会比我们亲历的"经验"更可靠，也不相信，后人对我们身处时代文学的理解会比我们亲历者更准确。我觉得，一部被后代命名为"经典"的作品，在它所处的时代也一定会是被认可为"经典"的作品，我不相信，在当代默默无闻的作品在后代会被"考古"挖掘为"经典"。也许有人会举张爱玲、钱钟书、沈从文的例子，但我要说的是，他们的文学价值早在他们生活的时代就已被认可了，只不过很长时间由于意识形态的原因我们的文学史不谈及他们罢了。此外，在经典命名的问题上，我们还要回答的是当代作家究竟为谁写作的问题。当代作家是为同代人写作还是为后代人写作？幻想同代人不阅读、不接受的作品后代人会接受，这本身就是非常乌托邦的。更何况，当代作家所表现的经验以及对世界的认识，是当代人更能理解还是后代人更能理解？当然是当代人更能理解当代作家所表达的生活和经验，更能够产生共鸣。因此，从这个角度来说，当代人对一个时代经典的命名显然比后代人更重要。第二个层面,就是普通人、普通读者和权威的关系。理论上,我们都相信文学权威对一个时代文学经典命名的重要性,权威当然更有价值。但我们又不能够迷信文学权威。如果把一个时代文学经典的命名权仅仅交给几个权威,那也是非常危险的。这个危险表现在什么地方呢?就是几个人的错误会放大为整个时代的错误,几个人的偏见会放大为整个时代的偏见。我们有很多这样的文学史教训。在这个问题上,我们既要相信权威又不能迷信权威,我们要追求文学经典评价的民主化、民主性。对一个时代文学的判断应该是全体阅读者共同参与的民主化的过程,各种文学声音都应该能够有效地发出。这个时代的文学阅读,最理想的状态应该是一种互补性的阅读。为什么叫"互补性的阅读"?因为一个批评家再敬业,再劳动模范,一个人也读不过来所有的作品。举个例子:现在我们一年有5000部以上的长篇小说,一个批评家如果很敬业,每天在家读二十四小时,他能读多少部?一天读一部,一年也只能读三百部。但他一个人读不完,不等于我们整个时代的读者都读不完。这就需要互补性阅读。所有的读者互补性地读完所有作品。在所有作品都被阅读过的情况下,所有的声音都能发出来的情况下,各种声音的碰撞、妥协、对话,就会形成对这个时代文学比较客观、科学的判断。因此,文学的经典不是由某一个"权威"命名的,而是由一个时代所有的阅读者共同命名的,可以说,每一个阅读者都是一个命名者,他都有对经典进行命名的使命、责任和"权力"。而作为一个文学研究者或一个文学出版者,参与当代文学的进程,参与当代文学经典的筛选、淘洗和确立过程,更是一种义不容辞的责任和使命。说到底,"经典"是主观的,"经典"的确立是一个持续不断的"过程","经典"的价值是逐步呈现的,对于一部经典作品来说,它的当代认可、当代评价是不可或缺的。尽管这种认可和评价也许有偏颇,但是没有这种认可和评价,它就无法从浩如烟海的文本世界中突围而出,它就会永久地被埋没。从这个意义上说,在当代任何一部能够被阅读、谈论的文本都是幸运的，这是它变成"经典"的必要洗礼和必然路径。

总之，我们所提倡的"经典化"不是要简单地呈现一种结果，不是要简单地对一个时代的文学作品排座次，不是要武断地指出某部作品是"经典"，某部作品不是"经典"，不是要颁发一个"谁是经典"的荣誉证书，而是要进入一个发现文学价值、感受文学价值、呈现文学价值的过程。所谓"经典化"的"化"实际上就是文学价值影响人的精神生活的过程，就是通过文学阅读发现和呈现文学价值的过程。可以说，文学的经典化过程，既是一个历史化的过程，更是一个当代化的过程。文学的经典化时时刻刻都在进行着，它需要当代人的积极参与和实践。因此，哪怕你是一个对当代文学的虚无主义者，你可以不承认当代文学有经典，但只要你还承认有文学，你还需要和相信文学，还承认当代文学对人的精神生活具有影响力，你就不应该否定当代文学经典化的重要性。没有这个"经典化"，当代文学就不会进入和影响当代人的生活，就失去了存在的意义。每一个人，哪怕你是权威，你也不能以自己的好恶剥夺他人阅读文学和享受文学的权利。

从这个意义上说，当代文学的经典化当然是一个真命题而不是一个伪命题。在一个资讯泛滥的时代，给读者以经典的指引是文学界、出版界共同的责任，而这也是我们编辑出版这套书的意义所在。

最后，感谢张明和张英先生为本套书付出的辛劳，感谢北京立丰天文化传播有限公司、北京金圣典文化有限公司的资金支持，感谢全体编委和北京联合出版公司各位编辑，感谢所有对本套丛书的出版给予大力支持的作家和他们的家人。

是为序。

吴义勤
2022年冬于北京

目 录
Contents

姊　妹____1

储小宝____23

大老郑的女人____42

胡文青传____66

化　妆____85

姐　姐____107

石头的暑假____121

乡村、穷亲戚和爱情____133

沿河村纪事____160

姐姐和弟弟____229

姊　妹

一

我们那地方，向来把父亲的兄弟称作爷，把父亲兄弟的配偶称作娘。比方说，我有一个爷，是我父亲的远房堂兄，行三，所以我们小孩子就叫他三爷了。

我的这个三爷，说起来也是个正派人，他一生勤勤恳恳，为人老实厚道，十八岁就进厂当了检修工，三十年如一日，到头来还是个检修工，带了几个徒弟，荣升为师傅而已。他是1988年得肺癌死的，才四十八岁，身后留下五个孩子，系两个女人所生。

这两个女人，一个姓黄，一个姓温，现在都还活着，带着她们各自的儿女分住两处。我们做小辈的一视同仁，都唤她们三娘。私下里，则是依着大人的叫法，把她们称作大房二房，以示区别。

我的三爷并不风流，他只是长得好看而已，他性格又温和，写得一手好字，又爱拉个二胡，在我们小城，这样的人就被视作多才多艺了，所以招蜂引蝶是难免了。

我的黄姓三娘，也就是大房，长三爷两岁。他们原是技工学校的同学，早个几十年，三娘也该是个落落大方的姑娘，她性格开朗，又是班里的文体委员、团支部书记，说话做事的果断利索，那实在是在三爷之上的。我们家族的人都很纳闷，不知道她怎么会看上三爷这么一号人物，蔫儿巴叽的，我奶奶说，可能是三爷的肉香。

　　三爷这人有点说不太好，他好像一直在犯迷糊，说他不懂事吧，他又特别省心，从不惹是生非。在厂里，他工作认真，技术娴熟，常常被评为先进个人；在家里，他听话温顺，除了拉拉二胡，吹吹笛子以外，他几乎不太出门。他脾气虽好，人却有点闷，长辈们都说，他没什么上进心；仿佛他做一切事，都是出于尽义务，而不是因为喜好。就连他拉二胡的时候，他也是埋首晃了几下身子，突然抬起头来，那脸上竟看不见一点寂寞沉醉的神情，平静得有如老僧入定。

　　或许三爷早把一切都看透了，虽然他未经风雨，才二十来岁；或许这本是他的个性。反正他的性格不太像我们这一族的男人，我的祖上曾出过几个著名的败家子，狂嫖滥赌，也出过两三个革命投机分子，到后来居然也都混了一官半职……反正不管争气不争气，他们个个都野心勃勃，富有幻想朝气。相比之下，三爷的性格则平庸多了，他让我们安心，也使我们叹气。他生得又确实标致，他是细高挑儿，容长脸，淡黄肤色，小时候因为读书姿势不好，早早落了个近视，所以戴着眼镜，很像个知识分子了。

　　我们合家老小，但凡说到三爷这人，不知为什么总是要发笑的，就比如说，他很讨娘娘喜欢，十三四岁的时候，就有女同学给他递纸条约会，他又是那样好心肠的一个人，所以每次都去了。我的二姑奶奶有一次欢天喜地地说，真没看出来，她这侄儿竟长得一身骚肉。

　　三爷"噢"了一声，茫然地转过头来，全家人都笑了，他一脸的懵懵懂懂，样子很是无辜。三爷对男女之事不怎么上心，懂总归也懂一点的。他又是那样孩子气的一个人，没什么表情，喜欢斜着眼睛看人，对谁他都要搭上一眼，若是看一个姑娘，他先本是无意，再搭一眼，对方或许就有心了，三爷虽然没什么表示，心里则难免有些高兴了。

三爷十九岁就结了婚，是三娘把他从一个姑娘那儿抢过来的。三爷想了想，觉得有两个女人为他争风吃醋，他心里也蛮受用的。照实说呢，他对三娘也不讨厌的。

婚姻这东西其实也没什么好说的，总之，三爷过得不错，他在各方面都得到了妻子的照顾，她爱他，又长他两岁，她待他就像待一个小孩似的，凡事都哄着他，让着他。大概三爷自己也觉得，除了床笫之事，妻子和姊妹也没什么不同。

他们新婚那阵子最是引人发笑，怎么说呢，两人好像都不太知廉耻，有人没人就往屋里跑，做长辈的难免会觉着害臊，又担心三爷的身体，又嫌新娘子太浪。我们小城有一种偏见，就觉得男人浪一浪不妨的，女人浪就不行了。待要提醒他们吧，只见三爷成天跟在老婆身后，涎皮赖脸的，一副馋相。

不得不说，那是三爷一生中最平静幸福的时光，他们夫妻恩爱，情投意合。三爷破例变成了一个小碎嘴，他是什么话都要跟妻子说的，比方说，又有哪个女人喜欢他啦，这些事他一概不瞒的，说起来总是要笑的。

三娘说，你怎么知道的？人家跟你挑明了？

三爷说，噢，这种事还要挑明说的？

三娘说，那你怎么知道？

三爷"咯"一声笑了，脚一蹬，拿被子盖住了脸，只管自己乐了。

三娘看着自己的男人，说不上是忧还是喜。他怎么就长不大呢，偏又那么虚荣！她也疑惑着，这人她可能是嫁错了，他不怎么有出息；她一颗心全在他身上，只是不安生。

然而谢天谢地，三爷并没惹出什么乱子来，至少在结婚的前十一个年头。照我堂爹爹的话说，不是三爷多有责任心，而是作为一个男人，他那时压根儿还没开窍。

三爷成为一个男人的历史非常漫长，直到他三十一岁那年，遇上一个姑娘为止，这姑娘后来成了我的温姓三娘。谁也不知道他们是怎么认识的，毋庸置疑，三爷在那一年里突然茅塞顿开，他心里第一次有了女人，他知道什么叫爱了。

三爷知道爱以后，嘴巴就变紧了，在妻子面前什么话都不说了。他心情好得要命，常常一个人呆坐着，自己都不自觉的，脸上就会放出一种白痴的笑容来，为了掩饰这一点，三爷总是捧着一本小人书，这小人书理该是他十岁的儿子看的。三爷对老婆更加好了，两年以后，三娘才知道，他这完全是愧疚所致；其实三爷这时候还没什么愧疚心，他之所以温言软语，手脚勤快，只不过以为做完了他该做的，他就能出去野了。

现在，一切都颠倒过来了，三爷愿意把他的心里话留下来，一股脑儿地全倒给心上人听。我的温姓三娘其时二十一岁，还是个大姑娘。我见过她年轻时的一张照片，还真是蛮俊俏的，她是那个时代典型的美女，穿方领小褂，扎一双麻花辫挂在胸前，五官端正得没什么特征。我估计三爷这辈子对女人的美素无研究，所以他能很快地跳过相貌，一下子就发现这个姓温的姑娘原来是自己人。

这简直要了三爷的命，他的爱情甜蜜而忧伤，有时候他都怀疑，自己是不是能同时承担这两种南辕北辙的重量，他成天昏昏沉沉的，身子轻得快要飘起来，莫名其妙的，他常常就叹气了，不管是快乐还是忧伤。很多年后，三爷也承认，这一时期他的感觉就像患了重感冒，或是出了疹子，说这话时，三爷四十二岁，温姑娘已为他生下一双儿女，他两边疲于奔命，家庭矛盾不断升级，三爷实在累了，有时也会自嘲，疹子嘛，他说，总归人人都会出一次的。

有一次，温姑娘问他，他这一生最想做什么？

三爷勾着脖子想了半天，瓮声瓮气地说，可能是拉二胡吧。

温姑娘屈膝抱腿，看着自己的脚面问道，假若有一天你老了，不久于人世了，你最遗憾你没做什么？

三爷的心荡了一下，他突然想起来，自己其实也有梦想，那就是进文工团，或是县剧团，当一个二胡独奏员。这梦想隐隐约约的，他从未跟任何人说起过，现在，他跟心爱的姑娘坦白了，声音很平静，眼里却闪着光。温姑娘转过头来看他，很多年后，当三爷弥留之际，他躺在病床上，心疼的并不是他未能实现的梦想，而是一个姑娘的目光，那样的安静坚定，他不禁老泪纵横，已经完全不计较这姑娘后来给他惹了多大的麻烦。

三爷就是从这一天起，完全变了一个人，他的生活突然有了目标，他专门拜了一个瞎子师傅，一有空就跟他学二胡，回来的时候，整个人也喑哑了，总是在琢磨什么；他搬来一条板凳坐在院子中央，架着腿端着二胡，有时低头沉思半天，偶尔一抬头，眼神炯得像是在冒凶光。长辈们都说，三爷是活回来了，他二十来岁时淡漠得像个老人，他长到三十来岁才长成了一个青年，生机勃勃，胳肢窝里都能蹦出来几个欲望。

我那年轻时曾是花花公子的堂爹爹说，这才是我们许家的种。其实三爷在外面有女人的事，我们全族人都知道，只差一个三娘。我们族人都不以为这事有什么大不了的,男人嘛,总归要浪一浪的,要不白来这世上走一遭了。

三娘得知家里出了丑事是在两年以后,她的第一反应竟不是生气,而是有那么一点好奇,她怎么就没看出来呢,她的男人竟也是个老狐狸——她原以为他没什么心计的——活生生把这事在她的眼皮底下瞒了两年!她那年三十五岁,已是两个孩子的母亲,成天忙于各种琐事,老实说一颗心早已不在三爷身上;当时街上又在闹革命,个个热血沸腾,三爷成天不归家,她也只道他是贴标语、当造反派去了;再加上我们族里有一些十六七岁的年轻人,对偷鸡摸狗的事最是感兴趣,所以也常常为三爷递消息放风。

三娘知道这事以后,也没怎么声张,只在屋里把个三爷兀自瞅了半天,三爷躺在床上假寐,脑子里偶尔也会闪过温姑娘的身影,反正偷情就是这样,越偷越来劲,怎么也不会生厌的;他一睁眼,却看见老婆的一双眼睛直勾勾地盯着自己,心里没来由的一阵不高兴,掉了个身,咕哝了一句:神经病。

三娘的心都碎了,她拿手捂住脸,嘤嘤地哭了起来。

三爷呼地一下坐起来,"啧"了一声问道,好好的你哭什么,还让不让人睡觉?

三娘再也按捺不住了,一腔怒火并没有冲着自己的男人,而是跑到院子里,先把我们族里那些"拉皮条的"骂了一通,那些狗吃的、不是人养的、混账王八蛋……她双手掐腰,声嘶力竭,越骂越激动,七弯八拐的就带上了我们的祖宗。可怜我那些老祖宗,躺在坟墓里也不得安生,直被她骂得狗血喷头,骂得八辈子都翻不了身。

这次酣骂改变了三娘的一生,在由贤妻良母变成泼妇的过程中,她终于获得了自由,从此以后她不必再做什么贤妇了,她算是看透了,她来他们许家十多年了，为他们传宗接代，为他们养老送终，正儿八经一天福没享过，结果怎样呢？三娘突然觉得委屈，她抬头看了看蓝天白云，知道一个女人活在这世上，什么都靠不住，丈夫，儿子，爱情，婚姻，有一天都会失去。

三娘呆了呆，同时也不忘把拳头攥了攥，小小粗糙的肉手心，软的，温的，潮湿的，正在发抖，可是这么一攥倒也攥出了几许斤重，三娘的后半生就是从这一攥开始的，她获得了一种绝望的力量，可谓无心插柳。这世上本没什么救世主，三娘后来总不忘告诉那些受苦受难的姊妹，女人天生软弱，可是软到极限就会变得强悍无比；假若实在没什么招数，三娘言传身教道，你就大喊大叫，哭哭闹闹，反正这事没什么道理可讲的，拼的就是火力。

三娘说得没错。她那天确实吓到了我们，惊得我们全家面面相觑；从此以后，这悍妇凭借一种道德上的优越感，再也没正眼瞧过我们。那天她骂完以后，攥了一泡鼻涕，啪的一声摔在地上，拿膀子朝脸上抹了两抹，就泼洒着、自暴自弃地进屋了。我们族人互相看了看，据三娘后来形容，全族上下竟没人敢龇个牙，哼两声。

三爷躺在床头，一双眼睛斜斜地吊起来，一脸的匪夷所思。咦，事情怎么就传出去了呢？在他的计划里，好像是没这一天的！看样子这事有点蘑菇，可是他天生一副慢性子，从来都临危不惧，床上有一根不知什么人的头发，他把它捡起来，凑近眼前认真地研究了起来。

三娘说，那女的叫什么名字？

三爷搭了她一眼，一脸的懵懂无知：什么女的？

三娘冷笑一声，把个身体倚着五斗橱，双臂交叠放在胸前，一副居高临下的样子；虽然妒火折磨得她快要疯了，可是不知为什么，她一点都不恨自己的男人。她脸色铁青，声音平静得像是没有感情。

她又问，她家住哪儿？

三爷镜片后面的一双眼睛，突然惊恐得至于呆滞，很多年后，三娘都能记得这眼神，那样地坦白慌张，他连掩饰都不掩饰！三娘的心一阵彻骨寒冷，他怕什么？怕她去撒泼闹事，伤了那女人？她跟他十年夫妻，竟不抵他对那女人的情谊？！

三娘拿手捋了捋头发，也没有呼天抢地，只是扶着橱柜，想要镇定一下自己。后来，她沿着橱柜往下滑，蹲到了地上。她拿手扶着胸口，她就觉得那儿疼，空荡荡的，她要摸摸她的心是不是还在；一颗眼泪落在了三娘的手臂上，这一次她是真正在哭泣，非常的安静，眼前漆黑一片。

三娘的恨或许就是这时种下的，对象就是"那女人"——温姑娘。那么现在，让我们来说说仇恨，那发生在两个女人之间的一段不可理喻的激情，那就像噩梦纠缠了她们几十年的，那于她们就像食物、阳光、空气和水！凡是涉及女人的事，总被认为是鸡毛蒜皮、不值一提的，我的回答是，这完全是一种偏见。

因为这时我已经五岁了，我得以看到了人世间最残酷的一场战争，虽然只有两个人，却不啻于任何一场千军万马的厮杀；伟大的战争多源于一些不相干的小事情，里头未见得有多少仇恨，可是这场战争却彻头彻尾充斥着仇恨，那都是铁铮铮的、伸手可触的、无边无际的，两个女人拼其血本，动用她们一生的力量、智慧、坚忍，她们充分发扬了一不怕苦二不怕死的革命精神，那就是不断地撩拨对方，不惜自己受伤。

而且，这场因男人而引发的战争，到最后变得跟三爷没关系了，他被排除出局了，两个女人谁都不乐意带他玩，所以，战争的纯粹性就呈现了。

很多年后，温姑娘也承认，针对她和黄脸婆（也就是我的黄姓三娘）的这场纠葛，她其实是付出了感情的，那是一种比爱更伟大曲折的感情，相比这样的感情，异性之爱简直不足挂齿。在和三爷好了两年以后，温姑娘就心灰意冷，她说，爱这东西，还有什么好说的呢？

是啊，爱确实没什么可说的，可是在最初的两年，他们两个却好得如火如荼，尤其是温姑娘，她是那样的不管不顾，只把三爷视作她的一块心头肉。她那年二十出头，出身清白人家，虽然没了爷娘，却有个长她十来岁的姐姐，嫁给了本城的一户有威望的人家。那阵子，她姐姐总为她张罗对象，可是温姑娘却不太热心，嫁人对她来说是件不可想象的事，再说，每次相亲回来，三爷必得有一场大闹，他先是问她的对象是不是长得端方，是不是当干部的，有地位？

温姑娘禁不起他缠，有一次就说了，是在部队里，当连长。

三爷逼尖了嗓子说，八成是老头子吧，要不人家怎么会看上你，你长得又不漂亮！

温姑娘只是抿嘴笑。

三爷拍桌打板，脾气坏得很哩。他说，你笑什么笑，你称心如意了是吧，你一个大姑娘家，为了嫁人怎么就连一点自尊都不要？

温姑娘忍住笑，拉了拉他的手说，吃醋了。

三爷低眉站了一会，走上前去，轻轻地抱住了他的姑娘。他抬眼看窗外，心一阵阵收缩得疼，像有张小嘴一张一合在吸他似的；身体也软弱得厉害，力量无边漫漶，三爷只觉得鼻子一阵发酸发疼，他这是怎么了，他自己也不知道。

二

　　三娘和温姑娘的第一次会面来得非常偶然，想来这也不奇怪，我们城很小很小，只有三五条主街道，几万人口；也许她们早就见过面，在上下班途中的一个路口，她们迎面走过，说不定也会互相打量一眼；在擦肩而过的那一瞬间，她们不会注意，太阳底下她们的影子怎样在纠缠撕打。那时她们还认不出对方，一直要等到三爷把她们唤醒，她们的一生才算真正发生了关系；共同拥有一个男人使得她们成了自己人，那感觉是如此迫近、微妙、疏离，使得她们即便隔着芸芸众生，也能一下子就有所感应。

　　那个星期天的午后，温姑娘去人民医院找她的姐姐说点事——她姐姐在那儿当护士长；走到医院门口时，她看见了一对母子迎面走来，那儿子叉腿坐在自行车的后座上，那母亲一手推车，一手扶着儿子。温姑娘看了他们一眼，突然愣了一下，她看见了那孩子的脸，眉眼紧俏，很像三爷；自行车笼头上，系着一根蝴蝶结，有一天她和三爷推车走在郊外，闲来无聊她也曾在车笼头上系过一根同样的蝴蝶结；自行车是"永久牌"的，有点旧了，铃铛挂了下来。温姑娘的心突然狂跳不止，那是三爷的车，她认得的。

　　三娘一边抚慰刚打了针的儿子，一边从温姑娘身边走过了，突然，她警惕地回过头来，完全凭着女人的直觉，她知道有人在打量她。这是一个年轻姑娘，肤色微黑，生得匀称健康；三娘曾不止一次向我们族的"皮条客"打听，她男人的相好长什么模样，当得知对方得一绰号叫黑牡丹时,她表示,她抽空要会会这个蹄子,"抽她两巴掌",她从牙缝里舔出来一根菜叶,恶狠狠地吐在了地上。

可是那天,在这场历史性的会面中,三娘一开始的表现却使自己失望,看见仇人,不知为什么她一下子就没了力量,只觉得浑身瘫软,一双手都在簌簌发抖;直到她看见对方也和她一样,一张脸木木的,似乎还没有回过神来;三娘这才镇静下来,她咳嗽了一声,伸手在儿子的衣服上掸了掸,说道,毛头乖,我们现在就去机械厂找爸爸,让他陪着我们去看电影,传达室的大爷要是不让进,你就说,我爸爸叫许昌盛。

三娘的声音温柔甜蜜,她自己听着都觉得不像话,那是一个幸福的妻子和母亲的声音,是她多少年来都不再体验的。她静静地瞥了一眼对手,她的神情悠远自信,充满了一个正派女子对一个烂货的同情和鄙视。

温姑娘一阵头晕目眩,这场较量兵不血刃,却以她的失败而告终,短短不到一分钟,她们没有说一句话,只是看了两三眼:她输了。温姑娘直到这一刻才知道,她的身份是那样的可疑可鄙,她算什么,她在那个黄脸婆的眼里充其量只是个婊子。她摇摇晃晃走到离门诊部不远的花圃前,双膝一软就跪了下来,她把手指抠进泥土里,喊了一声妈妈,呜的一声就哭了出来。

三爷的这场恋爱在两个女人之间引起的仇恨,是他万万没想到的,事后他翻来覆去地想:女人这类物种真是莫名其妙的。不知从哪一天起,温姑娘再也不去相亲了,她铁定心来要让自己成为一个老姑娘,三爷觉得很烦恼。事实上,自从他老婆介入这事以后,他这恋爱就有点谈不下去了,整个人也变得焦躁了。现在三爷很老实了,二胡也不学了,一下班就回家,心不在焉地和妻儿说说话,两个小孩在玩玻璃球,老婆则不太搭理他——家里都没他这个人了。到了温姑娘那边,三分钟不坐他就心事重重,摸摸这,摸摸那,温姑娘看了,不由得哼了一声冷气。

三爷搓搓手,说,我不是这意思……

温姑娘低头坐着,都懒得看他,一双手把毛衣织得飞快。男人懦弱到这种分上,老实说她实在有点瞧不上。三爷拉一张椅子坐在她身旁,望着门外发了一会呆,一切恍若一场梦,从前她是多省心的一个姑娘,事事都为他着想,他们常在一起计划未来,她就说,不着急,我等得起,离婚不是一朝一夕的事,不能太伤了她。

三爷长长地叹了口气,他现在不能离婚,家里的那个没什么过错,身边的这个可爱可怜,不知为什么,他现在只为自己感到心疼。他伸手拿过毛线团,放在手心里窝了窝,琢磨着该说两句体己话,不知怎么话题就引到了她相亲的事上,三爷说,最近你姐姐怎样,不再跟你介绍对象了?

温姑娘迅速侧过头来看他,眼神犀利,就像刀刻,三爷这才知道,他又一次说错了话。他现在简直不敢说话。

温姑娘说,你现在还敢提这个茬儿!

三爷低三下四地笑了笑。

温姑娘的一双眼睛定然地盯着门框,半晌才说道,迟了。

三爷扶着膝盖想站起来。

温姑娘把毛衣摔在地上,冷冷地问他,想家了是吧?

三爷挂着脸不说话。

温姑娘再也忍不住了,多少天来的屈辱使得她声泪俱下:你早干什么去了,你现在让我去相亲!玩够了,想甩了,是不是?你们夫妻两个合起伙来欺负我一个,回去问问你婆娘,她都干了些什么,她还跑到我单位去告黑状，你回去转告她，我什么都不怕，让她告去吧！你这男人我是要定了。

三爷目瞪口呆，让他惊讶的不是他老婆在告状，而是温姑娘的泼辣相。女人怎么都这样？一转眼就翻脸不认人了！三爷从温家走出来的时候，手抄裤袋，朝天轻轻吐了一口气，现在他解脱了，他再不必对这姑娘有什么愧疚心了，他不怕她跟他闹，他只怕她对他好。

回到家里又是另一番景象，两个小孩在哭吵，他心里发烦，顺手在老大的屁股上拍了两下，三娘奔过来不让了，她把儿子护在身后，也不说话，只把一双眼睛狠狠地看着三爷。那是她的儿子，他凭什么打？他刚从骚货那儿回来，凭什么拿她的小孩出气，就凭他那一脸晦气相？

三爷呆呆地站了一会，突然觉得天高地远，人生竟是这样的没趣味，他刚建立起的那点家庭责任心，就这样飞了。那一刻，他心里空得就像出家做了和尚。我们家族的人后来都认定，大概三爷就是从这一刻起，有了逃遁的决心。

三爷整整失踪了三个星期，他躲在一个朋友家里，也不用上班——他们厂正停产罢工；白天他们走走象棋，晚上谈点爱情人生，日子过得逍遥自在；在他失踪的那段时间，我们全族上下急得鸡飞狗跳，只担心他是寻了短见，三娘和温姑娘更是昏天黑地，两人都发现，她们爱着这个男人，这爱是另一个不能给的，她们也想独占这个男人，所以在寻人的同时，她们也免不了争风吃醋，互相诋毁。

尤其是温姑娘，她差不多快疯了，按说她这种身份，怎么着也得避点嫌疑，可是她全然不理会，甚至动用了她姐姐婆家的关系，派出了一支民警小分队分头寻找。三娘最看不得她仇人的贱样，那是她的男人，哪儿就轮得上这婊子说话的份！她恨得哭了一场，眼睛都充血，第二天她到底没忍住，带上娘家的几个兄弟，忙里偷闲到温姑娘家里走了一遭，她让她的兄弟把门，自己进去了，和仇人撕扯了一番。

温姑娘坐在地上，她蓬头垢面，起先她也还手，后来她就不动了，任着三娘胡抓乱挠、拿指节在她的额头上敲得咚咚作响。温姑娘是那样的安静，偶尔她抬头看了一眼三娘，直把后者吓了一跳。她的神情是那样的坚定、有力量，充满了对对手的不屑和鄙夷。三娘模模糊糊也能意识到，这女人是和她干上了，从此以后，谁都别指望她会离开许昌盛。三娘突然一阵绝望，坐在地上号啕哭了起来。

二十天后，三爷被找到了，不得已结束了他的隐居生活；天上一日，人间十年，三爷出来以后，整个人就变了，他一副离尘世很远的样子，对于他和两个女人之间的烂摊子，他突然理直气壮地退出了，好像这事跟他没什么关系似的。让她们闹去吧，有一次他不耐烦地跟我们族人说。

随着三爷的退出，这场男女关系就变成了两个娘们的较量；其实三爷也不是真正退出，他还得回家睡觉，要不就去睡温姑娘，我们都看得出，三爷不那么自寻烦恼了，因为他现在谁都不爱。温姑娘的头生子就是在这一段怀上的，她作出了这一生最惊世骇俗的一个选择，把孩子生下来，于爱于恨都是一个合理的解释。她怀孕的时候很是吃了一点苦，知道要被单位除名，所以主动递交了辞呈；她的肚子渐渐大了起来，整个小城都在议论这件事，她成了我们这儿的传奇。

说不上人们是以怎样的眼光来看我的温姓三娘，首先，她生得漂亮，为人端庄；虽然出了这等丑事，她也算不上浪荡；当她挺着肚子走在街上，她脸上的平静尊严使得人们慢慢噤了声，那不是一般孕妇的尊严，那尊严里藏着一股巨大的力量。她也不张狂，平时自己买菜烧汰，要是在街上碰上熟人了，偶尔她也会说说怀孕心得，她一手叉腰，一手抚在肚子上，虽然静静地说笑，人们也听得四肢竖起了汗毛。

怎么说呢，这女人已经超越了无耻，她一脸的圣洁，让人觉得害怕。

是什么使温姑娘变得这样坚强，我们后来都认定，她的心里有恨——其时三娘正在四处活动，想把她告到牢里去，可是这么一来，很有可能就会牵连到许昌盛，三娘就有点拿不定主意了；温姑娘听了，也没有说什么，淡淡地笑了笑。我们不妨这样说，温姑娘的下半生已经撇开了三爷，她是为三娘而活的，事实证明她活得很好，她一改她年轻时的天真软弱，变得明晰冷静——她再也没有男人可以依靠，心里只有一个目标，那就是活着，要比黄脸婆更像个人样；随着小女儿的出生，她身上的担子重了许多，她在家门口开了间布店，后来她这店面越做越大，改革开放不久，她就成了我们城里最先富起来的人，当然这是后话了。

我的温姓三娘从不后悔，她度过了不平凡的一生，可是活得很有劲道——和人斗，其乐无穷，说的就是我的两个三娘啊。她们像一胞双胎的两姊妹，或是一枚钱币的正反两面，彼此相辅相成，阴阳共生。在温姑娘怀第一个孩子时，她姐姐为她从乡下找了一个保姆，我们许家也偷偷派人来照应。温许两家达成了妥协，孩子姓许，又托关系报了户口，反正许昌盛只有一个，就这么两边都糊着吧，也不分大小的。

温姑娘其实一点都不在乎她有没有名分，当她姐姐把这一切都搞妥以后，她淡淡地说，何必呢，我又不是为了这个的。

做姐姐的不禁泪落，大骂许昌盛。

温姑娘笑了笑，说，这不关他的事。——她坐在家门口，看着沿街走过的人群，许许多多男人的面孔和背影，从她眼前哗哗地淌过，她就像做了梦一样，不禁设想自己若是嫁给他们中的任一个，都可能没现在这样圆满；这么想的时候，她心里分明闪过一个女人的身影，她嘴角稍稍牵动了一下，觉得这一回自己是战胜了她。

对待三爷，温姑娘还是不错的，她待他甚至比从前还要温柔，她一概软到底，什么都不跟他计较，她也不吃醋，也不使性子，他要是回家去，她也不阻挡，隔几天他要是回来了，她也蛮开心，唠唠叨叨和他说些家常。三爷没那么重要了，因为她有了孩子，温姑娘搂着她的孩子，眼神温绵慈善，心偶尔也会酸楚，她知道，这世上什么都是假的，只有她的一双骨血才是真的。

我的黄姓三娘也适时调整了策略，不再和三爷冷战了，严酷的现实告诉她，失去了这个男人，就失去了对这场战争的控制。说到底，她这人的性格还是太外露，不像姓温的那样"阴毒"；她人生的最大一次失误，是没把她的仇人送进监狱，却让她张牙舞爪地弄个儿子出来，这是她犯的一个战略性错误，当时，她怎么就没想到叫她流产呢，雇个人，迎面撞她一下，这活儿就干得漂亮了。

没有人能想到，我的黄姓三娘度过了怎样屈辱的一生，她好好的一个家庭被拆散，她的男人被别人占有，她一辈子都被一个女人压着走；在她仇人生产的那天，她一个人躺在家里，孩子们都睡了，许昌盛肯定死去医院了，她开着灯，静静地睁着眼睛，脑子不太能动；窗外是冬天的凄风苦雨，一片残叶贴着窗玻璃晃了几下，掉下去了。三娘觉得她的一生从来没有这样安静过，心里充满了对一切生命的同情，也希望躺在医院里的那一对母子能静静地死去。

三

我的两个三娘就这样服从了命运的安排，认领了妻妾的身份，从此消失于街巷间；随着时间的推移，她们不再剑拔弩张了；战争是需要体力的，从前，她们已消耗了太多，都伤了，怕了，疲惫了。仇恨把我的两个三娘给毁了，但看她们满目疮痍的神情，显得那样的苍老、压抑、若有所思。在她们的后半生，她们很少有过真正的安宁，即便一个人坐在太阳底下发呆，偶尔一想起对方，她们就会打激灵；光天化日之下，她们也是彼此的噩梦！

仇恨也整个儿改变了两个女人，使得她们对这世界的认识不是幽深高远，而是漫无边际；总之，伤害和不幸使她们有了一些智慧，就比如说，我的黄姓三娘偶尔也会沉思，自问人为什么要活着、人生有什么意思这样的高级话题；她一个人常常就哭了，背着人她不知哭过多少回，好像并不是因为什么，就是哭成了习惯，鼻子一酸就会掉下眼泪；她自顾自哭上一回，哭到舒服了，也没人看见，她就擦掉眼泪，干活去了。而从前，她是多乐观的一个人，庸俗，愚蠢，得理不饶人，很让人烦的。

我的温姓三娘从来不哭，好像她把这一生的眼泪都哭给了爱情，现在她吝啬哭一滴给任何人，况且她又是个生意人，最精于算计，常常她在店堂里忙到深夜，一个人走回家去，脑子一放松，就会想起城西头还住着一个女人，现在可能已经睡了，就会想起那张脸，她狰狞的神情，想起她的污言秽语，她抓住她的头发朝墙上撞的情景……我的温姓三娘并不愿意想到这些，因为这是黑夜，冰天雪地的，路上没什么人，她恍惚中难免会疑惑若是这世上只剩下她们两个，她的记恨便是没有意义的，她觉得荒冷。

某种程度上，两个三娘最终也没能达成谅解，却对三爷抱有同情和宽容；说到底，跟男人是没法计较的，不在一个层面上；经过了这些年、这些事，她们已经老了，不知为什么他却怎么也长不大，一遇事就往后缩，什么都不想承担，似乎他又回到了很多年前，他疲沓懒惰的青年时代，好脾气，有点无赖，他是要等着女人对他负责的——她们对他，是爱过，恨过，鄙视过，后来就变成了包容，那简直是慈母式的，一概退到底，最后就变成无条件的了。不得不说，三爷在他生命的最后几年，度过了一段平静时光，他终于可以相安无事地两边都敷衍着，这边住一阵，那边住一阵，想住多少天就住多少天，再也不会有人跟他哼叽，我们族人都说，三爷是彻底地自由了，他自己也很满意，觉得经过十几年的努力，他终于安抚了两个女人，使得她们就像两姊妹。

然而三爷在两个家庭的身份毕竟显得怪异，怎么说呢，他有点像个亲戚，他虽是五个孩子的爹，两个女人的丈夫，但是大家都习惯了他不在家的日子——孩子们称之为"出差"——假若他哪天"出差"归来，孩子们则显得异常的高兴，做母亲的也会额外多添几样菜，温壶酒，这时候家里差不多就像过节了。

过年的时候，三爷就不那么随意了，他很注意时间的合理分配，尽量不伤任何一个人，就比如说，年三十和大年初一，他一般都在大房那边的，虽然心里也有点愧意；到了年初五——我们称作"小年"，他一般就陪着二房了；这表明他心里确实有底的，并不会因为好恶而乱了伦理，就连他生病住院的时候，两家也是轮流侍候。

三爷从查出癌症到去世，不过半年时间，虽然被瞒了真相，他也模模糊糊能感觉到；每天躺在病床上，窗外能看见一角蓝天，满窗的梧桐绿意使他想到生死，不知为什么有时也会很平静。他并不惧死，放心不下的还是他的身后事，牵牵绊绊那么多的关系，他希望五个孩子能平安无事，至于两个女人……他看了一眼来医院探望的我的父母，说，多照顾她们。

三爷的声音是那么轻,我当时站在他身边都不太能听得清;他憔悴多了,眼镜也不戴了,双眼直往里凹,我不知道他是否还能看见什么,反正他说话不太有力气了。他嘴唇又动了动,我母亲俯下身听了一会,一走出病房,她就捂脸流泪,因为三爷说的是,他觉得人活着没什么意思。

我们一家三口站在医院的一棵老槐树底下,发了一会呆。我那年十六岁,第一次知道人世竟如此麻烦牵扯,一下子都无从说起。大概三爷早就乏味疲惫,只是他很少提起,他这一生为两个女人所累,活着对他来说没太大的吸引力。

三爷死在那年冬天,在送火葬场之前,我们族人都希望两个女人能见上一面,就是说,在火化那天能一起出席葬礼;这个建议被黄姓三娘断然否决了,大概她以为,这是一种身份的象征,只有她才是许昌盛明媒正娶的妻子。

温三娘既不得堂堂正正地参加丧礼,所以火化那天清晨,她五更不到就起了床,叫醒了两个孩子,带上事先备好的纸钱,披麻戴孝,几步一磕地就走出了家门;那天地上都结了冰,天上寒风呼呼吹,他们娘儿仨叫醒了火葬场的看门人,到停尸房守着三爷,一直到天亮才离开。是的,他们先举行了葬礼,虽然没有外人,却是一家人最后聚在了一起。

温三娘抱着丈夫的尸体只是流泪,她跟丈夫说,我是看在你的分上,才不跟她计较的,要不我今天非来哭一场,看她能拿我怎么样?她拉着丈夫的手,又抚了一下他的脸,静静地抬头看窗外,那眼睛里全是恨毒。

我们基本可以认定,两个女人在三爷死后的日子里,仍在发生着某种联系,她们一直不能将对方忘怀,并把这种惦念维系了一生。

两个三娘都告诫过自己的孩子，不要跟仇人的孩子来往，然而亲情着实是一种奇妙的东西，平时倒也罢了，但凡遇上事，他们身上流淌着同一个男人的血液就使他们紧密地联系在了一起。尤其是几个小的，年岁都一般上下，又在一所学校念书，平时遥相对望，早已心生好感好奇，彼此都有勾搭之意，只是碍着母嘱，不好下手；所以一旦逢着哥哥妹妹被人欺负了，那岂有站在一旁看热闹的理，早就急不可待地冲上前去，藉此表明自己的心迹，重叙兄弟手足之情。

就连黄姓三娘自己，有一次经过学校门口，看见温姓的小女儿被几个坏小子围着撕扯，她也路见不平拔刀相助过。温姓的女儿那年不过十岁左右，因生得玲珑剔透，很得一些坏孩子觊觎，男孩对女孩表达爱意的方式不过是把她堵住，你一拳我一脚地打骂一通；起先，黄姓饶有趣味地看着这一幕，直到看见那女孩被打得缩在墙角，捂着头，她这才毫不犹豫地走上前去，扯住一个孩子的耳朵，把他按得跪在了地上，好歹给她仇人的女儿复了仇。

这事让黄姓有那么点不舒服，它勾起了她心头的旧痛，这女孩长得越来越像她的父母，她脸上的神情哪一样不是那对狗男女的？她生气懊恼了好一阵子，不过事情既然已经做了，若是还有第二次，她照样还会这样，那是她丈夫的女儿，她怎能看着这孩子受人欺侮而袖手不管？

两个三娘的再度相见，还要再等上一些年头，其实她们也谈不上相见，只是恍惚中觉得有那么一个人，还不及对方反应，她们就已经避开了。这次惊鸿一瞥给了两个女人太多的打击，她们看到对方老了，完全不是从前的那个人，若不是毛头堂哥做参照，她们撞在一起怕也未必能相认。我的毛头堂哥那年三十三岁，已下岗多年，生活的艰辛使他变得老态疲惫——他已经是一个中年人了。

那天，温三娘看见了这对母子，还不待自己回过神来，就本能地转过身，拐进了一条小巷，她是那么慌张，几乎逃窜一般，一路疾走，气喘吁吁，走到没路可走了，她才四下里看看，倚着一面土墙稍稍喘了口气。她站在土墙前估摸着总有几分钟，或是个把小时，脑子晕晕乎乎地不太能相信，这孩子才几年不见，怎么就变成这样，想当年许昌盛和他一般年岁时，却是嫩得能掐出水来——温三娘再也不敢把思绪放在她的仇人身上哪怕一丁点儿，她仇人全然一副老太太的模样，使她感到很伤心。

一路上，黄三娘都在问她的儿子，刚才恍惚闪过的人影可是"那女人"；她眼睛有点花，没怎么看真亮，只记得那妇人体态臃肿，和从前的那个俏丽模样完全对不起号来。

我们族人都说，两个女人大约就是从这一面起，互相有了同情，那是一种骨子里的对彼此的疼惜，就好像时间毁了她们的面容，也慢慢地消淡了她们的仇恨；我不太认同这种说法，我以为她们的关系可能更为复杂一些，她们的记恨从来不曾消失，她们的同情从开始就相伴而生，对了，我要说的其实是这两个女人的"同情"，在多年的战争中结下的、连她们自己都没有意识到的情谊；命运把她们绑在了一起，也不为什么，或许只是要测试一下她们的心里容量，测量一下她们阔大而狭窄的内心，到底能盛下人类的多少感情，现在你看到了，它几乎囊括了全部，那些千折百转、相克共生的感情，并不需要她们感知，就深深地种在了她们的心里。

据听说，两个女人后来都伤心得落了泪。温三娘为此大病了一场，她躺在家里足足一个星期，中途把女儿叫到床前，尽管作了很多铺垫，那一句话说出来还是让她羞愧：她仇人没闺女，她想让女儿将来给她仇人送终（我们那地方的风俗，有儿有女送终，一生才叫周全）。

温三娘说，她老了，没事你常去看看她，儿子媳妇哪有贴心的？她跟我也就这样了，对你她是不会计较的。

温三娘抱着女儿痛哭，她就是觉得屈恨。她和"那一个"所共同经历的痛苦屈辱，丧夫，仇恨，不幸的生活……她们早就不分彼此，合二为一！她们简直是白头偕老。我的温姓三娘再也不会知道，是怎样的一种东西使她们纠缠在了一起，她为此很感苦恼。那么后来，我的毛头堂哥到"温氏绸布店"帮工，再后来，他和大房的两个兄弟都成了这家店面的股东；我们不能藉此就以为，两个女人从此就没了芥蒂，事实上她们一直讳莫如深；毕竟，历史不应被忘记，这也是对自己的尊重。

温三娘为她这一义举找了很多理由，她逢人便解释，她心胸并不开阔，实在是看在许昌盛的分上——他儿子的事她哪能不管？

这话我们也就听着，总觉得不尽如此，因为这一对娘们的事，我们后来都烦了；两个冤家虽然一口一个许昌盛，其实许昌盛未尝不是真正的第三者，她们的相识才是宿命，她们的恨堪称深仇大恨，她们的同情相知如海深，可是她们又从不承认。

生活以它不可逆转的方向滚滚向前，把她们像沙子一样想带到哪里就带到哪里，她们于其中虽然挣扎扑腾，可是从不分离，她们是两粒抱在一起的沙子。

2005 年 10 月 14 日

储小宝

储小宝是我们的邻居。那时候,微湖闸的居民们,生活在一个庞大的院子里,一条宽敞的林荫道把院子一分为二。院子的左边是没有围墙的,一条宽阔的大河从三面围住了我们。只在院子的右边,围上了青灰色的砖墙,夏天的时候,砖墙上爬满了绿色的植物,我们叫它"爬山虎"。

沿着林荫道两旁,分别陈列着一排排青砖青瓦的平房。这些平房分别用来做办公室、医院、职工食堂、家庭住宅。绿化也很好,有很多我叫不上名字的树木,排列于河边和住宅之间;居民区前的空地上,也允许种瓜果和蔬菜。

院墙外有一个小集市,每天清晨供应新鲜的蔬菜,也有肉类。大胆一些的赵集农民,甚至敢挑着担子直接到院子里来兜售,但这也是被禁止的,如果被抓住了,还要罚款。

一般来说,居民要是买菜,也可以直接向食堂购买。食堂自己有一个菜园子，还有饲养站，养猪和鸡。至于鱼和虾等水产品，是由另外的部门统一管理的；那时候，微湖闸有着自己的捕捞队，也向渔民们低价收购鱼虾。——很多年以后，当市场经济盛行的时候，这也成为微湖闸的主要收入之一。

在我爷爷做主任的那个时代，一切则显得简单淳朴。那时候，人们不为钱操心，国家兴修水利——那是微湖闸的盛世，人员庞杂，人心单纯，每个人恪尽岗位，连看门人、灯塔看守人都是正式职工，有着做国家主人翁的自豪感和身份感。想一想也是，他们还怕什么呢，他们的一切，生老病死，甚至他们的儿孙，都是国家包下来的呀。

那时候，微湖闸就像一个大家庭，每个人分工不同，有电工、钳工、行政人员、后勤人员，还有很多我叫不上名目的人员。总之，他们平安、快乐，静静地度着年华。

储小宝就是其中的一员。他是一名电工。那一年，他也不过才二十岁吧。他住在我们的隔壁，是个活泼的小伙子。

他长得不算难看，干净，明朗，是个可爱的、讨人喜欢的青年。他似乎特别爱打扮，他喜欢照镜子，镜子不算很大，就镶在门墙上。他常常是不由自主地踱到门边，拿一把梳子轻轻地梳自己的头发。有时候，他也会侧过身体，一边和我说话，一边回头看镜子里的自己，噘着嘴巴，皱着眉头，就像在看一个陌生人。有时候呢，他大约很满意，就会对镜中的人笑一笑——他这回头一笑，颇有些百媚生的风情，他自己也意识到了，竟大笑了。

他和我们家的关系很好，两家是世交，他父亲和我爷爷早年是同事，也因为这个，他有些怵我爷爷。

对我奶奶呢，他就自然亲切多了。

我爷爷不在家的时候，他就会引我说话。他说，小蕙子，什么叫爬灰？话还没说完，他自己先笑起来。

我奶奶也笑，她骂他"狗不吃的"。

有一次，我在厨房里，正坐在灶台前擦火柴玩。他看见了，就倚在门边，一边笑嘻嘻地看着我，一边说，小蕙子，你看见灶里的灰了吗？你想一想，你把灰掏出来，你用勺子勾啊舀啊爬啊，那叫什么动作？

我不说话。我知道，他又在引我说话了——据我所知，这一类的话，他永远是说不够的。翻来覆去地说，也没多大意思；我想，他大约是很无聊的。

我奶奶嘱咐我说，不准答话呵。他这不是好话。

储小宝说，那你就做个动作给叔叔看，唔，是这样子——他拿双手在空中挠了两下，坏坏地笑着。

我问，这是什么？

他说，这叫爬灰呵！

我明白了，我说，这叫爬灰呵。——一下子释怀了。

储小宝说，你以为爬灰是什么？

我想了想，很为难地——储小宝说，没关系，你告诉叔叔，你原来以为，爬灰是什么？

我说，我原来以为，爬灰是爷爷和妈妈……

储小宝说，爷爷和妈妈怎么了？

我说，爷爷和妈妈在做不好的事情……

储小宝一下子大笑开来，跑开了——我奶奶颤颤巍巍地跟在后面，手里拿着一根棍子，说道，我让你教她说这些坏话！看我回头不告诉爷爷，罚死你。

储小宝常常显得很无聊，当他有劲没处用的时候，他就会练哑铃。

25

夏天的时候，他喜欢光着膀子，有意露出他那结实的肌肉。只要他一用力，那肌肉就会鼓起来，在膀子上一动一动的，活像"小耗子"。有一次，他让我去捉他的"小耗子"，可是我怎么也捉不住，因为"小耗子"很灵活，一不留神，它就从我的手底下溜走了。

储小宝也喜欢跑步，在我看来，这与其说是他的爱好，倒不如说是他发泄过剩精力的一种正当方式。他尤其喜欢长跑，即使在冬天的早晨，他也会换上他的宝蓝色的运动衫裤，穿上他的白球鞋，神气活现地跑在早晨的第一缕阳光里。试想，那是一种怎样的情景呢？那时候，微湖闸的人们还沉浸在梦乡里，通往赵集的土路上，人迹稀少。只有阳光，广泛地、渐次地铺展开来，在结了冰的水面上，和储小宝一起向前飞驶。

等到我们已经起床了，寒寒缩缩地倚在自家门口，等待着吃早饭的时间，储小宝已经从赵集跑回来了。他热气腾腾的，汗水粘住了他的肌肤和衣衫。他的微微卷曲的头发上结着白的霜。他愉快地、调皮地向人们打着招呼，有时候挤挤眼睛，有时候伸伸舌头，或者呢，从身后猛击人一把，头也不回地就跑过去了。

夏天的时候，他就在操场上跑一百米。吃完了晌饭，人们都午休去了，微湖闸静悄悄的，这时候储小宝倍显无聊，他就会带上我，让我看他跑步。

很多年后，我还能记起这一幕，我站在阴凉里，看见一个青年的身影，在太阳底下，飞速地移动着。他就像风一样，掠过了我，嘴里发出"呼呼"的声音，当快到终点的时候，他举起了膀子，撞开了想象中的一条线，就像胜利者一样，他抿着嘴巴，矜持地、不介意地点了点头。

那时候，我是多么喜欢储小宝啊，我喜欢看他跑步，他跑步的姿势美极了，就像正规的运动员。他身材匀称，双腿修长，虽然四肢上布满了浓密的汗毛，看上去怪吓人的；但是他跑步的姿势着实好看，他摆动着双臂，他的头发随风飞扬，在阳光底下，他的整个神情是含混而模糊的，他的眼睛会看见些什么呢？也许只是阳光，一些树木，一个小孩子，也许他什么也没看见，他的眼前只是金的荒漠。

我也喜欢听他跑步时，发出的"啊啊"的呼喊声，那声音穿过空气和阳光，在寂静的微湖闸发出空的回响。所以，每到夏天的中午，如果你从睡梦中醒来，或者在朦胧中听到一个人的怪叫，你就知道，他准是储小宝，他又在跑步了。

很多年后，那声音穿过时空，也不断地回响在我的脑海中，它是那样的清晰，震荡，轻轻地触开了我的记忆，让我变得伤怀，感恩。

从前的时光是多么的好啊，可是，从前的时光已经不在了，从前的青年也已经老了，他再也不跑步了。

事实上，储小宝从那年夏天起就不跑步了，他找到了一种新的消耗体力的方式，这种新的方式，我猜想，一定比他的跑步，比他练哑铃，比他逗我说"爬灰"的玩笑有趣多了。他恋爱了。

他的对象姓吴，我们都叫她小吴，她也是微湖闸的职工，以前，我从来没有注意过这个姑娘，是储小宝把她带进了我的视野里。她梳着短发，话不多，可是精神，飒爽；现在，对于她容颜的回忆已经很困难了，可是我还能记得当年的她，常穿着格子布的衬衫，下身穿着黑色的长裤，她的凉鞋也很漂亮，是黑色的，平跟，带把子的那种。夏天了，她还穿上丝袜，青灰色的，质地与现在的不同，不是很透明。

总之，她也许不算漂亮，可是大方，洋气。

他们的恋爱一开始是秘密的，只有我一个人知道。储小宝常常带我去她的住处玩（鬼知道他为什么会带上我）。在路上，他就嘱咐我，不准多说话呵，不准乱摸桌上的东西，她要是给你糖果吃，你就吃，她要是不给，不准朝糖果看；他甚至吩咐我，只能坐在靠近门边的凳子上，坐姿要端正，诸如此类。

小吴姑娘住在单身宿舍，一个人一间房子，房间阔朗，清洁，空气里有淡雅的香气。她的窗户是开着的，窗户后面，眼见得一块杂草丛生的荒地，荒地的尽头就是院墙了。她住的地方很背静，不常看见人。

我猜想，那时候他们还没有正式恋爱，或者说，还没有确定恋爱关系，正处于摸索、试探的阶段。试想，一个单位的人，互相再熟络不过了，平日里也许还开过玩笑，现在呢，却一下子害羞了，腼腆了，也中规中矩得多了。

储小宝把我介绍给小吴姑娘，他说，这是李主任的孙女，见过吗？说完，他又弯下身来对我说，快叫吴阿姨，说吴阿姨好。

我说，吴阿姨好！

吴姑娘笑了笑，在我头上顺势摸了一把，说，小孩子嘴甜。

吴姑娘把我让到床沿上坐，她自己也在床边坐下了。储小宝呢，自始至终他一直是站着的，他倚靠在床头的一张长方形的桌子上，桌子上铺着蓝色的台布，上面摆放着一碟子刚洗过的葡萄，一本书，还有一些零碎的杂物，一把梳子，一瓶雪花膏……总之，看得出来，一切都经过了精心的布置，显得那样的齐整，悦目。

储小宝把手撑在桌子上，不时地回头看桌子的后面，窗外的景色。有时候，他也会拿脚去踢桌边的一把椅子，微笑了起来。吴姑娘便笑，她说，你坐呀，你来是为了罚站吗？储小宝便拿眼睛看我，朝我伸了伸舌头。

他是这样回答吴姑娘的,他说,我不坐,我喜欢站着。

说这句话时,撑不住我也笑起来了。吴姑娘便大笑。储小宝也大笑。

吴姑娘让我吃葡萄,自己也拿起一粒,低着头用指尖轻轻地剔葡萄皮,储小宝也拿起一粒,吴姑娘看见了,便说,我没让你吃呀。

储小宝笑道,是啊。便不再说话了,继续吃他的葡萄。

吴姑娘对我说,你看看这个人,脸皮那么厚,我让他坐下,他不坐下;我不让他吃葡萄,他却偏偏吃葡萄,亏你还叫他叔叔呢!

储小宝学着吴姑娘的口气,也对我说,你看看这个人,对你叔叔一点也不好,也不让我吃葡萄,以后不准叫她阿姨了。

我一直在笑着。天知道我有多么开心。那一年我5岁,目睹了一场爱情,那是第一次,我知道男女之间……竟这么有趣,简单。我完全能够懂得,我做了他们俩的道具,在一切似是而非的瞬间,传递着某种信息。

很多年后,我对于美妙爱情的理解,一直是从他们身上得来的。我以为,最美好的爱情,从来都是在未开始之前,那微妙的一瞬间,小心翼翼的,永远也说不完的精致的废话。某一刻的心动,心像被蜜蜂轻轻咬了一下,疼的,可是觉得欢喜。

那时候,爱情还没有疮痛。人是完美意义上的人,饱满,上升,纯白。

总之,储小宝和吴姑娘的爱情就这样开始了。后来的事情我就不知道了,后来,储小宝不带我去吴姑娘那儿了,他自己一个人去。

渐渐地,院子里的人也知道了,大家善意地开着玩笑,大家说,储小宝,怎么最近不见你练哑铃了?

又有人说，储小宝，你废了，你也不跑步了。

储小宝总是笑着，他叼着烟，向空气中静静地吐着烟圈。有时候，他也会凑近人的耳朵，悄声地说，不行了，最近体力不支了。

所有的人都听见了，大家"轰"地笑开了。就有人说，怎么体力不支了？说说看。

储小宝轻轻地叹了口气，拿牙齿咬住嘴唇，一双溜溜的眼睛从一个人的身上看到另一个人的身上。

有时候，吴姑娘也会过来看储小宝，她坐在屋子里的一张椅子上，埋头在织毛线衣。所有的门窗都洞开着，有阳光轻轻地跳进屋子里来了，秋天的阳光，柔软，明亮，像水一样微微地荡漾着。也有风，轻轻地吹开了桌子上的报纸，在空气中发出"簌簌"的声音。

很多年后，我还能记得那个秋天的下午，我坐在吴姑娘的脚边，手里拿着毛线团子。我看着屋子里的一切，空明的屋子里，两个青年男女，有一搭没一搭地说着话，有时候呢，并不为什么，他们也会"吃吃"地笑出声来。

在某个瞬间里，非常清晰地，我听见了时间的声音，一点一滴的，我知道，那是钟表，在我看不见的地方，慢慢地走动了。日月是那样的悠长，缓慢，真切，美好。我总想着，这样的日月是漫无边际的，看不到头的；可是，这样的日月会持续一生吗？

有好几次，储小宝催我回家去，他说，小蕙子，爷爷奶奶的午睡已经醒了吧？快回家看看去。或者说，小蕙子，你们家的猫今响没喂吧？要回家喂喂猫了。

我有些难为情了。——我想，我是明白他的意思了。我掸了掸手掌，扶起膝盖刚站起身来，被吴姑娘一把拉住。她斜睨着眼睛看储小宝，笑道，你想干什么，我喜欢她待在这儿。要不，你过去喂猫吧。

你不是最喜欢猫吗?

储小宝便笑了。

这时候,我也轻松多了。我说,奶奶早就醒了,她在门口做针线活呢!

储小宝便探出头去,向隔壁张望了一下。我奶奶果然坐在自家的门口,她的怀里端着针线匾子。我奶奶对储小宝笑道,鬼头鬼脑的干什么?打量我不知道你那点心思呢!

我们都笑了。

吴姑娘搁下毛线活,走出屋去和我奶奶搭话。吴姑娘说,奶奶你不晓得,小蕙子可懂事了。她一个晌午都在帮我理毛线,她能干着呢。

我奶奶拉过身旁的板凳,让吴姑娘坐。吴姑娘且不坐下,看着我奶奶笑。

我奶奶说,我刚才是开玩笑呢!小宝这孩子,我是看着他长大的,调皮着呢,以后你得当心点,免得他欺负你。

吴姑娘说,奶奶说得是,我当心着呢。——便看着储小宝笑。

我奶奶又把储小宝唤来,眼睛像探照灯一样地在他脸上只一探,这才笑道,小宝呵,也该带小吴回家见见父母了,把日子早点定了,把事给办了。这么好的姑娘,你挑着灯笼也难找啊!别委屈了人家。……

储小宝咧着嘴巴,向空气中抽了一下鼻子,算是默认了。

这时候,我爷爷也起床了,他站在门口,只轻轻地咳嗽了一声,储小宝便耗子似的,一闪身躲回自己的屋里去了。吴姑娘呢,一直微笑着,讪讪地站在我奶奶的身边,一双眼睛待看不看的,拿脚轻轻地踢着石子。

我爷爷背着手,走上了门前的一条甬道。在这个时候,他表现了一个老年正派男子所有的风姿和气度,他含蓄而漠然地走过了储小宝的门前，就当什么事也没发生似的，他轻轻地走远了。

很多年后，当我回忆起这一幕的时候，也是历历在目。那里头的人情世故，拐弯抹角处，一点点微小的细节，说话的机锋，人和人之间的微妙之处——储小宝的孩子气，吴姑娘的精明，我奶奶的"厉害"和通达，至今回想的时候，仍觉得趣味盎然。

储小宝是在第二年春天举行的婚礼，不久后他们就离开了微湖闸，调回城里去了。在这期间，发生了一件小小的事故，我爷爷在一次职工会议上，不点名地批评了储小宝。

那是七十年代末期的中国，关于男女作风问题，似乎显得很严重。在微湖闸，也流传着储小宝和吴姑娘之间的种种丑闻，两个无耻而单纯的青年坦然地服从了他们身体的需要，并且觉得这一切都是天经地义的。

有时候，甚至是在大白天，他们也会躲进屋子里，门窗都关紧了；他们欢腾的、愉悦的叫声，伴随着木板床的"吱吱呀呀"的声音，一起透过门缝，晾晒在阳光底下。

路人侧目而过，他们蜡黄着脸，从牙齿缝里发出"咝咝"的声音，那声音既像笑声，又像呢喃声；他们窃窃地议论着，从嘴里哈出来的白的气息，是温热的，也是冰凉的。

有一次，在中午的饭桌上，我爷爷放下筷子，说，简直不像话，不成体统嘛。

我奶奶看着我，拿食指的骨节抵住牙齿，暧昧地笑着。长期以来，她恪守妇道，也养成了不参与我爷爷意见的好习惯——也许她压根儿就没什么意见，她对一切事情的理解都是含糊的，模棱两可的。

她偏袒储小宝，有一次，她对杨婶说，我看是那姑娘不好，不自爱。她要是不从，男的再强迫，这事也成不了。

杨婶叽叽咕咕地笑了起来，她说道，谁都是从年轻时过来的……

我奶奶接住话茬儿说，是啊，我第一眼就没看上那姑娘，有狐媚气，不是过日子的人。怕小宝将来会吃亏哩。

有时候，她也会换一副面孔，吃吃地笑着；她的搓麻绳的手在半空中停住了，说道，想想也怪她不得，她就是那样的脾性，小宝又是个缠人的东西，孤男寡女在一起，难免……自古以来，男女之间好也罢，歹也罢，都出不了那几个样子。

她又笑了起来，一双硕大的手把麻绳搓得"簌簌"直响。

底下的事情我就不记得了。

我爷爷怎样整治"风化"问题，储小宝怎样举行婚礼，直至后来他们离开了微湖闸……都是我从别人的闲谈里，零碎听来的。

我猜想，储小宝是恨我爷爷的，他是个腼腆的青年，那样兴师动众的批评，于他还是第一次。也许，什么都是第一次，荷尔蒙，女人，爱情，婚姻……那一年他二十二岁，是个孩子气的年轻人。他的小小的眼睛在太阳底下眯缝着。他笑了，嘴巴张得很大，他的整齐的牙齿在太阳底下闪着白的光。他极少有安静下来的时候，即使在一个人的晌午，他坐在藤椅上，百无聊赖地架着腿，摸摸自己的鼻子和耳朵，弯腰看玻璃窗外的蓝天，逗我说些俏皮话，身子把藤椅晃得直哆嗦。

可是，我还能记得那天下午，开完"批斗会"回家，他站在电线杆底下，抽着烟，非常沉郁的。他对我叔叔说，我没做错什么……他拿牙齿咬住嘴唇，一双眼睛冷冷地看到我叔叔的眼睛里去。

那是第一次，我看见储小宝有这样严正的时刻。很多年后，当我回忆起这一幕的时候，我就想着，一个青年，他就是从这一天开始，慢慢长大了吧？也许连他自己也不知道，这样小小的挫折根本算不了什么，人生更大的不如意还在后面，人生里的磨难，温吞，出其不意……就像一场讽刺剧，在他面前渐渐地拉开了序幕，到那时候，他会变得怎样呢？他会变得很服从吗？或者，小心翼翼的样子，——总之，他肯定老了，他是一个中年人，一个男孩的父亲，战战兢兢地、麻钝地生活着。他的脸色也黄了。

——这就是我看到的很多年后的储小宝。

时光已经走到了1986年，那时候，我也早离开了微湖闸，回到了我父母的身边，我在我的家乡小城读书，生活，慢慢地成长——那一年，我已经是一个少女了。暗黄的脸色，细竹竿一样的身材，性情古怪、沉闷，很容易地就发怒了。

我和我父母吵架，折磨我弟弟……我的青春期，我的整个缓慢而阴郁的成长史，就是在和我的亲人们互相折磨中度过的。

那年夏天的一个午后，我父母打我，他们把我逼进墙角，让我跪立。在棍子的威迫之下，我跪下了。我面壁，披头散发，并轻声地哭出来；我的膝盖碰着了雕花的水泥地面，那凹凸不平的、坚硬的花纹磕进我的骨头里了。屈辱，仇恨，成长的力量又一次侵入我的体内，它们挤兑着我；有一种时候，我觉得自己快要睡着了。

就在这时候，储小宝出现了。就像从我的世界里突然消失一样，在那年夏天的午后，他又回到了我的视野里。

近十年过去了，他老了。他穿着黑蓝条纹的T恤，深蓝色的长裤，胳膊底下夹着公文包。他的头发并不蓬乱，只是比以前卷曲得更厉害了。他也不算胖，还是从前的适中身材，五官也还是从前的，只是对我来说，已经完全陌生了。

我猜想，如果是在另一种场合里，我们会擦肩而过的。我们已经认不出对方了。

　　对于我的样子,他也略略感到意外,他没想到会碰到这样的情景。也许他曾经设想过,在来时的路上,或者某天下午,经过某条小街的拐角,看到一家人的门口,站着一个小孩子,她把手指伸进自己的嘴里,静静地吮吸着。——那时候,他会想起什么呢?

　　他会想起一个很多年前的小孩子吗,在那个遥远的、已经逝去的中午,曾经伴随他一起跑步?她站在阴凉里,穿着印有橘子、香蕉和阿拉伯数字的花衬衫,她和他一起呼吸,在同一方蓝天底下走过。她把手伸进他的手掌里,他们去看一个姑娘,那个姑娘的房间里有清新的气息,他们说着关于葡萄的笑话,每个人都乐开了怀。——她曾经是他过去生活的见证。他还能记得吗?

　　很多年后,他们生活在同一个城市里,可是极少来往。差不多,他们从各自的生活里彻底地消失了,他们也很少想起对方,也就是说,对于从前的生活,他们已经不记得了。

　　这一天,因为一件要紧的事情,他来到了她的家里,他来看她的父母,说了两句话,差不多一两分钟的时间,他就走了。

　　起先,他站在屋子的中央,他的胳膊底下夹着公文包;那一年,他也不过才三十岁吧,可是明显地见老了,他的额头上有两道很深的抬头纹。也许,这根本算不得什么,一个男人的抬头纹……他站在屋子的中央,他的神情温和而沉静。他三十岁了。

　　他穿着黑蓝条子的T恤,我刚才说过,他还穿着皮凉鞋、黑袜子。总之,你可以想象的,这是一个衣饰还算整洁的男人,他平庸,健全,语调沉着,没有任何特色,走入人群中,他很快就被淹没了。

　　一开始,他和我父母在说着什么,后来呢,大约是看见了跪在墙角的我,他轻轻地停顿了一下。似乎是隔了很长时间——也许仅仅是

35

一瞬间,他向我父母问,这是小蕙子吧?

不知为什么,我听见了他的声音,一下子哭出声来。那是一种丧心病狂的哭泣,伤心,丑陋,自暴自弃。我的鼻涕也淌下来了,它和泪水一起流过了我的嘴角,一直流下去了。我感觉到一种东西,它走了,它再也不会回来了。

我拿牙齿咬住嘴唇,因为用力,我的牙齿也在疼痛。我拿手掌撑住了墙壁,为了压抑住自己,我把脸贴在墙壁上,我的整个身体伏在墙壁上了。

储小宝过来扶我,他说,起来,你看看,都长成大姑娘了。还记得我吗,你小时候管我叫"小皮匠"呢!小时候,我还带你去捉过"知了"呢!——他转过身去对我父母说,她小时候最喜欢给人起诨名了。他笑了起来。

我站在他的面前,身体痛苦地、神经质地抽搐着。我与他齐肩高了。因为头发粘住了整个的脸庞,我只能从发丝缝里打量他。隔着如此近的距离,我甚至能感觉到他身上的滚滚热浪,那是一个男人,他从夏日的阳光底下走过来,他的身上留有了某种气息。

我穿着家常的短袖衣衫,因为发育得晚,身体一条直线似的呈现着,仅在衣衫的褶皱里,能感觉到一个少女,她正在蜕变的痕迹。——这蜕变让我羞耻。

储小宝大约也意识到了这一点,他沉吟了一下,欲为我掸身上灰尘的那只手,终于在半空中停住了。他讪讪地走开了。

我站在屋子的中央,低着头,在某一个瞬间里,我似乎看见了从前的时光,它慢慢地回来了。

那时候,我还是个孩子,储小宝也很年轻,我们之间几乎没有性别的芥蒂。我记得有一次,他拿走了我的一张照片,他把它端正地压在玻璃台板下。

那是很多年前的一个小孩子,她站在冬天的阳光底下,穿着棉衣棉裤,老虎头的布棉鞋,她整个人是明朗而安详的。那也许是早春的阳光,寒冷,明亮,刺得人睁不开眼睛。她袖着手,微微地缩起了脖子,她的眉头紧紧地皱着。她笑了,对着照相机的镜头,很茫然地,也很仓促。也许她没准备要笑,经不起照相人的引逗,就这样,她笑了起来。也许呢,在那一瞬间里,她想起了从前时光里一些有趣的事情,她微微咧开嘴巴,露出了她那不整齐的牙齿。

储小宝很喜欢这张照片,他三番五次地向我奶奶索取,终于有一天,他偷走了它,把它压在玻璃台板下。后来我看见了,郑重其事地向他讨还。

因为我5岁了,是个女孩子,我敏感,微妙,害羞。和任何一个异性的相处,我希望能有一种更清楚、纯洁、明朗的关系。

储小宝大大地动怒了。——他并不清楚我的心思。在这一点上,他的表现完全像个孩子。他扔还给我照片,说,拿去拿去,有什么了不起的,不就是一张照片吗?送给我都不要!

我弯下腰来,捡起照片。我的眼泪淌下来了。天知道我多么难过,一个5岁的人,才知道世事,她的世界单调而苍白,她根本不知道怎样去善待别人。

我又想起了储小宝,那时候,他是多么富有情感呵!他似乎很容易就喜欢上别人了,爱情、亲情、友情,甚至是邻居的一个小孩子,她的一张照片,他也要珍藏着。

很多年后的那个夏天的午后,我站在客厅的中央,我自己也知道,从前的一切就这样地流逝了。从前的青年变得很安详,从前的孩子成长为少女。现在,他们静静地对峙着,他们的身体之间,隔着一道厚实的空气。他们再也不会像从前那样亲密了。

我静静地打了个冷战。

我听到了一种声音,一点一滴的,清脆的,我知道,那是时间,它静静地走动了。就像很多年前,它走在杨婶家的屋子里,它穿过我奶奶做针线活的那双手,它荡漾在杨婶织毛衣的胳膊里,它在我们不经意的谈话间,它在阳光、空气和灰尘的深处……一天天、一年年地,它走远了。

它曾经停留在储小宝和吴姑娘的爱情里,那是很多年前的秋天的下午,我坐在吴姑娘的脚边,我的手里拿着褐色的毛线团子。有时候,我会抬起头来,看吴姑娘织毛衣,她把毛线绕在自己的小手指上,毛线在她的手指间一跳一跳的,像可爱的小兔子。

我看见了她那月白色的脸,饱满的,圆润的,那一年,她十八岁了吧?她的睫毛长长的,隔两秒钟就闪一下。她笑了起来。

储小宝呢,他正匍匐在床上,用扑克牌算命;有时候,他抬起了身子,"哎哟"了一声,拿手击着膝盖,嘴里发出叽叽咕咕的声音。有时候呢,他跳下床来,窜到镜子前,一边梳理着头发,一边用脚踢吴姑娘的坐椅。吴姑娘也用脚还击着。两人吃吃地笑出声来。

我把毛线团放在怀里,弯腰抱住了膝盖;因为愉悦,我也大声地笑了。

也就是在那静静的一瞬间里,我听到了时间的声音,非常含糊的,像雨打芭蕉的点滴的声音。窗外一片清明,秋日的阳光落在我们的脚边,我们的怀里,我们的手指间,我们的嘴唇上,我们的眼睛里……有一种时候,有风吹过了,风吹起了落叶,发出"沙沙"的声音。

我抬起头来,异常空明的屋子里,我听到了自己庞大的喘息声,那些具体实在的木质家具、人,各种物体,它们呈现着各种姿态,一片一片地展现在我的眼前。

我看见时间跳到墙壁上了,那是阳光,一闪一闪的,像水一样地荡漾着。刚刚是一瞬间呵,时间曾经停留在我们的衣衫上,现在,时间已经走到墙壁上了。

很多年后的那个夏日的午后,我站在屋子的中央,拿手抱住了肩膀,不时地战栗着。有一种时候,我以为自己是抬起了头来,我看见午后的阳光,在夏日的窗外,静静地盛开了。那是很多年前的阳光吗?

我听见了庞大的蝉声,一片一片的,此起彼伏的,在虚空里延续着。它渗入到我们的肌肤和汗渍里去了。有一种时候,蝉声像是约定了似的,突然沉寂了下来。

就像梦魇一般,在泪眼蒙眬中,我看见了在阴凉的屋子里,站着的我的父母,人到中年的储小宝,我弟弟正蜷缩在墙角的沙发上,静静地啃着手指头。

我还看见了木质家具,水泥雕花地面,一只空的玻璃杯子,在窗台上落下了阴影;风扇在头顶上吹着微风。一只苍蝇,匍匐在家具上,一动不动地,就像睡着了一样。

我们家的那只老式座钟,木质外壳,坐落在条几的正中,正"滴滴答答"地走动着,那样的平静,坦然,苍茫。也不知道延续了多少日月,也不知道走过了多少时辰,也不知道到了哪年哪月?

储小宝转过身去,他就要走了。他和我父亲握手,稍稍抿起嘴巴,矜持地、吃力地微笑着。他甚至没抬头看我一眼,就走进阳光里去了。窗外的阳光一如既往地盛开着,灿烂,黯败,一点点地往下堕落了。

我抱着我的身体慢慢地蹲了下来,我滑落到地上去了,就像纸片儿一样,它是轻飘的,伤心的,没有方向的。它坠落了。它哭泣了起来。

很认真的一种哭泣。静静地瞪着眼睛,没有声音。把手指伸进嘴巴里,用力抠着。眼睛里全是金的光芒。眼前渐渐黑暗了下来。

在黑暗的光芒里,我看见了一个中年男子的身影,从窗前走过了。他稍稍有点驼背,他甚至咳嗽了一声。他驼背的身影让我酸疼。

我父母回过头来,重新呵斥我跪下。我服从了。我仰起头来,非常爱怜地,我看着他们。他们也老了,他们是我的父母,人到中年,气力旺盛,烦躁,不安。他们不快乐。

时间到底从我们身上带走了什么?——年轻的容颜?爱情?一点点快乐的回忆?……我重新哭出声来。

这是我最后一次见到储小宝。后来,就连这相见的记忆,也慢慢地消淡了。我们重新回到了日常生活里,沿着各自的轨道迅速向前飞驶,再也没交叉过。

关于他婚姻生活的不幸,我是从别人那儿零碎听来的。

据说,这段因爱情而结合的婚姻,不久就显出弊端来了。"那娘儿们作风不好,死跟人睡觉。"我奶奶有一次不屑地说。

说这话时,我已经念中学了,那是在1987年,我回到微湖闸的叔叔家过暑假。我就问,怎么作风不好了?总是有原因的吧?

我奶奶看了我一眼,觉得这种话题,跟一个姑娘不便多说什么。我也沉默了。

很多年后的今天,我已年近三十,我很明白,爱情到底是怎样的一种东西。当年的吴姑娘的容颜已消褪在我的记忆中,对于整个事件的叙述,她也只是个陪衬;即使从情感方面来说,我对她的情感也不及对储小宝的情感的一半;至于我自己呢,我也不属于那种生命力很旺盛的女子。我和男人的关系,大多是清楚而坦白的。——唔,我以为自己是这样子的。

但是，我很以为，我明白吴姑娘这样的女性。那几乎是她们体内与生带来的东西，她们生命的气息结实而饱满，那有什么办法呢，她们约束不了自己。就这么简单。她们身上的动物性更强一些，理性，道德，责任心，与身体的欲望比起来，也许并不算什么。——她们是天生有着破坏欲的那一类女人。

可是，我还能记得很多年前的那些时日，光阴怎样在一个姑娘的身上留下的芳泽，光阴也在她的身上打下了阴影。一年一年的，她也老了吧？她成了一个妇人，就像当年的杨婶，就像很多年后的我奶奶。面对正在成长的孩子，艰难的生计，几十年如一日的生活。有一种时候，她也许走在下班回家的路上，她骑着自行车，她的车篮里放着一捆便宜的布料，还有一双塑料拖鞋。

她骑着自行车，在某个嘈杂的瞬间里，她抬起了头，看正午的日头，那样的光芒，短促。她眯缝起了眼睛。她听到自己身体的尖叫了吗？

即使在她肉体最欢腾的时候，她还能记得很多年，和一个青年的爱情吗？这段爱情成了事实上的婚姻，这真是人世间最邋遢的事情。

也许她什么也不记得了，她拐过了一些街巷，看着自行车的车轮压过了自己的影子，非常茫然地，她想到一些不相干的事情上去了。她的自行车笼头稍稍扭曲了一下，她向路边的石子吐了一口唾沫。她回家了。

这段婚姻维持了十多年，两个人同床异梦，生育一子。离婚以后，孩子归属储小宝。如今，这孩子怕也有二十了吧？他也该恋爱了吧？

2000 年　南京
2001 年 1 期《人民文学》

大老郑的女人

一

算起来，这是十几年前的事了。

那时候，大老郑不过四十来岁吧，是我家的房客。当时，家里房子多，又是临街，我母亲便腾出几间房来，出租给那些来此地做生意的外地人。也不知从哪一天起，我们这个小城渐渐热闹了起来，看起来，就好像是繁华了。

原来，我们这里是很安静的，街上不大看得见外地人。生意人家也少，即便有，那也是祖上的传统，习惯在家门口摆个小摊位，卖些糖果、干货、茶叶之类的东西。本城的大部分居民，无论是机关的，工厂的，学校的……都过着闲适、有规律的生活，上班，下班，或有周末领着一家人去逛逛公园，看场电影的。

城又小。一条河流，几座小桥。前街，后街，东关，西关……我们就在这里生活着，出生，长大，慢慢地衰老。

谁家没有那些陈芝麻烂谷子的事，说起来都不是什么新鲜事，不过东家长西家短的，谁家婆媳闹不和了，谁离婚了，谁改嫁了，谁作风不好了，谁家儿子犯了法了……这些事要是轮着自己头上，就扛着，要是轮着别人头上，就传一传，说一说，该叹的叹两声，该笑的笑一通，就完了，各自忙生活去了。

这是一座古城，不记得有多少年的历史了，项羽打刘邦那会儿，它就在着，现在它还在着；项羽打刘邦那会儿，人们是怎么生活的，现在也差不多这样生活着。

有一种时候，时间在这小城走得很慢。一年年地过去了，那些街道和小巷都还在着，可是一回首，人已经老了。——也许是，那些街道和小巷都老了，可是人却还活着：如果你不经意走过一户人家的门口，看见这家的门洞里坐着一个小妇人，她在剥毛豆米，她把竹筐放在膝盖上，剥得飞快，满地绿色的毛豆壳子。一个静静的瞬间，她大约是剥累了，或者把手指甲剥疼了，她抬起头来，把手甩了甩，放在嘴唇边咬一咬，哈哈气……可不是，她这一哈气，从前的那个人就活了。所有的她都活在这个小妇人的身体里，她的剥毛豆米的动作里，她抬一抬头，甩一甩手……从前的时光就回来了。

再比如说，你经过一条巷口，看见傍晚的老槐树底下，坐着几个老人，有一搭无一搭地聊着什么。他们在讲古诫。其中一个老人，也有八十了吧，讲着讲着，突然抬起头来，拿手朝后颈处挠了几下，说，日娘的，你个毛辣子。

多少年过去了，我们小城还保留着淳朴的模样，这巷口，老人，俚语，傍晚的槐树花香……有一种古民风的感觉。

另一种时候，我们小城也是活泼的，时代的讯息像风一样地刮过来，以它自己的速度生长，减弱，就变成我们自己的东西了。时代讯息最惊人的变化首先表现在我们小城女子的身上。我们这里的女子多是时髦的。不记得是哪一年了,我在报纸上看到,广州妇女开始化妆了,涂口红,搟眼影,一些窗口单位如商场等还做了硬性规定,违者罚款。广州是什么地方,可是也就一年半载的工夫,化妆这件事就在我们这里流行起来了。

我们小城的女子,远的不说,就从穿列宁装开始,到黄军服,到连衣裙,到超短裙……这里横躺了多少个时代,我们哪一趟没赶上?

我们这里不发达,可是信息并不闭塞。有一阵子,我们这里的人开口闭口就谈改革、下海、经济,因为这些都是新鲜词汇。

后来,外地人就来了。

外地人不知怎么找到了我们这个小城,在这里做起了生意,有的发了财,有的破了产,最后都走了,新的外地人又来了。

最先来此地落脚的是一对温州姐妹。这对姐妹长得好,白皙秀美,说话的声音也温婉曲折,听起来就像唱歌一样。她们的打扮也和本地人有所区别,谈不上哪有区别,就比如说同样的衣服穿在她们身上,就略有不同。她们大约要洋气一些,现代一些;言行淡定,很像是见过世面的样子。总之,她们给我们小城带来了一缕时代的气息,这气息让我们想起诸如开放、沿海、广东这一类的名词。

也许是基于这种考虑,这对姐妹就为她们的发廊取名叫作"广州发廊"。广州发廊开在后街上,这是一条老街,也不知多少年了,这条街上就有了新华书店,老邮局,派出所,文化馆,医院,粮所……后来,就有了这家发廊。

这是我们小城的第一家发廊,起先,谁也没注意它,它只有一间门面,很小。而且,我们这里管发廊不叫发廊,我们叫理发店,或者剃头店。一般是男顾客占多,隔三岔五地来理理发,修修面,或者叫人捏捏肩膀、捶捶背。我们小城女子也有来理发店的,差不多就是洗洗头发，剪了，左右看看就行了。那时，我们这里还没有烫发的，若是在街上看见一个自来卷的女子，她的波浪形的头发，那真是能艳羡死很多人的，多洋气啊，像个洋娃娃。

广州发廊给我们小城带来了一场革新。就像一面镜子，有人这样形容道，它是一个时代在我们小城的投影。仅仅从头发上来说，我们知道，生活原来可以这样，花样百出，争奇斗艳。是从这里，我们被告知关于头发的种种常识，根据脸形设计发型，干洗湿洗，修护保养，拉丝拉直，更不要说烫发了。

等我知道了广州发廊，已经是两三年以后的事了。有一天放学，我和一个女同学过来看了，一间不足十米见方的小屋子里，集中了我们城里最时髦漂亮的女子，她们取号排队，也有坐着的，也有站着的，或者手里拿着一本发型书，互相交流着心得体会……我有些目眩，到底因为年纪小，胆怯，趄在门口看了一下就跑出来了。

我听人说，广州发廊之所以生财有道，是因为不单做女人的生意，就连男人的生意也要做的。做男人的生意，当然不是指做头发，而是别的。这"别的"，就有人不懂了，那懂的人就会诡秘一笑，解释给他听：这就是说，白天做女人的生意，夜里做男人的生意。听的人这才似懂非懂，恍然大悟，因为这类事在当时是破天荒的，人的见识里也是没有的。因此都当作一件新奇事，私下里议论得很有劲道。

倘若有人怀疑道，不可能吧？派出所就在这条街上……话还没说完，就会被人"嘻"的一声打断道，派出所？怎见得派出所里就没她们的人？说着便一脸的坏笑。或者由另外的人接话道，你真是不灵通，现在都什么年代了，这事在广东那边早盛行了。

大老郑是在后些年来到我们小城的，他是福建莆田人，来这里做竹器生意。当时，我们城里已经集聚了相当规模的外地人，就连本城人也有下海做生意的，卖小五金的，卖电器的，开服装店的。

广州发廊不在了，可是更多的发廊冒出来，像温州发廊、深圳发廊……这些发廊也多是外地人开的，照样门庭若市。那温州两姐妹早走了，她们在这里待了三四年，赚足了钱。关于她们的传言没人再愿意提起了，仿佛它已成了老皇历。总之，传言的真假且不去管它，但有一点却是真的，人们因为这件事被教育了，他们的眼界开阔了，他们接受了这样一个现实。一切已见怪不怪。

大老郑租的是我家临街的一间房子。后来，他三个兄弟也跟过来了，他就在我家院子里又加租了两间房。院子里凭空多了一户人家，起先我们是不习惯的，后来就习惯了，甚至有点喜欢上他们了，因为这四兄弟为人正派乖巧，个性又各不一样，凑在一起实在是很热闹。关键是，他们身上没有生意人的习气，可什么是生意人的习气，我们又一下子说不明白了。

就说大老郑吧，他老实持重，长得也温柔敦厚，一看就是个做兄长的样子。平时话不多，可是做起事来，那真是既有礼节，却又不拘泥于礼节，这大概就是常人所说的分寸了。当年，我家院子里结了一株葡萄，长得很旺盛，一到夏天，成串的葡萄从架子上挂下来，我母亲便让大老郑兄弟摘着吃。或者她自己摘了，洗净了，放到盘子里，让我弟弟送过去。大老郑先推让一回，便收下了；可是隔一些日子，他就瓜果桃李地买回来，送到我家的桌子上。又会说话，又能体贴人，说的是：是去乡下办事，顺便从瓜田里买回来的，又新鲜，又便宜，不值几个钱的，吃着玩吧……一边说，一边笑，仿佛占了多少便宜似的。

他又是顶勤快的一个人。每天清晨，天蒙蒙亮就起床了，开门第一件事就是扫院子，又为我家的花园浇浇水，除除草……就像待自己家里一样。我奶奶也常夸大老郑懂事，能干，心又细，眼头又活……哪个女人跟了他，怕要享一辈子福呢。

大老郑的女人在家乡，十六岁的时候就嫁到郑家了，跟他生了一双儿女。我们便常常问大老郑，他的女人，还有他的一双儿女。大凡这时候，大老郑总是要笑的，不说好，也不说不好……总之，那样子就是好了。

我们说，大老郑，什么时候把你老婆孩子也接过来吧，一起住一段。

大老郑便说好，说好的时候照样还是笑着的。

有很长一段时间，我们都信了大老郑的话，以为他会在不经意的某天，突然带一个女人和两个少年到院子里来。尤其是我和弟弟，整个暑假慢而且昏黄，就更加盼望着院子里能多出一两个玩伴，他们来自遥远的海边，身体被晒得黝黑发亮，身上能闻见海的气味。他们那儿有高山，还有平原，可以看见大片的竹林。

这些，都是大老郑告诉我们的。大老郑并不常提起他的家乡，我们要是问起了，他就会说一两句，只是他言语朴实，也很少说他的家乡有多好，多美，但是不知为什么，我的眼前总浮现出一幅和我们小城迥然不同的海边小镇的图景，那儿有青石板小路，月光是蓝色的，女人们穿着蓝印花布衣衫，头上戴着斗笠，背上背着竹筐……和我们小城一样，那儿也有民风淳朴的一瞬间，总有那么一瞬间，人们善良地生活着，善良而且安宁。

我不知道，我为什么会有这样的想象，也许这一切是缘于大老郑吧。一天天的日常相处，我们慢慢对他生出了感情，还有信任，还有很多不合实际的幻想。我们喜欢他。还有他的三个弟弟，也都个个讨人喜欢。就说他的大弟弟吧，我们俗称二老郑的，最是个活泼俏皮的人物，又爱说笑，又会唱歌。唱的是他们家乡的小调：

  姑娘啊姑娘

  你水桶腰　水桶腰

  腔调又怪，词又贫，我们都忍不住要笑起来。有一次，大老郑以半开玩笑的口吻，托我母亲替他的这个弟弟在我们小城里结一门亲事，我母亲说，不回去了？大老郑笑道，他们可以不回去，我是要回去的，我是有老婆孩子的人呢。

  大老郑出来已有一些年头了，他们莆田的男人，是有外出跑码头的传统的。钱挣多挣少不说，一年到头是难得回几次家的，我母亲便说，不想老婆孩子啊？大老郑挠挠腮说道，有时候想。我母亲说，怎么叫有时候想？大老郑笑道，我这话错了吗？不有时候想，难道是时时刻刻想？我母亲说，那还不赶快回去看看。大老郑说，不回去。我母亲说，这又是为什么？大老郑笑道，都习惯了。他又朝他的几个兄弟努努嘴，道，这一摊子事丢给他们，能行吗？

  大老郑爱和我母亲叨唠些家常。这几个兄弟，只有他年纪略长，其余的三个，一个二十六岁，一个二十岁，最小的才十五岁。我母亲说，书也不念了？大老郑说，不念了。都不是念书的人。我母亲说，老三还可以，文弱书生的样子，又不爱说话，又不出门的。大老郑说，他也就闷在屋子里吹吹笛子罢了。

  老三吹得一手好笛子，每逢有月亮的晚上，他就把灯灭了，一个人坐在窗前，悠悠地吹笛子去了。难得有那样安静惬意的时刻，我们小城仿佛也不再喧闹了，变得寂静、沉默，离一切好像很远了。

  有一阵子，我们仿佛真是生活在一个很远的年代里，尤其是夏天的晚上，我们早早地吃完了饭，我和弟弟把小矮凳搬到院子里，就摆出乘凉的架势了。我们三三两两地坐着，在幽暗的星空底下，一边拍打着蒲扇，一边听我父母讲讲他们从单位听来的趣闻，或者大老郑兄弟会说些他们远在天边的莆田的事情。

或有碰上好的连续剧，我们就把电视机搬到院子里，两家人一起看；要是谈兴甚浓的某个晚上，我们就连电视也不看的，就光顾着聊天了。

我们说一些闲杂的话，吃着不拘是谁家买来的西瓜，困了，就陆续回房睡了。有时候，我和弟弟舍不得回房，就赖在院子里。我们躺在小凉床上，为的就是享受这夏夜安闲的气氛，看天上的繁星，或者月亮光底下梧桐叶打在墙上的影子；听蛐蛐、知了在叫，然后在大人切切的细语中，在郑家兄弟悠扬的笛声和催眠曲一样的歌声中睡去了。

似乎在睡梦之中，还能隐隐听到，我父亲在和大老郑聊些时政方面的事，关于经济体制改革，政企分开，江苏的乡镇企业，浙江的个体经营……那还了得！——只听我父亲叹道，时代已发展到什么程度了！

我们两家人，坐在那四方的天底下，关起院门来其实是一个完整的小世界。不管谈的是什么，这世界还是那样的单纯、洁净、古老……使我后来相信，我们其实是生活在一场遥远的梦里面，而这梦，竟是那样的美好。

二

有一天，大老郑带了一个女人回来。

这女人并不美，她是刀削脸，却生得骨骼粗大。人又高又瘦，身材又板,从后面看上去倒像个男人。她穿着一身黑西服,白旅游鞋,这一打眼,就不是我们小城女子的打扮了。说是乡下人吧,也不像。因为我们这里的乡下女子,多是老老实实的庄稼人的打扮,她们不洋气,可是她们朴素自然,即便穿着碎花布袄,方口布鞋,那样子也是得体的,落落大方的。

我们也不认为,这是大老郑的老婆,因为没有哪个男人是这样带老婆进家门的。大老郑把她带进我家的院子里,并不作任何介绍,只朝我们笑笑,就进屋了。隔了一会儿,他又出来了,趑在门口站了会儿,仍旧朝我们笑笑。

我们也只好笑笑。

我母亲把二老郑拉到一边说,该不会是你哥哥雇的保姆吧。二老郑探头看了一眼,说,不像。保姆哪有这样的派头,拎两只皮箱来呢。

我母亲说,看样子要在这里落脚了,你哥哥给你们找了个新嫂子呢。二老郑便吐了一下舌头,笑着跑了。

说话已到了傍晚,天色还未完全暗下来,从那半开着的门窗里,我们就看见了这个女人,她坐在靠床的一张椅子上,略低着头,灯光底下只看见她那张平坦的脸,把眼睛低着,看自己的脚。她大约是坐得无聊了,偶尔就抬起头来朝院子里睃上一眼,没想到和我们其中一个的眼睛碰个正着,她就又重新低下了头,手不知往哪儿放,先拉拉衣角,然后有点局促的,就摆弄自己的手去了。

她的样子是有点像做新娘子的,害羞,拘谨,生疏。来到一个新环境里,似乎还不能适应。屋里的这个男人,看上去她也不很熟悉,也许见过几次面,留下一个模糊美好的印象,知道他是个老实人,会待她好,她就同意了,跟了他。

那天晚上,她给我们造成了一种婚嫁的感觉,这感觉庄重、正大,还有点羞涩，仿佛是一对少年夫妻的第一次结合，这中间经过媒妁之言，一层层繁杂的手续……终于等来了这一天。而这一天，院子里的气氛是冷淡了些，大家都在观望。只有大老郑兴兴头头的，在屋子里一刻不停地忙碌着，他先是扫地、擦桌子……当这一切都做完的时候，他犹豫了一下，在离她有一拳之隔的床头坐下了。他搓着手，一直微笑着，也许他在跟她说些什么，她抬起头来看他一眼，就笑了。

他起来给她倒了一杯水。

再起来给她搬来一只放杯子的凳子。

那么下面还能做些什么呢？想起来了，应该削个苹果吧，于是他就削苹果了。他把苹果削得很慢很慢，像在玩一样技艺。有时他会看她，但更多的还是看我们，看我和弟弟，还有他家的老四。我们这几个半大不小的孩子，就站在院子正中的花园里，一边说着玩着笑着，一边装作不经意地探头看着……隔着花园里的各种盆盆罐罐，两棵冬青树，我们看见大老郑半恼不恼地瞪着我们，他伸出一只腿来把门轻轻地挡上了。

那天晚上，这女人就在大老郑的房里住下了。原先，大老郑是和老四住一间房，后来，老四被叫进去了，隔了一会儿，我们看见他卷着铺盖从这一间房挪到另一间房，他又嘟着嘴，好像很不情愿的样子，我们就都笑了。

那天的气氛很奇怪，我们一直在笑。按说，这件事本没有什么特别可笑的地方，因为我们小城的风气虽然保守了些，可是在男女之事上，也有它开通豁达的一面。大约这类事在哪里都是免不了的，一个已婚男子，老婆又常不在身边，那么，他偶尔做些偷鸡摸狗的事也是正常的。我父亲有一个朋友，我们唤作李叔叔的，最是个促狭的人物，因常来我们家，和大老郑混熟了，有一次他就拿他开玩笑说，大老郑，给你找个女朋友吧?

大老郑便笑了,嗫嚅着嘴巴,半晌没见他说出什么来。李叔叔说,你看,你长得又好,牙齿又白,还动不动就脸红——

我母亲一旁笑道,你别逗他了,大老郑老实,他不是那种人。

可是那天晚上,我母亲也不得不承认道:这个死大老郑,我真是没看出来呢。她坐在沙发上,很笃定地等大老郑过来跟她谈一次。她是房主,院子里突然多出来一个女人,她总得过问一下,了解一些情况吧。

原来,这女人确是我们当地的,虽家在乡下,可是来城里已有很多年了。先是在面粉厂做临时工,后来不知为什么辞了职,在人民剧场一带卖葵花子。我母亲说,我们也常去人民剧场看电影看戏的,怎么就没见过你?

女人说,我也常回家的。——当天晚些时候,大老郑领女人过来拜谒我母亲,两人坐在我家的客厅里,女人不太说什么,只是低着头,拿手指一遍遍地划沙发上的布纹,她划得很认真,那短暂的十几分钟,她的心思都集中到她的手指和布纹上去了吧?大老郑呢,只是一个劲地抽着烟,偶尔,他和我母亲聊些别的事,常常就沉默了。话简直没法说下去了,他抬头看了一眼灯下的蛾虫,就笑了。我母亲说,你笑什么?

大老郑说,我没笑啊。

这么一说,禁不住女人也笑了起来。

女人就这样来到我们的生活里,成为院子里的一个成员。这一类的事,又不便明说的,大家也就睁一只眼闭一只眼的,就此混过去算了。我母亲原是极开明的,可是有一阵子,她也苦恼了,常对我父亲嘀咕道,这叫什么事啊!家妻外妾的,还当真过起小日子来了。——又是叹气,又是笑的,说,别人要是知道了,还不知该怎么嚼舌呢,以为我这院子是藏污纳垢的——

其实，这是我母亲多虑了。时间已走到了1987年秋天，我们小城的风气已经很开化了。像暗娼这样古老的职业都慢慢回头了，公安局就常下达"扫黄"文件，我父亲所在的报社也做过几次跟踪报道。当然了，我们谁也没见过暗娼，也不知她们长什么样子，穿什么样的衣裳，有着怎样的言行和做派，所以私下里都很好奇。我母亲因笑道，再怎么着，大老郑带来的这个也不像。我奶奶说，不像，这孩子老实。再则呢，她也不漂亮，吃这行饭的，没个脸蛋身段，那股子浪劲，那还不饿死！我父亲笑道，你们都瞎说什么呢？

总之，那些年，我们的疑心病是重了些，我们是对一切都有好奇、都要猜忌的。那的确是个与众不同的年代吧，人心总是急吼吼的，好像睡觉也睡不安稳。一夜醒来，看到的不过还是那些旧街道和旧楼房，可是你总会感觉到，有什么东西变了，它正在变，它已经变了，它就发生在我们的生活里，而我们是看不见的。

无论如何，女人就在我家的院子里住了下来。起先，我们对她并不友善，我母亲也有点忌讳她和大老郑的姘居关系，可是她又不能赶的，一则和大老郑的交情还不错，二则呢，这女人也着实可怜，没家没道的。乡下还有个八岁的男孩，因离了婚，判给前夫了。

她待大老郑又是极好的，主要是勤快，不惜力气。平时浆洗缝补那是免不了的，几个兄弟回来，哪次吃的不是现成饭？还换着花样，今天吃鱼明天吃肉的，逢着大老郑兴致好了，哥几个咂二两小酒也是有的。他们一家子人，围着饭桌坐着，在日光灯底下，刚擦洗过的地面泛着清冷的光。

有时候，饭是吃得冷清了些，都不太说话，偶尔大老郑会搭讪两句，女人坐在一旁静静地笑。有时却正好相反，许是喝了点酒的缘故

53

吧，气氛就活跃了起来。老二敲着竹筷唱起了歌，他唱着哩哩啦啦的，不成腔调，女人抿嘴一乐道，是喝多了吧？

老三说，别理他，他一会儿就好了。

两人都愣了一下，可不是，话就这么接上了，连他们自己都不提防。郑家几个兄弟都是老实人，他们对她始终是淡淡的，淡不是冷淡，而是害羞和难堪。就比如说她姓章，可是怎么称呼呢，又不能叫嫂子或姐姐的，于是就叫一声"哎"吧，"哎"了以后再笑笑。

女人很聪明，许是看出我们的态度有点睥睨，所以轻易不出门的。白天她一个人在家，她把衣服洗了，饭做了，卫生打扫了，就坐在沙发上嗑嗑瓜子，看看电视。看见我们，照例会笑笑，抬一下身子，并不多说什么。从她进驻的那一天起，这屋子就变了，新添了沙发、茶几、电视……她还养了一只猫，秋天的下午，猫躺在门洞里睡着了，下午三四点钟的太阳照下来，使整个屋子洋溢着动物皮毛一样的温暖。

有一次，我看见她在织手套，枣红色的，手形小巧而精致，就问，给谁的？织给儿子的吗？她笑道，儿子的手会有这么大？是老四的。她放下手里的活，找来织好的那一只放在我手上比试一下，说，我估计差不多，不会小吧？

几个弟弟中，她是最疼老四的，老四嘴巴甜，又不明事理，有一次就喊她做"姐姐"了，她愣了一下。一旁的老二老三对了对眼色，竟笑了。没人的时候，老四会告诉她莆田的一些事情，他的嫂子，两个侄儿。他们镇上，很多人家都住上小楼了，她就问，那你家呢？老四说，暂时还没有，不过也快了。

她又问，你嫂子漂亮吗？这个让老四为难了，他低着头，把手伸进脖颈处够了够，说，反正是，挺胖的。她就笑了。

她并不太多问什么的，说了一会儿话，就差老四回房，看看他二哥三哥可在,老四把头贴在窗玻璃上说,你待会来打扫吧,他们在睡觉。她笑道,谁说我要打扫,我要洗被子,顺带把你们的一块洗了。

她虽是个乡下人,却是极爱干净的,和几个兄弟又都处得不错,平时帮衬着替他们做点事情。她说,我就想着,他们挺不容易的,到这千儿八百里的地方来,也没个亲戚朋友的,也没个女人。说着就笑了起来。她的性格是有点淡的,不太爱说话,可是即便一个人在房间里坐着,房间里也到处都是她的气息。就像是,她把房间给撑起来了,她大了,房间小了。

也真是奇怪,原来我们看见的散沙一样的四个男人,从她住进来不久,就不见了,他们被她身上一种奇怪的东西统领着,服从了,慢慢成了一个整体。有一次,我母亲叹道,屋里有个女人,到底不一样些,这就像个家了。

而在这个家里,她并不是自觉的,就扮演了她所能扮演的一切角色,妻子,母亲,佣工,女主人……而她,不过是大老郑的萍水相逢的女人。

她和大老郑算得上是恩爱了。也说不上哪儿恩爱,在他们居家过日子的生活里,一切都是平平常常的,不过是在一间屋子里吃饭,睡觉。得空大老郑就回来看看,也没什么要紧事,就是陪陪她,一起说说话。她坐在床上,他坐在床对面的沙发上。门也不关。——门一不关,大方就出来了,就像夫妻了。

慢慢地,我们也把她当作大老郑的妻子,竟忘了莆田的那个。我们说话又总是很小心,生怕伤了她。只有一次,莆田的那个来信了,我奶奶对大老郑笑道,信上说什么了?是不是盼着你回去呢?我母亲咳嗽了一声,我奶奶立刻意识到了,讪讪的,很难为情了。女人像是没听见似的,微笑着坐在灯影里,相当安静地削苹果给我们吃。

也许我们不会意识到，时间怎样纠正了我们，半年过去了，我们接受了这女人，并喜欢上了她。我们对她是不敢有一点猜想的，仿佛这样就亵渎了她。我母亲曾戏称他们叫"野鸳鸯"的，她说，她待他好，不过是贪图他那点钱。后来，我母亲就不说了，因为这话没意思透了，在流水一样平淡的日子里，我们看见，这对男女是爱着的。

他们爱得很安静，也许他们是不作兴海誓山盟的那一类，经历了很多事情了，都不天真了。往往是晚饭后，如果天不很冷的话，他们就出去走走，我母亲打趣道，还轧马路？怎么跟年轻人似的。他们就笑笑，女人把围巾挂在大老郑的脖子上，又把他的衣领立起来。有时候他们也会带上老四，老四在院子外玩陀螺，他一边抽着陀螺，一边就跟着他们走远了。

或有碰上他们不出去的，我们两家依旧是要聊聊天的，说一说天气、饮食、时政。老二倚在门口，说了一句笑话，我们便"喷"的一声笑了，也是赶巧了，这时候从隔壁的房间里传来了一声清亮的笛音，试探性的，断断续续的，女人说，老三又在吹笛子了。我们便屏住了声息，老三吹得不很熟练，然而听得出来，这是一首忧伤的调子，在寒夜的上空，像云雾一样静静地升起来了。

我家的院子似乎又恢复了从前的样子，甚至比从前还要好的。一个有月亮光的晚上，人们寒缩，久长，温暖。静静地坐在屋子里，知道另一间屋子里有一个女人，她坐在沙发上织毛线衣，猫蜷在她脚下睡着了。冬夜是如此清冷，然而她给我们带来了一种岁月悠长的东西，这东西是安稳、齐整，像冬天里人嘴里哈出来的一口热气，虽然它不久就要冷了，可是那一瞬间，它在着。

她坐在哪儿，哪儿就有小火炉的暖香，烘烘的木屑的气味，在整间屋子弥漫着，然而我们真的要睡了。

有一阵子，我母亲很为他们忧虑，她说，这一对露水夫妻，好成这样子，总得有个结果吧？然而他们却不像有"结果"的样子，看上去，他们是把一天当作一生来过的，所以很沉着，一点都不着急。冬天的午后，我们照例是要午睡的，这一对却坐在门洞里，男人在削竹片，女人搬个矮凳坐在他身后，她把毛线团高高地举起来，逗猫玩。猫爬到她身上去了，她跳起来，一路小跑着，且回头"喵喵"地叫唤着，笑着。

这时候，她身上的孩子气就出来了，非常生动的，俏皮的，像一个可爱的姑娘。她年纪并不大，顶多有二十七八岁吧。有时候她把眼睛抬一抬，眼风里是有那么一点活泼的东西的。——背着许多人，她在大老郑面前，未尝就不是个活色生香的女人。

逢着这时候，大老郑是会笑的，他看她的眼神很奇怪，是一个男人对女人的，又是一个长者对孩子的，他说，你就不能安静会儿。

她重新踅回来坐在他身后，或许是拿手指戳了戳他的腰，他回过头来笑道，你干什么？她说，没干什么。他们不时地总要打量上几眼，笑笑，不说什么，又埋头干活了。看得多了，她就会说，你傻不傻？大老郑笑道，傻。

这时候，轮着他做小孩子了，她像个长者。

三

第二年开春，院子里来了一个男人。这男人大约有四十来岁吧，一身乡下人的打扮，穿着藏青裤子，解放鞋。许是早春时节，天嫌冷了些，他的对襟棉袄还未脱身，袖口又短，穿在身上使他整个人变得寒缩、紧张。

按说，我们也算是见过一些乡下人的，有的甚至比他穿得还要随便，不讲究的，但没有像他这样邋遢、落伍的……他又是一副浑然无知的样子，看上去既愚钝又迂腐，像对一切都要服从，都能妥协的。那些年，我们这里的乡下人也多有活络的，部分时髦人物甚至胆敢到城里来做买卖的，开口闭口就谈钱，经济、回扣，十足见过世面的样子。可这个男人不是，看得出来，他是属于土地的，他固守在那里，摆弄摆弄庄稼……这大概是他第一次进城吧？

他像是要找人的样子，有点怯生生的，先是站在我家院门外略张了张，待进不进的。手里又攥着一张皱巴巴的纸条，不时地朝门牌上对照着。那天是星期天，院子里没什么人，吃完了午饭，大老郑携女人逛街去了，其余的人，或有出去办事的，到澡堂洗澡的，串门的……因此只剩下我和母亲在太阳底下闲坐着。老四和我弟弟伏在地上打玻璃球。

这时候，我们就看见了他，生涩地笑着，瑟缩而谦卑，仿佛怕得罪谁似的。我母亲因勾头问道，你找谁？他低下头，微微弯着身子，把手抄进衣袖里说道，我来找我的女人。我母亲说，你女人叫什么？并向他招招手，他满怀感激地就进来了，轻声说了一个名字，我母亲扭头看了我一眼，噢了一声。

他要找的是大老郑的女人，这就是说，他是女人的前夫了？

我们再也不会想到，这辈子会见到女人的前夫，因此都细细地打量起他来。他长得还算结实，一张红膛脸，五官怕比大老郑还要精致些，只是肤质粗糙，明显能看出风吹日晒的痕迹，那痕迹里有尘土、暴阳、田间劳作的种种辛苦……也不知为什么，这乡下人身上的辛苦是如此多而且沉重，仿佛我们就看见似的，其实也没有。

他一个人站在我家的院子里，孤零零的，显得那样的小，而且苍茫。春天的太阳底下，我们吃饱了饭，温暖，麻木，昏沉，然而看见他，心却一凛，陡地醒过来了。我母亲说，要么，你就等等？他笑笑。我母亲示意我进屋搬个凳子出来，等我把凳子搬出来时，他已贴着墙壁蹲下了，从怀里取出烟斗，在水泥地上磕了磕。

毋庸讳言，我们对他是有一点好奇的。就比如说，我们不知道他为什么来找女人，是想重修旧好吗？他们现在还有密切的联系吗？他们又是怎么离的婚？我们对女人是一点都不了解的，只知道她的好，他也是好的……可是两个好人，怎么就不能安安生生的过日子呢？

起先，他是很拘谨的，不太说什么。可是也就一袋烟的工夫，他就和我母亲聊上了。原来，他是极爱说话的，他说话的时候有一种沉稳又活泼的声色，使我们稍稍有些惊诧，又觉得他是可爱的。他说起田里的收成，他家的一头母猪和五头小猪，屋后的树……总之加起来，扣除税和村上的提留，他一年也能挣个几百块钱呢！——不过，他又叹道，也没用处，这几百块钱得分开八瓣子用，买化肥和农药，孩子的书学费，他寡母的医药费……所以，手里不但落不下什么钱，反倒欠了些债。

我母亲说，这如何是好呢？

他没有答话，把手伸进腋窝里挠了几下，拿出来嗅嗅，就又说起他们村上，有两家万元户的，他们凭什么？不就因着手里有点余钱，承包个果园、鱼塘……他哼了一声，看得出有点不屑了。他们丢了田，他咕哝道，天要罚的。他说这话时有一种平静的声气，很忧伤，而且悲苦。

我母亲打趣道，依我看，你要解放思想，那田不种也罢。

他打量了我母亲一眼，瓮声瓮气说道，种田好。

我母亲笑道，怎么好了？种田你就当不上万元户。

他的脸都涨红了，急忙申辩道，种田踏实。自从盘古开天以来，哪有农民不种田的，你倒跟我说说！也就是这些年——可这些年怎么了，他一下子又说不出来了——再说，我不当万元户，也照样有饭吃，有衣穿，也能住上新瓦房。不过——他想了想，把手肘压在膝盖上，突然羞涩地笑了。他承认道，造瓦房的钱主要是女人的，她在城里当干部，每月总能挣个三四百，够得上他半年的收入了。

我们都愣了一下，我母亲疑惑道，当干部？当什么干部？我一个月都挣不了三四百，问问这城里，除了做生意的——再说，不是离婚了吗？

离婚？他扶着膝盖站起来了，睁大眼睛说道，你听谁说的？

看他那眉目神情，我们都有点明白了，也许……我们应该怀疑了，什么地方出问题了，我们被蒙蔽了。他不是女人的前夫，他是她的男人。我母亲朝我努努嘴，示意我把老四和弟弟领到院外去，她又笑道，瞧我说的这是哪门子胡话，因不常见着你，小章又一个人住，就以为你们是离了婚的。

男人委屈地叫道，她不让我来呀。再说了，家前屋后的也离不开人，要不是细伢子的书学费……这不，都欠了一个月了。老师下最后通牒了，说是再不交就甭上学了。也是赶巧了，那天二顺子进城，在这门口看见了她，要不我哪儿找她去？

他絮絮地说着，抱怨起这些年他的生活，又当爹又当妈的，家也不像家了；但凡手里宽绰些，他也不会放她出来。当什么干部？——他哧的一声笑了，我还不知道她那点能耐？双手捧不动四两的，也就混在棉织厂，当个临时组长罢了。

我和母亲面面相觑。面粉厂、棉织厂、人民剧场卖葵花子……这么一说，都是假的了。我母亲且不敢声张，又拐弯抹角地问了他一些别的。总之，事情渐趋明朗了，它被撕开了面纱，朝我们最不愿意看到的那个方向转弯了。

男人一说竟滑了嘴，收不住了。那天晌午，我们耳旁嗡嗡的全是他的声音。那是怎样的声音啊……一说起他的婆娘，他显得那样的啰唆，亲切而且忧伤。他时常想她吗？夜深人静的时候，他是否常常就醒过来，看窗格子外的一轮月亮。一天中难得有这样的时刻，能静下来想点事情吧？白天下田劳作，晚上锅前灶后地忙碌，一年年地，他侍候老母，抚养幼子……这简直要了他的命！他的女人在哪儿？这当儿，她也睡了吧？一想起她在床上的熊样子，他就想笑。想得要命。她是顾家的，哪次回来没给他捎上好的烟叶，给儿子买各式玩具，给婆婆带几样药品？可他不如意，也不知为什么，有时简直想哭。他就想着，等日子好了，他要把她接回来，安派她做分内的事，让家里重新燃起油烟气。

呵，让家里燃起油烟气。那一刻，他坐在正午的太阳底下，慢慢地眯起了眼睛。

他停顿了一下，许是说累了，不愿再说下去了。在那空旷的正午，满地白金的太阳影子，我家的院子突然变得大了，听不到一点声音，人身上要出汗了。——再也没有比这更寂寞、荒凉的一瞬间，我们一点点地沉了下去，在太阳地里坐得久了，猛地抬起头来，阳光变成黑色的了。

丈夫最终没能等来他的女人，他兴高采烈地回去了。他知道，隔几天他的女人就会把工资如数上交，他要用这笔钱给细伢子交书学费。

他又从门洞里拖出半袋米，托我们转交，说，这是好米，在城里能卖不少的价钱呢，留着她吃吧；我们在家里的，能省些则省些。

女人是在晚上才回的家，她跟在大老郑的后头，手里提着大包小包的。我母亲趋前问道，都买了什么？大老郑笑道，随便给她买了些衣服。女人立在床头，把东西一样样地抖出来，皮鞋、衣裙……又把一件衣料放在膀子上比试一下，问我母亲道，也不知好看不好看。我就嫌它太花哨了，都是他主张要买。大老郑笑道，这几样当中，我就看中这一件，花色好，穿上去人会显得俏丽。

平心而论，女人的做派和先前没什么两样，可是我们都看出一些别的来了。就比如说她是细长眼睛，大老郑说话的当儿，她把眼睛稍稍往上一抬，慢慢地，又像是不经意的……反正我是怎么也描述不出来，学不出来的。——就这么一抬，我母亲拿手肘抵抵我，耳语道，真像。

原来，我母亲早就听人说过，我们城里有两类卖春的妇女，说起来这都是广州发廊以后的事了。就有一次，有人指着沿街走过的一个女子，告诉她说这是做"那营生"的。那真是天仙似的一个人物，我母亲后来说，年轻且不论，光那打扮我们城里就没见过；我母亲因问道，不是本地人吧？那人淡淡笑道，哪有本地人在本地做生意的？她们敢吗？人有脸，树有皮，再不济也得给亲戚朋友留点颜面，万一做到兄弟、叔伯身上怎么办？

还有一类倒真是我们本地人，像大老郑的女人，操的是半良半娼的职业。对于类似的说法，我母亲一向是不信的，以为是谣言，她的理由是，良就是良，娼就是娼，哪有两边都沾着的？殊不知，这一类的妇女在我们小城竟是有一些的，她们大多是乡下人，又都结过婚，有家室，因此不愿背井离乡。

这类妇女做的多是外地人的生意，她们原本良善，或因家境贫寒，在乡下又手不缚鸡，吃不了苦，耐不了劳；或有贪图富贵享乐的；也有因家庭不和而离家出走的……凡此种种，不一而足。她们找的多是一些未带家眷的生意人，手里总还有点钱，又老实持重，不寒碜，长得又过得去，天长日久，渐渐生了情意，恋爱上了。

她们用一个妇人该有的细心、整洁和勤快，慰藉这些身在异乡的游子，给他们洗衣做饭，陪他们说话；在他们愁苦的时候，给他们安慰，逗他们开心，替他们出谋划策；在他们想女人的时候，给他们身体；想家的时候，给他们制造一个临时的安乐窝……她们几乎是全方位的付出，而这，不过是一个妇人性情里该有的，于她们是本色。她们于其中虽是得了报酬的，却也是两情相悦的。

若是脾性合不来的，那自然很快分手了，丝毫不觉得可惜；若是感情好的，那男人最终又要回去的，难免就有麻烦了，总会痛哭几场，缱绻难分，互留了信物，相约日后再见的，不过真走了，也慢慢好了，人总得活下去吧？隔一些日子，待感情慢慢地平淡了，她们就又相中了一个男子，和他一起过日子去了。

做这一路营生的妇人，多由媒人介绍来的，据说和一般的相亲没什么两样，看上两眼，互相满意了，就随主顾一起走了。而这一类的妇人，天性里有一些东西是异于常人的，就比如说，她们多情，很容易就怜惜了一个男子；她们或许是念旧的，但绝不痴情。她们是能生生不息、换不同男子爱着的……或许，这不是职业习性造就的，而是天性。

和我们一样，她们也瞧不起娼妓，大老郑的女人就说过，那多脏，多下流呀！而且，也不卫生。她吃吃地笑起来，那是早些时候，她的"前夫"还未出现。她们和娼妓相比，自然是有区别的，和一般妇女比呢，就有点说不清楚了。照我看来，唯一的区别就在于，在通过恋爱或婚嫁改善境遇方面，她们是说在明处的，而普通妇女是做在暗处的。因此，她们是更爽利、坦白的一类人，值不值得尊敬是另一说了。

我们家对过，有一户姓冯人家的老太太，我们都唤作冯奶奶的，最是个开朗通达的人物。长得又好，皮肤白，头发也白，夏天若是穿上一身白府绸衣裤，真是跟雪人一般。这老太太是颇有点见识的，大概因她儿子在监察局当局长、女儿在人民医院当护士长的缘故吧，她说起天文地理来，那是能让人震一震的。常常是坐在自家门口剥毛豆米，隔着一条马路就朝我奶奶喊过来，你家今天吃什么？两个老太太一递一声地说着话，末了她端着一个竹笸子，一路颠颠地就跑过来了。看见我，就笑道，阿大下学堂了？看见我弟弟，就说，小二子，今天挨没挨先生批？她是很得人缘的一个，凡是认识她的没有不尊敬她的。她的风流事在我们这一带是传遍了的，年轻时因男人跑台湾，单单丢下她娘儿三个，两张嗷嗷待哺的嘴，怎么活呀？就找相好呗，也不知找了多少个，才把这两个孩子拉扯大，出息了，成家了。倘若有人跟她做媒，她大凡是回绝的，说的是，她男人一天不死，她就要等他回来。有人背地里取笑她，这叫什么等？比她男人在时还快活。无论如何，她是抚养了两个孩子，不是含辛茹苦，而是快快乐乐。

我们无论如何也说不清，在大老郑的女人和冯奶奶之间，到底有何不同，可是我们能谅解冯奶奶，而不能谅解大老郑的女人。我母亲很快下了逐客令，当天晚上，她就找大老郑过来摊牌了，大老郑如实招供，和我们了解的情况没什么出入，不过他说，她是个好人。我母亲通情达理地说，我知道。你也是好人，可是这跟好人坏人没关系，我们是体面人家，要面子，别的都好说，单是这方面……你不要让我太为难。

我母亲又说，你是生意人，凡事得有个分寸，别让外人把你的家底给扒光了。大老郑难堪地笑着，隔了一会儿，他搓搓手道，这个，我其实是明白的。

大老郑携女人走了，为眼不见心不烦，我母亲让他的几个兄弟也跟着一起走了。从那以后，我们再也没见过他们，也没听到过他们的任何讯息了。

这一晃，已是十五年过去了，我们也不知道，大老郑和他的女人，他们过得还好吗？他们是不是早分开了，各自回家了？在他们离开院子的最初几个年头，每到夏天，我们乘凉的时候，或是冬天，我们早早缩在被子里取暖的时候，就会想起他们，那是怎样安宁纯朴的时光啊，像我们幻想中的莆田的竹林，在月光底下发出静谧的光……现在，它已经遥不可及了；或许，它压根儿就没存在过？

而这些年来，我们小城是一步步往前走着的，这其中也不知发生了多少事；有一次，我父亲因想起他们，就笑道，这叫怎么说呢，卖笑能卖到这种分上，还搭进了一点感情，好歹是小城特色吧，也算古风未泯。我母亲则说，也不一定，卖身就是卖身，弄到最后把感情也卖了，可见比娼妓还不如。

唉，这些事谁能说得好呢？我们也就私下里瞎议论罢了。

2002 年 12 月 17 日

胡文青传

一

胡文青是个很谦逊的人，生于1948年，石城人，家住举人巷3—3—206。他个子不高，却给人以魁梧的印象；周正的四方脸，棱角分明，再兼浓眉大眼、鼻直唇正……他这长相，多年前就被算命的惊为天人，说："有鸿鹄之志，逢乱世，必成事！"

胡文青笑了笑，没上心。他那年十五岁，印堂比现在光亮，整个人虎虎有生气。他就读于省师附中，这在全国都称得上一所名校；他确实有些志向，却又不知志向何指；兴趣广泛，尤侧重于"文史哲"，小小年纪就涉猎《资本论》，因为读不懂，便纠集身边几个同道，搞了个"兴趣小组"，每周聚一次。后来，他这"兴趣小组"规模越来越大，他非但请来了校长、老师，就连"石城名流"也常过来"指导交流"；这是全校的盛会，阶梯教室内外，挤满了无数求知的小脑袋，胡文青作为发起人，也因此成了这名校里的名学生。

确实，他从少年时代起，就表现了多方面均衡的才能，思维活跃，言行妥当，对于人际、社交、事务也很会对付；写一手漂亮文章，有观点，有气势；主编一份学生刊物，敢于登些新鲜的言论，而校方并不以为忤。

总之，那几年有一种奇怪的自由风气，使得这学校一时天才进出，师长们端详这一张张少年的脸孔，或热情、或沉静、或深思、或坚定，委实不知他们将来会长成怎样的人，虽知他们中的大多数也将是平凡人……这一天，胡文青主持完"兴趣小组"的聚会后，跟班主任略聊了聊，他的意思是，他将来的方向应该是在学问上。

班主任说："倒不忙着定方向，而且——"看了他一眼，打趣道，"你坐得住冷板凳么？这可是件寂寞的事儿！"

胡文青搔搔头皮，害羞道："我没那么爱热闹吧？我主要是感兴趣——"说不下去了，被人戳到了隐痛；又略略有些不服气，想起一个前辈曾跟他说过的："你这样的多面手，把你局限在任何一个领域都是浪费！"

说的其实是一回事，他很苦恼，回家的路上一直在想；走到巷口，恰好遇上一个算命的，死活把他拉住，说"一个子儿也不收"，只因他有异相！胡文青只想笑，他是个坚定的唯物论者，但是也不妨听听这走江湖的对他的打量。

当听到"逢乱世，必成事"时，胡文青说："你的意思是，我将来一事无成了？"

那老头摇了摇头，说："那倒也说不好！"

胡文青说："那么只有一个意思了，——你说这话就该死，什么乱世不乱世？你哪儿来的？国民党派来搞破坏的吧？"

老头慌得连忙摆手，说："我刚才说什么了？我什么也没说呀！我的意思是，将来的事谁能说得好？就比如你不知道你将来是干什么的，做什么职业,能活几岁;而且我也没说乱世不乱世的,我的意思是,乱世出英雄,容易成事儿;你因为生在盛世,虽有才干吧,也只能当社会主义建设的一颗螺丝钉;你会经历一番坎坷辛苦。"

胡文青笑了笑,说:"这倒像个人话!我不在乎坎坷辛苦,人生哪有一帆风顺的?奉劝你一句,以后别招摇撞骗了,今天也就是碰上了我,换了别人看看?早把你扭派出所了!"

二

算命这件事,胡文青很快就忘了,直到十七年后的某一天,他突然想起,如雷轰顶。此时,他已蛰居街巷多年,三十二岁,是个两岁男孩的父亲,孩子妈在国营菜市场当售货员,每天早出晚归,因此他连买菜都省了,只负责在家带孩子、洗衣做饭。

他每天下楼一到两次,抱着孩子出来透气,一般不超过半小时。看见邻居也都还客气,点点头,笑眯眯的;人家若是走过来跟他搭话,他就跟孩子说:"呐,叫奶奶!"或"叫爷爷!"。

于是,这些爷爷奶奶也不好意思直接问他话,先跟孩子敷衍两句,问:"叫什么名字?几岁哪?"这是过门,刚要入题时,他已是要走的意思了,而且那孩子也实在太闹,东指指西望望,大呼小叫,朝人脸上吹气泡;他抱歉地笑笑,弯弯腰,这就上楼了。

他从不主动说什么,因此,引得整条街上都在说他。

"这年纪轻轻的,就这样过一辈子了?靠女人养活,这饭他怎么能吃得下?"

"嗻，他那女人长得真丑，哪儿配得上他！估计也是看透了，随便找了这一个；听说结婚之前是定了约的，她答应养他一辈子，就当他是个废人——"

"什么废人？他这几年好多了，尤其是有了孩子以后；你是刚回城，没看见他几年前的样子，胡子拉碴的，像个游魂，一年到头都不下楼的。"

"那是他没在楼里，出去逃难去了！这种红卫兵，造反派头头，杀人犯！国家怎么就赦了他！"

这种没见识的话，当然有人听不下去了，便站出来纠错；纠错的人五十出头，巷子里的人都叫他阿顺，他略微知道胡文青的一点底细；也许他说的照样还是没见识的话："李大爷，你这话不对！造反派多了去了，都杀了，国家还怎么安邦治国，还怎么搞现代化？"

"我说的是那些罪大恶极的——"

"罪大恶极不都进去了吗？"

那李大爷一下子恼了，一字一顿地说："那他就是漏网之鱼！"

阿顺摇了摇头，嘟哝了一句："冤冤相报何时了！"

那李大爷一下子扑上前去，把脸堵着阿顺，问："你家没死过人是吧？我家里……"嗓子一下子沙了，眼里汪着水；乍着五个手指头晃了晃，意思是家里五口人；又弯下两个点了点，意思是死了三个。

阿顺问："跟他有关系吗？"

李大爷愣了一下，没声气回答，便一个脑门撞进阿顺怀里，一边揪住他的衣领，一边抖抖索索的——不待怎样，早被人拉开了。

阿顺跳了一下，一边把衣领扶扶正，一边向众人说："嗻，我是个直肠子，心里压不住话。李大爷家里的情况我不比谁清楚？老街坊了，他家小凤就是我给裹的尸，一大清早拉着板车，跑了十里路，送的火葬场,还偷偷摸摸的。惨不惨?惨!但是话分两头说,我也当过造反派,不是造反有理么?我也打过人,我也挨过打;武斗那会儿,我三十来岁,正当年……嗨,不说了。我也抄过家,顺过一些宝贝儿;但是我要告诉你们,我私下里还、还不知保护过多少人呢!——信不信无所谓——这条街上的、我们厂里的……你们谁知道?是谁我不告诉你们,我也不要他承情,他也还不起这人情,我是冒着生命危险的,就是看着他可怜,而且那会儿,自己的心劲儿也歇了。——李大爷,知道我想说什么了吧?这笔账你没法算,是笔糊涂账!"回头看了看二楼的某扇窗口,叹了口气,说:

"像这位——"指的是胡文青,"我跟他没什么私交,两代人;看着他从小到大的,现在变成这么一个人!毁啦!你们中有些是新住户,没看见他从前的样子,石城有名的天才少年,神采奕奕,走路生风,那是进北大清华的料,毁啦!没错,他是'东方红'派的领袖,这一派可是大名鼎鼎,风头出尽;当年,谁不知道他胡文青大名!但据我所知,他甚至都没亲手打过人,他一文弱书生,打什么打?他手下有一批打将,哪个当头头的手下没几个兵?据说,有一次他看见街上有个跳楼的,脑瓜子迸碎,他吓得捂住了眼睛,那时他才几岁?十九岁!他见过什么世面?而且后来就退出了,他二十岁就不玩儿了,隐退江湖了,你现在找他算账,——你现在找谁算账,谁都不认这个账!"

说到这里,阿顺顿了顿,把眼睛看着李大爷;他话还没说完呢,但是这一句话,他是绝不能出声的,只能放在心里说:"你李大爷怎么就不想想,你是因为被打倒了,失了势;你要是在台上,一窝蜂似的挤着你,你会怎样?难保就比我们干净!手里欠下几个血债也说不定!"嘀咕完了,这才长长地吐了口气,觉得舒服多了。

三

楼下的吵嚷，胡文青全听见了；他坐在窗沿边的沙发上，一边教儿子玩魔方，一边愣愣的，像是在听别人的故事，脸上不露一点表情；他很奇怪，这些人从哪儿知道的这些？样样都是真的。只有一句，说他有一阵子胡子拉碴，像个游魂，又说他出去逃难去了，这是没有的。他无论如何，每天清早第一件事就是刮胡须，他是刮给自己看的，告诉自己要衣饰整洁，要口齿清香——十几年前他最热闹的时候，反未必要这样。

也正因此，整个巷子对他都不满意：一个落魄的人，就应该有落魄的样子！他应该衣衫褴褛，蓬头垢面；他应该沿街行乞，疯了，或是傻了，叫那些善良的妇人为他淌几滴同情的眼泪；可是现在他穿得比谁都干净，笑眯眯的，跟没事人一样；他还有脸出来见人，那眼神淡淡的，比谁都矜持：你跟他笑笑，他也笑笑；你给他冷脸，他就跟没看见似的，歪头逗儿子笑，想想着实可气！

他怎么就没一点愧疚心呢？他本应该跪下来向他们道歉！当然了，有些事跟他没关系，可既然他是"那一方"的，他们是"这一方"的，他就应该道歉！象征性的，不过是张一张嘴的事儿，如果连这个都为难，那就点点头；如果还为难，那就眼神表示一下：慌张、胆怯、躲闪……怎么样都行；不会太为难他！就是做个样子，好叫大家消消气；这以后低头不见抬头见的，总得相处吧，他眼神表示一下，这事儿就结了，谁还能拿他怎么样？把他千刀万剐？那是犯法的事儿，再说他也配不上！再说了，都过去这些年了，谁还会跟他认真计较？就是仪式性的，给大家一个说法，说他错了，点点头，顺顺眼，对他仁至义尽了吧？

这天晚上，胡文青一家已经躺下，只听得门外有轻轻的敲门声；他女人应了一声，出去开门，门洞里陡地闪进来一个人，直把她吓了一跳；那人转身把门带上，轻轻"嘘"了一声，却是居委会主任张阿姨。

那张阿姨压着嗓子说："把门灯关上，我有话要说。文青呢？睡了？"

他女人说："我去叫他！"

张阿姨一把拉住她，说："不用了，我说两句话就走！给你们通风报信来了，——噢，文青起来了？正好！你这两天最好出去躲躲，要不就干脆甭下楼，谁来砸门都不应，下面的事情我来应付。什么怎么回事儿？——"看了女人一眼，"噢，你下午不在家，闹了一场呢！那阿顺也是好心，替文青说了句公道话——你都听到了吧——犯了众怒啦！嘀嘀嘀，那还了得！商量了一个结果，这两天要找你算账呢！"

"算什么账？"他女人惊声问道。

"别咋呼，"张阿姨再次压低嗓门，说，"叫他们听到了，连我也脱不了干系呢！还能算什么账？叫他认个错呗！"

"吓死我了！"他女人轻轻地吐了口气，说，"原来是认错！这不当个事儿！"

文青站在一旁，只把他女人冷冷地看上一眼，也没有说什么。

张阿姨察言观色，说："你看，我今晚来对了吧？你都不如我了解文青，这老街坊邻居了，小时候我还抱过他呢，就知道他性子左，十足一个书呆子，拧着呢！叫我说呢，这认错有什么了？嘴一吧嗒的事情！至于你心里怎么想的，谁还会在乎？可人家就是金口难开啊！我就说，这要是搁过去，他准当烈士，这性子！但是话又说回来，这巷子里的有些人呀，啧，可真叫说不好！这都过去四五年了，而且冤有头债有主，你该找谁找谁去！有本事你查出他们去！你找文青干嘛呀？他那两年根本就搬出了举人巷，不跟街坊们过招；他父母被另一派拉出去批斗；这账叫怎么算？"

"前一阵好像没人提了，怎么最近又扯上了？"他女人问。

"这不是陆陆续续还在回城、平反嘛，"张阿姨说，"这一回城、一平反，总归要聚一聚、说一说啰，这一聚一说，可不就生气了？唉，我也能理解，他们撒撒气是应该的：死的死，疯的疯。我现在什么事都能理解！"

张阿姨临走前，再次跟文青嘱咐道："这一阵别让我看见你！等风头过了，我再来通知她。"

可是叫她吃惊的是，第二天上午她便看见了他，他趿着拖鞋，正抱着小孩去巷口的杂货店买棒棒糖回来，她很是生气，待要撒手不管吧，毕竟乱子是出在她辖区内的，由不得还是朝他努努嘴，使了个眼色，文青看见了，只朝她走来。

他把小孩交给张阿姨，说："你放心吧，不会出事的，我刚才遇上他们了。"

张阿姨跟在后面，说："既然出来了，那你就说句软话吧。"

他站下来了，笑了笑："我不说。我本来也不想出来的。"这倒是他的真话，他既不惹事，也不躲事；如果不是小孩闹着要下楼，他有本事在那屋子待一辈子！但既然下了楼，就由它去吧；况且，现在什么事都不在他眼里，早空了，干干净净，连活着都是累赘；倘若自我了结吧，又觉没必要，实在是，连拿刀抹脖这个动作他都懒得做，倒真不是怕死——早死了，在十几年前。

家门口的空地上，已乌压压地聚了一群人，都在等着他；文青走近了,站下来,没有人说话;一时空气寂寂的,只有几声咳嗽;这样等了两分钟,于是文青便走,走了几步,身后有人啐他,声音又响又脆;于是文青停住,回头把人群扫了扫:吐唾沫的是邵老师,中心实验小学的退休老师,七十多岁,一个半疯的孤寡老人;他没有教过文青,却因为邻里关系受托于文青的父母,文青跟他习过字,虽只有半年,可是习字本上至今还留有他的圈圈点点……一个郑重其事的老头儿,郑重得有点迂腐。

那一刻,文青突然动了恻隐之心,眼圈一热;他为掩饰自己,只能转头看别处;别处,五十米开外的地方,站着两个便衣,文青对这类人很是熟悉;也许是张阿姨布下的预防。人群里,有个小孩在玩水果刀,文青把眼睛盯着水果刀,心里很知道,这是一场"事先张扬的凶杀案",他的眼泪一下子就干了。

阿顺也在人群里,急得脸红脖粗;文青正不知如何收场,阿顺突然号啕一声:"你就说一声吧,说一声,这事儿就结了。"

于是文青便说了:"我今天站在这里,要杀要剐由你们;我能做到打不还手,骂不还口;那边是警察,你们可以叫他来抓我;我会永远住在这里,欢迎你们来报复!但是我不说那句话。"

说完了,他在空气中略站了站,等着别人冲杀上来,等了两分钟无果。于是他又上楼了。这一次,他是真的上楼了,没有人出来阻止。

四

阿顺是在当天下午来看文青的;他总归有点讪讪的,觉得对不住文青,不该逼他说话,因而一而再、再而三地道歉。

文青说:"真的没关系,我那话早该说了,一直找不着机会。"

阿顺笑道:"我问你一句话,你不要生气啊;我也是刚才突然想到:我能跟你一再道歉,你怎么就不能向他们道个歉呢?难道你就没一点儿错吗?"

文青沉吟了半天,一时不知该怎么回答,他把手肘压着膝盖,半截身子都伏在膝盖上了。

"怎么会没错?"隔了好久,他才抬起身子说,"错大发了,所以不能道歉!"

"什么意思啊?"

"我一下子也说不清楚。我要是犯了小错,我也乐于道歉,像你没犯错的也跑来道歉,这两样都没关系;但是大的不行,大的,你得慎行。"

"你的意思是,要坚持?"

"也不是坚持,内心里早已否定了;但是我不想说出来,我就让它烂在心里;烂下去,它会成为养料的;另外还有一个尊严问题,它不是面子,我现在还有什么面子可言?早放下了;但尊严,——比方说你爱过一个人、爱过一些事物,后来知道爱错了,最郑重的方式是记在心里;你不能一张嘴就跟人说,对不起,我错了;这个太轻佻了,对人对己都不尊重,而且没有意义。"

"你只是放在心里?"

"放在心里才是最有力量的,一说出来就泄气了——"

"你先听我说,我前一阵看报纸,有人白纸黑字地道歉了,大家都很感动——"

"那说明大家都不严肃。那道歉的人,要么一开始他就是胡闹,自始至终,他从来没相信过什么,就是跟着瞎起哄;要么他当初相信过,但犯的是小错误;那些真正杀了人的是不会道歉的,也许他们正在哭诉自己受到的伤害呢。那些轻易道歉的,嘴一抹,下次遇上事儿,照犯不误!所以道歉没什么用。"

"唯一的作用,能让那些受伤的人舒服一点——"

"他们只图眼前舒服,恨不得把你踩在脚底下,让你受辱,恨不得杀了你;杀了你以后,他就出了气了,他就到此为止。就这么回事儿。还有你刚才说到受伤,问题是谁在受伤?谁在伤人?这事太吊诡了,就比如你我——"

阿顺叹了口气,说:"甭说了,我知道你意思了。你这些年——"

"都还好。我想了一些事情,很多事想不通;中间几年特别难受,就是屋脊梁开始摇晃,整个房子要坍塌的感觉,特别崩溃,那真叫毋宁死!我们中有些人就这样死了,我们中学的,很聪明,一开始相信,后来怀疑了,整个人就崩溃了,中间又做过一些错事,没法回头,也没法纠正了,就自杀了;我也是其中一个,没死完全是侥幸。"

"那你下面怎么办?"

"还没想好;我能活下去的,应该会越来越好——靠老婆养活有什么不好的?——继续想事情,想通了,看能不能写点东西,不是伤痕小说那一类的;想不通,就想它一辈子,直到老死。"

五

这以后的几年里,举人巷逐渐恢复了平静。文青的事没人再提起;时间消化了很多东西,大家服气了,认领了自己的命运——毋宁说是淡忘了——生活便各归槽道了。

而且他也很少下楼，就或下了楼，街坊们也难得见上，因为大家也都各忙各的去了；偶尔聚在一起，有人问起他，阿顺就说："他在家写小说呢，写回忆录；那可了不得，我们街上要出大作家了！"

这话听着会叫人犯咳嗽的，尤其是那些有隐痛的人："怎么？他当完了造反派，这又去当作家？"待要说上两句吧，又显得小气，毕竟都是些老皇历了；忍了半天，才很有涵养地笑道："他倒真会赶时髦，什么流行做什么！"

文青的女人仍如常，每天早出晚归，接送儿子，——他儿子已经念小学了。尤其是近两年，他女人似乎是变漂亮了，喜欢说笑，声音响亮，隔老远就打招呼："李大爷！出去溜达呢？身子骨还硬朗？"

"将就。你家那位大作家呢？"

"嗐，瞧您说的！什么大作家！"

直到有一天，一辆送货卡车开进了举人巷，车上装的全是那个时代的奢侈品：全自动洗衣机、双门电冰箱、十七寸松下彩电、电热水器……一路的喇叭响到文青家楼下，他女人喜气洋洋地下来招呼……大家这才知道，胡文青发财了。

原来，胡文青这些年几乎就不在举人巷，他也不是什么作家，他去了南方；他是石城第一批"先知先觉者"，他挣了第一桶金；没人知道他是怎么发的，估计未必地道……整个巷子突然火烧火燎；当他们还在进行口头上的"改革开放"时：拍腿嗟叹、交头接耳、唾沫横飞……人家已经远走高飞；而且当作家也不时髦了。

这样一来，胡文青又翻身了，成了举人巷的一个标杆；晚上没什么事儿，阿姨大妈们最喜欢找文青女人聊天，从她那里，或能知道一点小道八卦，或能得到一点新鲜的刺激，比如她辞职这件事，就给了

77

巷子一个震惊；还有她家里的簇簇新：木地板、墙纸、电话；尤其是夏夜，坐在她家里的空调房里，那比电风扇不知凉快多少去！

整个巷子突然醉了；没错，虽然报纸电视每天都在聒噪，虽然他们也跟着一起聒噪：解放思想、深圳速度、姓社姓资……可是根据以往的经验，他们谁都不会先动；然而这女人，却突然辞去了公家人，跟社会主义拜拜了，瞧她那样！她怎么就敢？

可是人家说了："我家文青说的，不靠我这点工资生活！带孩子最要紧，家里就他这根独苗；是啊，形势确实不明朗，哪天一变天……可是我家文青说了，大不了再栽个跟头，他上码头做苦力去；家里就他这根独苗。我家文青就这一点好，胆子大，什么都不怕。"

街坊们"噢"了一声，总算听明白了：说来说去他男人是个赌徒；上一回他赌输了，这一回他赌来了地板、空调、墙纸、电话……一个屋檐下，他这一赌就赢了他们二十年，这还不够，他要他的子子孙孙都赢下去！这就是改革开放，娘的，可气！

可是无论如何，巷子里的人总算醒了，立马闭嘴，也"哼哧哼哧"开始走路了；胡文青这个暴发户，委实比报刊的鼓噪更起作用，因为具体可视、鲜活生动；因为有嫉妒、不服气；因为原来都在一个水平线上，甚至还不如他们……至于他二十年前的那档子事儿，他们早不介意了。

这以后的日子里，巷子里那个热闹：也有辞职的，也有停薪留职的；也有一边上班、一边接私活儿的；有南下转了几年又赶回单位上班的；有"下海"差点没被淹死的，也有没"下海"却发了财的……凡此种种，不一而足。

再以后，这巷子就分化了：穷的穷，比如那些下岗工人；富的富，比如各式各样的暴发户，一开始是暴发户，可是发了十年、二十年，而且越来越发,他就格外受人尊重了,也不再有人嫉妒了,因为差得太远了,不在一个层次上;因为他已属于另一个阶层,上够得着中央,下抵不着群众,——他住在郊区的别墅,有门卫、狼狗;有司机、保姆;虽然是一个厂里的(他雇了他们,毋宁说,是他们主动找他雇的),平时却难得见他一面;就或见了,也未必能相认,他是左拥右簇的,他们只能远远地站住,把他瞧上一眼:那风度,那谈吐,那气魄……他已经到了跟外国元首谈项目合作的程度了。——这末一句,特指的是胡文青。

当然巷子里另有一些人,可以说大部分人,还在过着从前的小日子,斤斤计较,毫厘必争;他们的绝对生活,自然比以前好许多,除了排场不够,跟富人家差不多;富人家又能吃什么?山珍海味?燕窝鱼翅?啥,现在菜场超市都有卖的!富人家住得不过是宽敞一些,可是举人巷多方便,闹市中心,寸土黄金,现在他们就等着拆迁,好换到郊区的大房子里去,那儿空气好,而且住着也宽敞。

他们自然比不上胡文青他们,可是世上又有几个胡文青?从小跟他一起玩儿大的,就知道他不是久居街巷之人;老实说,做实业都辱没他了呢,他哪天要是当个市长、省长什么的,——那当然,就当国家领导人他也够料!反正他们满足得很,比上不足、比下有余,总比那些街头摆地摊的强吧,——这其中就有他们的街坊邻居——真可怜,二十年前谁能想到他们会落到这一步?更可怜的是,他们已经认了这一身份,不比一开始,看见熟人总躲,现在也能主动打声招呼了。

可是这些摆地摊的中,后来也有几个不知怎么就好了,开了店面,每日的流水相当于他们一个月的工资……这话他们就不爱听了,"有这事儿?不大可能吧?"当确认这一切是真的时,他们叹了口气,悻悻地骂了一声:"瞧这世道乱的,是人是鬼都发了啊!"

六

现在的胡文青很平静；现在，他六十出头，满头华发，风度翩翩，——看上去很年轻，也就四十来岁。尤其是他那从容淡定的神情，出席公共场合时，比如某些慈善活动，他不是大踏步的，而是悄悄的，宁愿躲在人群里默默无闻；不得已被领上主席台时，他谦让一番，坐在最中央，偶尔一抬头，那眼神极谦逊，前排就座的女明星们也由不得心里一动，心里想："这才叫世家子弟，多低调，也不知他爹是干什么的？听听人家的发言，三言两语，言简意赅，也不说大话，也没有腔调，就是平平淡淡，这才叫腕儿！"

不过这是早些年的事儿了，现在的胡文青深居简出，轻易不出来见人；只有从前的几个老朋友，偶尔会约出来聚一聚，这其中阿顺就算一个。阿顺近八十了，可是中气十足，说话近乎喊叫，——也许是聋了；他仍住在举人巷，一方面过着小市民的生活，一方面跟着胡文青出入高档会所，打打高尔夫球。不过这仍是早些年的事儿了，现在，老哥儿俩宁愿躲在胡文青的办公室里，阿顺说："杀几局？"

于是胡文青便摆上棋盘，说："杀几局。"

胡文青现在闲得很，他从四五年前就慢慢收手，是到了该享受晚年生活的时候了；厂里的事情轻易不过问，只交给儿子处理。儿子不争气，——儿子当然也做事，只是玩心太重，三十多岁了还不结婚，最喜欢跟二三线的女明星搞些绯闻，所以很讨小报记者的喜欢，隔一阵子就让他上娱乐版的头条，胡文青很是瞧不上！这孩子从十几岁开始,就一副公子哥儿样,很潇洒的,对什么事情都看得开。

待要说他两句吧,他妈就有话了:"他这一点跟你顶像!"

胡文青笑了笑,声气弱了许多。他这二十年来也未能免俗,中间经历了几个女人,可是他顶住了压力,坚决不离婚,而且也早戒了。现在,他跟他的糟糠之妻在一起,两人都是居士,整日吃斋念佛,家里乌糟糟的全是香火气,他儿子一回家就皱眉头。

然而他的佛事,主要还是在心里。办公室的书橱里,一排排全是佛经,他偶尔也读一读,只觉得心里空得很,泛泛的全是慈悲心。

这一排排的佛经里,也夹着一本《资本论》,不过他几乎不碰。碰什么呢?语境不同了。他少年时读不懂的地方,现在全懂了;他就是马克思批判的那一类人,那类"从头到脚,都沾着血和肮脏的东西"的人;他现在是个居士。

这《资本论》也不知谁放进书橱的,似乎是为装点,又似乎是为提醒他少年时代的一段往事……他那年只有十五岁,搞了个读书会,是个意气风发的好少年;有一天他跟老师说,他将来要做研究,因为有兴趣;后来他在巷口碰上一个算命的,那人说:"若成事,当乱世;将来有坎坷!"

胡文青的眼睛突然痴了。这是第二次,他想到那个算命的,——头一次是在三十年前,那时他儿子才两岁;他窝居街巷,是个贱民——他遇上他已近五十年了,那时他的人生才刚开始。一个白胡子老头儿,一句谶语。他现在成事了吗?乱世。谶语。东方红。造反派。窗外电闪雷鸣。"你将来必有坎坷。"《资本论》。改革开放。居士。佛经。乱世。他成事了吗?

窗外电闪雷鸣,阿顺说:"要下雨了。"起身去关窗子。

胡文青说:"要下雨了。"

两人立在窗前,看窗外倾盆大雨,天昏地暗。不说一句话。

隔了好久,阿顺才说:"算啦,别愁眉不展的。你现在要想开点,挣下这么一大摊子,生不带来,死不带去,儿孙能用多少?还不是为他人作嫁衣裳!"

胡文青说:"我也这么想呢,我这些年何尝是为自己活着的?累得很!我曾经,——嗨!我曾经以为我养活了一大批人,我要对他们负责任,尤其是那些早期跟着我打天下的,还有现在的好几万工人!可我现在不这么想了——"把眼睛闭上了,第一他儿子就不认账;有一次父子俩发生争执,儿子说:"爸,您可别说养活不养活的这些话,谁养活谁还不知道呢!你不需要对他们负责任,人家也绝不会感谢你!大家都在挣自己该得的那部分,你,我,他们,所有人。事情得做,钱也得挣,可您别把自己看得跟救世主似的,没有您,他们就饿死了?去要饭?谁离了谁都能过!"

胡文青气得浑身发抖,说:"好,好,好!我不当救世主,我现在就收手。"

他儿子倒心平气和了,说:"您也不要生气,我说话急了,可您想想,是不是在理?而且您现在也收不了手啦,一旦上了这条道,您就是不走,也有人推着您往前走。事情做到这分上,您个人做不了主啦!只能由着惯性往前走,走到哪一天,该散伙时就散伙!但估计您是等不来这一天了,我则说不好。我会认真做事的。"

这一争吵,胡文青便彻底丢手了。直躺了三天,起来的时候,天地为之变色,脑子更糊涂,他跟孩子妈说:"儿子说得对。他把我的屋脊盖给掀了,我以后再也找不着地方遮风挡雨了。"

他还说:"一代人做一代人的事,我退出了,要云游了!"

他又说:"信什么佛?真虚伪!你能四大皆空?你能把这一摊子全

捐掉，分毫不留，重新去当一个穷人？你即便当了穷人，你满脑子还是福禄富贵！还四大皆空！还信佛！谁配？"

这末一句话，他是说给阿顺听的，——其实也是说给自己听的；阿顺也信佛。

阿顺说："我就跟你说了，你不要钻死胡同，这对你没什么好处。要我说，你有这功夫，还不如写本回忆录，把你这几十年好好整理一下。什么事情能禁得起你这样问？你这一问，不就全空了？信佛这件事，你力所能及，能信到哪一步算哪一步，佛也不会要求你四大皆空！人活着，不过是求个安心——"

胡文青说："写什么回忆录？我现在没话可说了，心里空荡荡的。"

阿顺笑道："你空什么空？你还早着呢！你心里有几千条烦恼丝；第一，这一摊子不是你想要的，你想要什么，当然自己也不知道；你这些年忙来忙去，为的是有个寄托，现在连这寄托也被人揭了，你心里头难受；但是你不能怪了佛去！佛已经看见你所做的，他最喜欢你这样的平凡人，心里总有苦楚，才显得他有作用。"

胡文青长长地吐了口气，把眼睛望出窗外，望了很远很远。

这一天下午，他跟阿顺一直立在窗前，看狂风暴雨，天地混沌；脑子里一片一片的，前世今生，什么都有。两个前造反派、现在的佛教徒，偶尔也会说上两句，然而所说的永远不及所想的，在那语言达不到的深处，他们困惑、苍茫。雨下得更大了。

后来天晴了，夕阳出来了。隔壁的厂区里，有工人成群结队地往外走，他们勾肩搭背、追打、嬉笑；胡文青把这一切看在眼里。在他23楼的文青楼上，能看到不远处的中央大街，此时，街上人满为患，——正是下班的高峰期：人群小如蚁虫，车队像甲壳虫，一排排的在试图往前挪、挪、挪。

胡文青看不见他们的脸，听不见他们的抱怨、吼叫，知道他们是活在今天；他的眼睛突然掠过了眼前的景象，回到了四十年前……心里想着，今天的这些人，若是活在四十年前，谁知道他们中谁会变脸、变成什么样的人？谁知道他们中谁会哭泣？谁会仰天长啸？谁会变得狰狞，以至于他们自己竟不自知。

　　然而现在他们都是好人，这些正走在中央大街上的人、走在他厂区里的人……他们追打、嬉笑；抱怨、吼叫。他们都是平凡人。

2011 年 8 月 16 日

化 妆

一

十年前,嘉丽还是个穷学生,沉默,讷言,走路慢吞吞的,她长得既不难看,也不十分漂亮,像校园里的大部分女生一样,她戴着一副厚眼镜。

嘉丽不知道自己的眼睛有多美:大,安静,灵活,时常焕发出神采。有一次,一个男生跟她说,你的眼睛里有光。嘉丽说,谁的眼睛里没有光?那个男生看了她一眼,笑道,我是说……你的脑子里。你的脑子里有光。

嘉丽一阵害羞,她知道他在说什么了。嘉丽平时默默无闻,很少引人注目,她是个平庸的学生,精力既不花在学业上,也不像一般的女生,花在恋爱和穿衣打扮上。整天,她的脑子里会像冒气泡一样地冒出很多稀奇古怪的小念头和小想法,那真是光,磷火一样眨着幽深的眼睛;又像是蚊虫的嗡嗡声,飞绕在她的生活里,赶都赶不走。有时候,她像是被这些念头和想法给吓坏了,担心有一天会被它们所驱动,一不小心做出什么惊人之举来;但有时候,她又像是乐在其中,沉浸在一种无与伦比的激动和快活里。

大学四年,嘉丽生活得还算平静,没有人知道她在想些什么,而且谢天谢地,她也并未做出什么荒唐事来。

大学最后一年的那个秋天,嘉丽被分派到邻市的一家中级法院实习。就在这短短的半年见习期内,她爱上了她所在科室的科长,并且和他发生了关系。他姓张,一个三十多岁、精明强干的法官,有家室,是一个八岁男孩的父亲。他的家庭看上去还不坏,办公桌的玻璃台板下就压着这一家三口的合影,坐在春天的草坪上,两个中年夫妇带一个孩子,眼睛望到虚空的某个地方,安静而矜持地微笑着。嘉丽难过了很久。

嘉丽就这样不可救药地堕入了一段恋情里,她那么笨拙,沉迷,忧伤,还来不及有恋爱经验,学校里有那么多青春年少的男孩子,可是嘉丽能抵挡住这些男孩子,却抵挡不住这样一个男子。她的办公桌就在他的对面,有时不经意的某个瞬间,两人的眼神会撞到一起,随即分开了。嘉丽简直不敢看他的眼睛,那样的沉着,静美,他看上去比实际年龄要年轻一些,架着秀郎镜,举止温和,风度翩翩。

一个星期四的下午,天突然下起了雨,办公室的人都出去办案了,只剩下嘉丽一个人,她在翻一张旧报纸,不时地拿手去搂一下肩膀。这时她听到对面有一个声音说,冷吧?

嘉丽并没有吃惊,她大方而镇静地朝他笑笑。他显然刚从酒席上回来,头发湿漉漉的,身上有雨和酒混杂的气味。他立在办公桌旁摸索一通,拢拢文件,放在桌子上磕磕。有一瞬间,他的眼睛像是瞥过了嘉丽,神情有点呆呆的。他起身去脸盆架旁拿毛巾,走至嘉丽身边时却又站下来,问她一些工作上的事。嘉丽把手肘撑在桌子上,从敞开的喇叭袖薄毛衣里露出葱管一样青白的手臂。她并没有看他，然而她知道，他的眼睛一定落在她的手臂上，一寸寸的像蚂蚁在爬。

嘉丽放下了手臂，很吃力地摊在桌子上。他上前捏捏她手臂外面的衣袖说，穿得这样少！嘉丽吃了一惊，那完全是他的低吟，像咬着她的耳垂，朝耳膜里轻轻地吐着气。

约会是在两天以后，周日的一个傍晚，他来宿舍找她，手里拿着一摞文件，急匆匆的样子，一路上和同事打着招呼，敷衍了很多话。进门的时候话倒又少了，坐在椅子上，一言不发地看着她。两天不见，他邋遢了许多，胡子拉碴的，一副疲沓相。他告诉她，他睡得不好。嘉丽的身体紧了一下，她明知故问道：怎么啦？

他低了低眼睑，站起来一把搂住了她，嘴唇直拱进她的耳朵里，说了些谁也听不清的糊涂话。

两人都知道，这是一段毫无希望的恋情，况且，嘉丽的日子不多了，再有两个月，她就要回到学校，接受分配。躺在一起的时候，他时常扳着手指算道，还有四十三天……三十二天。越发要发疯的样子。有时候，他也会静下来，认真地打量她，像是从来不认识她似的，要把她吸进身体里。他说，嘉丽。

嘉丽应了一声。

他又说，嘉丽。

嘉丽扯扯他的头发，笑道，怎么啦？

他咕哝道，我只是想喊喊你的名字。

嘉丽的眼睛突然一阵发涩。在这一刻，她发现这个男人爱她，当他们躺在床上的时候，当他触碰到她的身体……他爱她。他破例说很多话，跟她掏心窝子：他们单位，谁和谁好，谁和谁不好，他这科长是怎么升上去的，他是苦孩子出身……他妻子是怎么追的他，人人都说她好，可是他恨她！结婚十五年了，不在一起睡觉已经七年了。

他和嘉丽亦很少一起睡觉，因为没有机会。每天朝夕相处，各自的眼角里会带上对方的衣袂，一只手，一缕头发，半张脸，可是没有机会。他像是急了，偶尔会猛一抬头久久地瞪着她，像是攒了一身的力气，全然不顾别人看见与否。嘉丽赶忙低下头，她不敢理会，他疯了。又有一次，他借故走到她身边看一份文件，一边说着话，一边在文件上指点着，另一只手却摸摸索索塞进她手心里，在里面横冲竖撞的。嘉丽惊恐地看着办公室里的其他人，身上兀自冒出冷汗。很多年后，嘉丽想，这男人是有点穷凶极恶的。

他不过是想和她睡觉，他繁忙，嘈杂，怯弱，每天被形形色色的人包围着：他的上司，同僚，打官司的人，朋友，他的老婆和孩子……他只有很少的时间给嘉丽。好不容易偷闲把她带到宾馆里，吃完了饭，就急匆匆地抱住她，把脸藏在她的胸脯里，一刻也不能消停。嘉丽叹了口气，因为她爱他，她得服从他。

嘉丽究竟不知这男女之事有何乐趣可言，她爱他是因为他身上有一些别的，那细微的、很多人都不注意的：他的头发，衣着，安静下来时像黄昏一样的眼神，他的孩子气，喝醉酒时会跟她胡闹，说同事的坏话，把桌子拍得叮咚响。他人前神气活现的样子……有一天晚上，他突然对着她哭了，他说他不如意，很失败……如果他清醒，如果他老婆不呼他回家，嘉丽会了解到他的痛苦，然而他走了。

那天晚上，嘉丽才明白她爱的是这个男人的痛苦，那谁也不知晓的他生命的一部分。有一天下午，两人站在高楼的窗前，他从身后抱住了她，孩子一样把头偎在她的肩上，嘉丽突然一阵哽咽。他不作声，把手罩在她的眼睛上，眼泪掉一滴，他就擦一滴。后来他把她扳过来，愧疚地说，嘉丽，我不能给你什么。

嘉丽含着泪,微笑着,很慢很慢地摇着头。她不需要。这是她生命中最美的一段,她二十二岁,有着枝繁叶茂的正在开放的身体,很多年后,她一定会记得这一段,记得这个男人,因为他曾陪她一起开放过。

嘉丽很穷,她每月靠父母从邮局汇来的生活费过活,下面还有一个正在读大二的弟弟。她父母都是普通工人,举债供她姐弟俩念大学,因着这一层,嘉丽总是记得。有一年暑假,她跟一个女同学回家住几天,那女同学比她高大许多,她母亲便把女儿从前穿剩的衣服送与嘉丽穿,嘉丽不要。她母亲说,你看,都是旧衣服,也不值什么钱的。

嘉丽顿时泪落。

她不能忘记她的穷,这穷在她心里,比什么都重要。她要时刻提醒自己,吃最简单的食物,穿最朴素的衣服,过有尊严的生活。有时嘉丽亦想,她这一生最爱的是什么?是男人吗?是一段刻骨铭心的情感?不是。是她的穷。待她年老的时候,不久于人世的时候,她能想起的肯定是这一段黑暗的日子,大学四年,她暗无天日。她比谁都敏感,她受过伤害,她耿耿于怀。她恨它,亦爱它,她怕自己在这个字眼里再也跳不出来了。

实习的这段日子,嘉丽跟着科长出入过一些大饭店,他带她去最豪华的歌舞厅,他一掷千金,然而嘉丽知道他用的不是自己的钱;他本人没什么钱,他亦很少送嘉丽礼物,只有一次,他去外地出差,回来的时候给嘉丽捎了一只戒指,嘉丽抵死不要,她穷惯了,她不需要什么戒指,戴在手上很不像;她不甚懂黄金的行情,然而她有一个姨曾买过戒指来着,个头比他的大,做工也精致,据说近千元,嘉丽估量这一只至少也有四五百元,这么一想,更加不能要了。

科长很伤心,他说,嘉丽,我没有别的意思。

嘉丽说，我知道。

他把戒指重新拿出来，给她戴上，嘉丽微笑着把它脱下，他再戴上，她再脱下。他生气了，阴沉着脸坐在一旁不说话。嘉丽觉得抱歉，她爱他，她就不能收他的东西，这不是别的，这是戒指，戒指是钱买的。她不能收钱。

隔了半晌，他才说，嘉丽，我对你是认真的，我不能给你别的，我只有这么点东西……我不知道怎样对你好！

嘉丽最终收下了这只戒指，自此，他再也不敢提礼物的事了。然而衣服总是要送一点的，嘉丽太不修边幅了，一身寒素，有一次他忍不住跟她说，嘉丽，你其实挺好看的。

嘉丽噢了一声笑道：其实？！

他说，你只需稍稍打扮一下。

嘉丽不说话了，这是她的痛处。谁不喜欢打扮？谁天生会跟漂亮衣服过不去？她看着大街上那些花枝招展的美女……她不看她们，她鄙视她们，恨她们！这还是钱的问题。

隔了几天，他去百货公司为她挑衣服，又怕她拒绝，便事先跟她打招呼：这次你不能过分！嘉丽意意思思地收下了。她不甚喜欢这些衣服，样式陈旧，颜色过于鲜亮……嘉丽突然怀疑起这衣服的价格，心里一阵紧张。后来，她到底没忍住去百货公司看了，结果让她很伤心，他买的是最低档的衣服，他舍不得钱。——他只送她这一次衣服，她跟他睡了半年，他舍不得钱。

嘉丽重新拿出戒指来，想去金店估一下价，冷笑一声，到底罢了。有什么意思？这不是钱的问题！他不爱她，这才是真的，纵使他在她身上花过一些银两，也是应该的。嫖娼还要付钱呢。她算道，这半年他在她身上花的钱不足一个嫖客的三次嫖资。三次！她几次？嘉丽哭了,她的价位还不及一个娼妓。

嘉丽不能忘记,有一次她跟他说起结婚时,他脸上放出的暗淡难堪的笑容,他软弱地抚着她的头,坚定地说,他……他不能离婚,他得顾忌到自己的仕途。她是个好孩子,理应明白这一点。他老婆纵有千般不是,然而——然而嘉丽迅速地擦掉眼泪,更多的眼泪掉下来。她为自己伤心。没有人会像她那样爱他,视他若生命……他只想跟她睡觉。

临走的那天下午,他们又睡了一次。他送她到火车站,离发车时间尚早,他把行囊寄存了,便带她穿街走巷找到了附近一家小旅馆。嘉丽该永远记得那家肮脏的私人旅馆,踏上屋顶上结满蜘蛛网的摇摇欲坠的楼梯,她的心都灰了。她也奇怪,她怎么会爱上这么一个人,没有志趣,急吼吼的。房间里只有一张床,床单上有前任房客交媾的遗迹。

嘉丽欲和他说些别的,他看了一下表,笑道,快点,还来得及。嘉丽像发疯似的抱住他,剥了他的衣裳。春天的窗外,突然开出了一枝夹竹桃,嘉丽没有想到,在这样的环境里,也能看见花,看见夹竹桃。

隔了一会儿,他像是享受似的叹道,好久没有……这样放荡过了。他说了真话,很有点不好意思,搭讪似的摘下眼镜,噘起嘴吹吹,不待擦就又戴上了。嘉丽觉得自己是隔着很远的距离来打量着这个淫客,她有点不认识他,也再不想见到他。她甚至开始恨这个城市,在这里生活了半年,它弄了她一身脏气。

他看着嘉丽,捧起她的脸,在那极漫长的瞬间,他像是起了感情,长久地沉默着。他的神情单纯、沉郁,镜片上有西窗太阳的光芒。他说,嘉丽,我们以后再也见不着了吗?

嘉丽摇摇头。

他说，我会去找你的。

嘉丽听着他的声音，一字一顿的，像来自另一个世界。他一下子抱住她，轻轻地咬着她的耳朵、头发、脖子、手指、衣裳……有一瞬间，嘉丽也迷糊了。她恍惚觉得他们是爱着的，他身体满足了，他知道爱了。现在，嘉丽宁愿相信是自己错了，她冤枉了他。从前，她不懂男人，她太小心眼，她对不住他。男人是最奇怪的物种，他动物凶猛，他不擅长表达……然而他是爱着的。

他像是想起了一件最重要的事，突然从身上摸出三百块钱来，塞到嘉丽的衣兜里，说，拿着，给自己买点东西。

嘉丽一下子被惊醒了，她瞪大了眼睛，说不出一句话来。她没想到他会来这一招，她刚跟他睡过觉，他就给她钱！她咧着嘴巴，一点点、细声地哭出来。

他不能理会她的意思，竟慌了，语无伦次地安慰她：这钱……嘉丽，你先拿着，我知道你用得上。一回到学校，你就会忘掉我的——他的声音突然低了，变得软弱、卑贱，说话时有颤音：我对不起你……钱不多——

嘉丽突然从床上一跃而起，塞住耳朵，对着他的脸发出了那一天在火车站附近都能听到的尖叫声。

二

这十年来，嘉丽过得还不错。她留在了她母校所在的城市，先是不停地跳槽、换工作，直到四年前，她和同伴合伙开了一家律师事务所，后来同伴退出，她一个人把事务所撑下来。这两年，事务所的状况明显地好转了，她雇了几个员工，在市中心的黄金地段供了一户写字楼，每天，她开着那辆黑色的"奥迪"，驰骋在通往乡间别墅的马路上……

嘉丽不明白自己为什么会把她的生活弄得这样……奢华，流于表面化。没错，她有钱，她付得起这个钱。可是，很多有钱人并不都是这样生活的，他们简朴、含蓄，从来不乱花一个子儿。嘉丽不。她明知她的这些钱全是花给她自己看的，坐在五星级酒店的旋转餐厅里，所有人都不认识她。她静静地吃着，一顿午饭花它个六七百块钱。

嘉丽不快乐。有时她想，为什么钱到了她手里，就突然变得没意义了呢？这些年来，她不就是为这个而活着的吗？可这些年来，她无聊、空虚。她只是个朴实的孩子，自小家教严明；她常会念叨起自己的穷，没有人鄙视她——可是她曾经穷过，这才是真的。有一天晚上，她回到寓所里，突然想起自己这三十年，谈过几个男朋友，最后都走了；她的大学时代，她不能忘记那个叫许嘉丽的学生，她的眼睛里时常闪着光，她的脑子里有很多狂想。

呵，那些稀奇古怪的、就连她自己也不甚明了的狂想……现在都走了，一个也不剩了。嘉丽突然一阵丧魂落魄，她想哭。她坐在沙发上，后来滑到地板上，她几乎匍匐在地板上，痛苦地蜷缩成一团。

一天中午，嘉丽接到一个电话，她拿起话筒，只听那边"喂"了一声，她就知道他是谁了。十年过去了，纵使他已经死了，变得灰飞烟灭了，她也辨得出他的声音。她只奇怪，他怎么找到她的。这些年来，她做的最为骄傲的一件事，就是成功地摆脱了他。他的那一页翻过去了。

最初的几年,她还不能。她时常想起他,夜深人静的时候会突然从床上坐起来;有时走在上班的路上:清晨的巷口,嘈杂的公交车站牌底下;黄昏时坐在路边的修鞋摊上补鞋子……常常就泪如雨下。很多人看见她在哭,可是不知道她为什么哭,为谁哭。她从未给他打过电话。

有一年春节,他把电话打到她父母家里,嘉丽这才想起,当初她给他留过家里的号码。他问她好,又简单地说了些自己的情况,突然叹了一口气道,嘉丽,我想你。

嘉丽一阵怆然,近乎恼恨。她父母就站在一边,狐疑地看着她,她不便说什么,匆匆地挂了电话。后来她叮嘱父母,不要把她的联络方式告诉任何人。她父母或许是忘了,所以隔个一年半载,他总能找到她,很忧伤的声音……嘉丽便想着该换电话了。

最后一次通话是在六年前,嘉丽明确地撒谎,她已经结婚了。那边一阵沉默。隔了很久才问道,还好吗?

嘉丽说,很好。

他不再说什么,从此挂了电话。

嘉丽决定见见张科长,既然他已经来到这个城市——他是来出差的。刚才他在电话里说,这些年来,他一直不能忘记她,常常想起她。

他是鼓足勇气才打这个电话的。他说,这几年,他总有机会来这里出差,有时走在街上,他希望能在千万人群里碰见她,有一个声音招呼他,有一只手从身后拍拍他。他突然说,嘉丽,你变了吗?

嘉丽低头想了想说,我老了。

他说,我也老了。

嘉丽抱着话筒,拿圆珠笔的那只手在空中顿了一下,她相信,他是真的老了。她这才发现自己很残忍,他们都老了。她最年轻的一段是给他的，她竟不留恋！她心一软，又一次撒谎道，我已经离婚了。

那边一阵唏嘘，电话里不便多说什么，便约晚上见。

下午的这四五个时辰，嘉丽准备去美容店做一下头发，精品店里买几件衣服，然后回家休息。她估计今晚和他上床是免不了的，既然他们十年未见，况且她又是离过婚的。总之，上床是一定的，要不，太说不过去了。

下面的这件事情，是嘉丽走到一家旧货商店门口偶尔想起来的。她害羞地推门进去了，肥胖的老板娘大概是第一次迎来这位衣着时髦的顾客，跟在她的后面不免吃吃艾艾的。嘉丽在旧竹筐里挑了几件遭淘汰的学生衫，样式笨重、失去光泽的旧皮鞋，一件松松垮垮的对襟黑线衣，放在身上比试一下，满意地笑了。

现在，她很明确自己想干什么了，她要化妆，变成另一个人，那个十年前的自己：暗淡，自卑，贫困。她将重新变得灰头土脸，默默无闻。呵，没有人会记得她的灰姑娘时代，那像被虫子啃噬过的微妙的难堪和痛苦，那些羞辱……没有人会记起十年前的她，包括她的父母和弟弟，可是他记得，因为他只有这一段。

嘉丽的内心突然一阵温润，以至于开始颤抖。她全身心地投入到这次行动中来，她第一次发现，三十年了，没有哪件事会让她如此激动。她飞车行驶在乡间公路上，看见田野的风扑面而来，这是树叶、麦苗、金黄的油菜花盛开的季节，多少年了，她的生活中不再出现这样的颜色了？现在，她看着它们，一路飞驰而过，一路微笑叹息着。

嘉丽捯饬了一个下午，才把自己弄得比较满意。现在，她站在镜子前，仔细地端详着自己，自以为是无可挑剔了。镜子里的这个女人，看上去有三十岁左右，她戴着一副厚眼镜（这是她从废物箱里找出来的十年前的那只），眼神疑虑、呆滞。她面色苍黄，皮肤干燥，勉为一笑的时候，眼角有鱼尾纹。她的衣服倒是干净利落的，像是经过精心搭配，然而一看就知道是地摊上的便宜货；她分明是要见某位重要的客人，所以破例地涂上口红，像第一次涂口红的人一样，她犹疑，不踏实，所以涂涂擦擦，最后变成一种让人不安的颜色。

总之，这样的一个女人，每天大街上都能看见很多，她平庸，相貌寻常，一看就知道是出身底层，她……她是一个穷人。

呵，一个穷人。嘉丽的身体竟一阵簌簌发抖。谁能够知晓一个穷人的痛苦：她的委屈和恼恨，她的消沉，她的伸手不见五指的黑暗……嘉丽含着泪看着自己，现在，她真的相信一件事情：她变回去了。十年的时空突然倒转，十年的奋斗付之东流。仅仅是两三个小时之前，那个光彩照人的新女性许嘉丽，现在想起来就像一场梦。

嘉丽突然很伤心，她扶着墙壁，跌跌撞撞地走到客厅的沙发前，歪在了上面。她打量着这偌大空间里的一切：灯饰，精巧的吧台。巨大的投影电视。楼梯的玻璃踏板。落地窗外一片绿色的草坪，邻居的小孩子和一只狗。一只皮球滚到草坪上，一束阳光跟着它们跑。

她认真地看着这些，仿佛有一天会失去它们；这本属于她的一切，她要把它们全记在心里。

嘉丽就这样走出了家门，一步一回首的，她先是把车开到市区的某个地下停车场。走出来的时候，已是黄昏时分，街上有夕阳的影子；正是下班高峰，许多人像树叶一样纷至沓来，嘉丽立在路边呆了呆，一时竟无所适从。

就在这时，她看见一个男人从街对面走过来，此人叫李明亮，某证券公司的老总。两年前，因涉及一起证券纠纷和嘉丽有过短暂的接触，后来，嘉丽帮他赢了这场官司，从此便有了些交往。看得出，他对她似乎有点情意，偶尔会打个电话致一声问候，前不久，他还请她喝过一次下午茶，两人暧暧昧昧的，即便谈的仅仅是工作的一些事。

嘉丽没想到，她出门第一天就遇见熟人！现在，他朝她走过来了，他似乎看见她了……嘉丽惊恐地立在路边，根根汗毛直竖。她的第一个念头，就是转过身去，发足狂奔，她要避开所有人，认识的，不认识的……嘉丽突然听他"咦"了一声，一抬头，他已站到她面前。

她一下子屏住了呼吸。两人都疑惑地看了对方一眼，他不介意地笑笑，说，认错人了。

是的，认错人了。嘉丽的身体一阵发软，她把手搭在电线杆上。他走了。现在她知道，再也不会有人认出她了，她的朋友、亲人……总有一天，他们都会唾弃她。

现在，她要迫不及待地去见一个人，只有他能认出她，哪怕她老了、丑了、衣衫褴褛、沦为乞丐。——只有他会相信她：只要她站在他面前，哪怕不说一句话，他就知道：她是她。

她犹犹豫豫地去坐一辆公交车（真的，她竟没想起打出租），一路上，她低着头，就像做贼一样，小心谨慎地看着周围的行人，每个人都很匆忙，冷漠地走着路。嘉丽第一次以异样的眼光来看着她周遭的世界：那些西装革履的男子，以及刚从写字楼出来的浓妆淡抹的小姐……若在平时，他们必互相打量一眼，每人心中一杆秤，称出对方的容貌、身份、地位、年薪……可是今天，任她怎样看，他们绝不回敬她。

嘉丽突然气怯，她远远地站在一边。他们瞧不起她，瞧不起穷人。她心中不由得一阵嫉恨，他们凭什么？谁给了他们这样的权利？这些大公司里的小职员，他们站在公交车站牌底下，旁若无人，气定神闲……她，她感到艳羡。偶尔，她眼睛的余光会偷偷地扫上他们一眼，即便此时，她还不能忘记自己的身份，朝心中吐了一口唾沫说：就你们！平时来巴结我的可都是你们的老板！

车来了，她混在人群中，几乎脚不沾地的被送上车去。车厢里有一股汗馊味，这是嘉丽多么熟悉的气味呵，她腾出一只手来，急忙捂住嘴巴，一阵呕吐从胸腔里被送上来。这拥挤在一起的无数张的脸孔，黄色的，紧张的，扭曲的……嘉丽看着它们，热爱它们，这是她过去生活的一部分，而现在，她离它们远了。只有她自己知道，这些年来，她过着怎样的堕落生活，她背叛了她的贫困，也背叛了她的人群。

她身子前倾，手越过无数的人头，直塞进吊环里；因为激动，她的脸涨得通红；售票员用扬声器一遍遍地喊：上车请买票，下站安华里，上车请买票。嘉丽把身子往人群里钻了钻，不声不响地宣布了她的逃票计划。

是的，她要逃票。一块钱对她来说不算什么，可是对一个穷人，它意味着一碗鲜肉小馄饨，三块烧饼，去理发店里剪一次头发；如果能接二连三地逃票，意味着能买一双球鞋，花花绿绿的汗衫和短裤……对她，它意味着一种全新的生活。

嘉丽从未逃过票，现在她站在人群里，一双警惕的耳朵很注意听四周的动静；她把身子稍稍弓着，想想不妥，重新直起腰板来，若无其事地眯缝着眼睛，看车窗外的街景。公共汽车徐徐前行，它拐了个弯，趁这间隙，嘉丽轻轻喘了口气，不由得想：这趟汽车将把她的生活带往哪里呢？

汽车停下了，嘉丽跟着一部分乘客往外走；售票员正在检票，她的头就像拨浪鼓，前门后门，左一下右一下。嘉丽是从后门下的车，连她自己都不防备，就在售票员把头转向前门的那一瞬，她一下子拨开人群，兔子一样窜下车，沿着街巷一路狂奔；很多人停下脚步，吃惊地看着她，嘉丽不在乎，因为她知道，她的黑夜降临了。

三

嘉丽风尘仆仆地赶到科长下榻的宾馆，已经晚了一个多小时。穿灰制服的服务生站在大堂门口，他稍稍弯下身子，一只手背在身后，另一只手为一个行将走下出租车的乘客拉开车门。也不知出于怎样的奇怪心理，嘉丽看了他一眼，他也看了嘉丽一眼；嘉丽讨好地朝他笑笑，正待往里走的时候，他叫住了她。

这是一个二十岁左右的相貌堂堂的小伙子，他先是打量她一眼，年轻的脸上有狐疑但克制的神情，他问她去哪里；嘉丽愣了一下，脸刷地涨红了。噢，这里不是她来的地方！她不理他，径自往里走。他突然伸手一拦，挡住了她，平静而冷漠地说，请问你找哪位客人？嘉丽突然被激怒了。她挑了挑眉毛，盯着他看了半晌才道：你说呢？

他低了低眼睑，双手下垂，训练有素地说，我不知道。

你不知道你问什么？嘉丽的声音突然高了八度，大堂里有很多人朝她看过来。一个看上去像大堂经理的先生匆匆赶过来，问发生了什么事。

嘉丽突然哭了。这一天她的生活到底发生了什么？她怎么了？经理和服务生耳语了一阵，然后搓搓手赔笑道，对不起，小姐，刚才发生了一点误会——

误会？嘉丽一下子炸了，这帮势利的、唯利是图的小人！她指着大堂里来来往往的顾客说，你们为什么不对他们误会？撒泡尿照照自己的影子,你们敢吗?我要投诉你们,王八蛋,等着瞧吧,我是律师——她突然噤了声。她在说什么!天哪,她是律师?

人群里有人捂着嘴在笑,嘉丽这才发现她的身边三三两两地站了一些人:饭店的清洁工,前台小姐,几位西装革履的闲客……大家都在以一种奇怪的眼神看着她,似乎在等她还能编出哪些可笑的话来。两个身材威猛的保安一左一右把嘉丽夹在当中,他们早就不耐烦了,不时地朝经理递眼色;如果不是看在这个泼妇说话利索的分上,他们早把她当疯子抓起来了。

嘉丽开始意识到事态的严峻性了,她丢不起这个人。今天她是来会见旧情人的,还有很多重要的事等着她去做……她忍了忍,哽咽着跟经理说出了科长的名字,在哪个房间。

嘉丽像影子一样,摇摇晃晃地向电梯走去,她把头贴在电梯冰冷的壁板上;在电梯门行将关上的时候,她和目送她的人群敌意地对视着。她恨他们。嘉丽闭上了眼睛,一行清泪从她的睫毛下面滚落下来,流经鼻凹,淌到嘴里。现在,她明确地知道,她恨这个世界,恨所有人。

科长老了。他打开门笑吟吟地站在她面前的那一瞬间,嘉丽一阵灰心。她早该知道他老了,有好几次,她甚至把他想象成一个白发老翁,拄着拐杖,佝偻着腰;然而他绝无这样不堪。一个四十六岁的男子,老得很恰当;他皮肤松弛,眼袋下垂,而且也胖了。嘉丽不由得感叹时间不公,造物是件奇怪的事,十年光阴就把一个男人弄成这样子!原来的风流倜傥哪儿去了?

他穿着一身藏青西服,把手放在门把上;十年的相思仿佛全集中到那一刻他的凝视里了。他吐了一口气,轻轻唤了声"嘉丽"。

嘉丽有点不好意思，侧着身走进房间里。现在，他就坐在她的对面，有很长的一段时间，两人都不能开口说什么，他们甚至不敢看对方一眼。是啊，十年……什么都毁了：容颜、爱情、生活。嘉丽一阵恍惚，不能相信他们已经认识了十年！而她这十年是怎么过来的？她摇了摇头，竟什么也想不起了。

他把手从桌子对面伸过来，嘉丽握住了它。他一用力，嘉丽就把头磕在他的手腕上，身子不由自主地侧倾，绕过圆桌，一下子跪在他面前。

他把手插进嘉丽的头发里，一下一下的，一边问，嘉丽，这些年你还好吗？

嘉丽的鼻子突然要发酸，几乎落泪。

他俯下身，把脸贴着嘉丽的头发。他从椅子上滑下来了，抱住了嘉丽。

嘉丽把头藏在他的胸脯里，就在这时她闻到了他身上的一股气味，这气味从他的V字领的羊毛衫的领口散发出来，嘉丽嗅得出来，这气味在他的身体里，四肢、胸脯、鼻息里，这是衰老的气味，俗称"老人味"的。

一个四十六岁的男子，这气味来得早了些；嘉丽皱了皱眉头，心里一阵厌恶。她迅速看了他一眼，觉得和他上床是件不能忍受的事。

现在，嘉丽开始说话了，这才是她此行的真正目的。为了消除因激动带来的紧张感，她先做了两次深呼吸。她跟他说，这十年她过得……挺不容易的。她的语调平静而忧伤，像沉浸在一件久远的往事里，很认命。

十年前，她被分配到一家国营企业的法律部门，丈夫是同厂的一个工会干部。那时候，"国企"的效益已经很不好了，两人一商量，决定由他下海开一家花木公司，钱没挣几个，女人倒赚了不少。后来就离婚了。两年前，她所在的工厂也宣布倒闭了，所以她现在是一个无业游民，换句话说，是一个下岗女工。

说到"下岗女工"时，嘉丽顿了一下，她按了按胸脯，她看到她的情绪已经开始飞扬了，不受控制了。

在她说话的时候，科长偶尔会打断她，问她一些细节。嘉丽不缺细节，她以她那惯常的、没有表情而呆板的脸对着科长，继续说着她那莫须有的往事。偶尔她会看他一眼，她的眼睛直愣愣的，有时也会眨一眨。

科长坐在床边的地毯上，托着腮，神色沉重。他在认真听。他说，嘉丽。

嘉丽应了一声，抬头看他。

他犹豫了一下，到底还是问了：他是怎样的一个人？

嘉丽猜度他的心思：在这个问题上他不愿停留太久；两个有外遇的男人，两种结局，他不能把自己逼到一个尴尬的位子上。好在嘉丽对离婚也不甚感兴趣，她摇了摇头，表示不愿谈她的前夫，又继续她那穷困潦倒的生活话题了。

嘉丽只对这个感兴趣，一说起穷，她能激动得浑身轻颤，她的眼睛会发出神采，她的呼吸意外地急促，以至于有时不得不停下来，大声地咳嗽两声。她做过家教，在私人公司当过法律顾问，被人炒过鱿鱼，最困难的日子，她坐不起公交车，手里只剩下三毛钱了，不得不打电话向一个朋友求救……原以为大学四年，她会苦尽甘来，可是谁能想到呢？

她深深地吸了口气，不能再说下去了。她把自己描述得如此不堪，她伤了她的心。科长上前搂住她，嗫嚅了半天，想不出一句安慰的话来。隔了很久，他才说，嘉丽，你怎么会这样？——怎么会这样？嘉丽看着这张脸，直到它在她的眼前完整地呈现……她扑在他的肩上，发出了这三十年来最撕心裂肺的一声哭喊。

他领她去楼下找一家小饭店，吃饭的时候，他不太说什么，一个劲地往她碗里夹菜，说，这是猪肝，你多吃点，很补的。

嘉丽简直感激涕零。这个世界上，不会再有像他这样的好人了，他瞧得起她，他爱她。有一瞬间，嘉丽甚至想重新恋爱了。十年前的一切，她准备既往不咎。她恨他是没道理的，纵使他在她身上花过一些银钱，可是哪个恋爱中的男子不在女人身上花银钱？这是天经地义的事。她不该拘这个心，她太小气了。从前，到底因为穷，她见不得钱。上次他在小旅馆塞给她的三百块钱，她一直留着没用，太有纪念意义了，像是她的"卖身钱"。

两人喝了点酒，回到房间来。嘉丽觉得自己是醉了，利索地脱掉毛衣，躺到了床上，拿眼睛看着他。她以为他会奔过来，然而没有。他笃定地坐在窗边的椅子上，把身体沉沉地陷了进去，架着腿在抽烟。

他似乎在想些什么，灯影下脸红扑扑的。他突然抬头看了嘉丽一眼，嘉丽一激灵，他幽暗的眼睛里有什么东西是意味深长的。隔了一会儿，他掐灭了烟，走到她床边坐下来，搭讪了一些别的事。后来，装作不介意地问，嘉丽，这些年你是靠什么生活的？

嘉丽不防他会问这个，想了想笑道，还能靠什么？打零工，靠朋友的接济，偶尔也借点钱。

他噢了一声笑道，靠朋友的接济？男朋友还是女朋友？

嘉丽一下子坐起来，认真地看了他半晌，方才笑道，当然是男朋友。

他哈哈笑了两声，表示并不在乎，错错牙齿说，多吗？

嘉丽再是涵养好，也忍不住了。她跳下床来，穿起衣服就要走人。他慌忙拦住她，把她抱紧，说道，嘉丽，你听我解释——

嘉丽推开他，后退几步倚到写字台上。现在，她再也无需伤心了，今天她哭过多少回了？失望过多少次？被多少人欺侮歧视过？一切都过去了。

她唤了一声他的名字，跟他说，你不用害怕，我身上没有脏病，但是我没有卫生证明，信不信由你。

他坐在床头，很是发窘，兀自拿手拭拭额角说，嘉丽，你误会了，我只是开开玩笑。

嘉丽居高临下地看着这个男人，她想啐他。他不是坏人，可是他龌龊、懦弱、无聊。嘉丽说，你有脏病吗？

他吃惊地看着她，摇了摇头。现在，一件事情摆到了他们面前，两个人都心照不宣：这些年来，他以为她在卖淫；今晚她准备向他卖淫。

嘉丽转身向洗手间走去，关上门。卖淫的事是在一瞬间决定的，来得太突然了，脑子有点闷。她对着镜子照了照自己的脸。这一看，连她自己都大失所望。她看到自己老了，她本来就中等姿色，穿着一身农民工进城的衣服，完全塌相了。十年前，他看中她不过是因为她年轻，现在呢？她这才想起刚才在门口的第一次相见，虽是极力掩饰着，她也看出他的失望之情。

嘉丽反手撑在台面上，一用力，身体坐到了上面。现在，她什么都想起来了。在她痛陈革命家史时，他的奇怪暧昧的神色，把眼睛向上抬一抬，似乎在想些什么。他想的是钱。——想着他应该给她多少钱，才算恰当。

他鄙视她，恨她：十年了，他想象中的许嘉丽是光彩照人的，他愿意看到她事业有成，家庭幸福。他来看她，或许是念旧情，然而更多的还是找乐子——有几个男人是为了女人的落魄来看她的？他愿意她陪他去公园里走一走，茶馆里坐一坐，说点私密话；如果有可能的话，上床睡一觉那是再好不过了。然而这一天，一切都垮了，她毁了他十年的梦。他最看不上的还是她说话时的下流态度，他为她感到难堪，他感到了惘惘地威胁：她在威逼他拿钱。

隔了很久，嘉丽才回到房间来，两人又闲闲地说了一会儿话。现在，最让他们难堪的恐怕就是一个钱字，迄今为止，这个字还没拿到桌面上来谈过；这个字就在他们中间，说话的时候它在话的背后，不说话的时候它就说话……它隐隐地在着，到处都是，一触即发。

有一瞬间，嘉丽开始于心不忍，她甚至想掉头走开，回家睡一觉，第二天衣冠楚楚地去上班。呵，这噩梦般的一切让它结束吧，就当什么也没发生过。她今天一定是疯了！她为什么要扮成这样，看着人群在她面前出丑，看着自己在人群里出丑……她为什么非要捅破它？

科长咳嗽了一声，开始说话了。他抖了抖嘴唇，虽是经过深思熟虑的，但话到嘴边，还是哆嗦了一下。他老实告诉她，他没带多少钱，这几天又花了不少，所以身上所剩无几了。

嘉丽看着他，轻声地问了一句：剩下多少？

他皱了皱眉头，不能掩饰一脸的吃惊，问道：你要多少？

嘉丽说，你说呢？

他说，我不知道。

嘉丽说，你嫖过吗？

他摇了摇头。

嘉丽讥笑了一声，说道，你真是正派人。

他冷冷地看了嘉丽一眼,说,我不喜欢嫖。

嘉丽说,是啊,嫖要花钱的,而你舍不得花钱。

他一下子愤怒了,把一张铁青的脸堵到嘉丽的脸上看了很久,说道,可是我在你身上花过钱,你别忘了——他用力地扬了两下手:我不欠你的。

嘉丽不说话,自顾自脱掉衣服,钻进被子里。夜深了,窗外的市声渐渐地熄去,偶能听见路边卖混沌的一声清扬的吆喝,余音缥缈,也渐渐地熄去。

半夜里,他爬到她的床上来,黑暗里嘉丽只是睁着眼睛,脑子里一片混沌,她觉得自己太累了,所以又闭上了眼睛。第二天清晨他就走了,嘉丽一宿未眠,只装作假寐。他撞上门的那一瞬间,嘉丽起身查看他是否留下了钱,然而没有。嘉丽也没去追,大概他以为这一趟不值得付钱吧?或是他一生中最羞耻的经验?

现在,嘉丽一个人在街道上走着,天渐渐亮了,路上的行人也多了起来。一阵风吹过,嘉丽裹紧她那身破衣烂衫,像狗一样抖了抖身体。她上了一座天桥,早起的乞丐披着一件破风衣,蹲在天桥的栏杆旁等候客人,他冷漠地看了嘉丽一眼,耸耸鼻子,像是对她不感兴趣的样子,又低头想自己的心事去了。

嘉丽扶着栏杆站着,天桥底下已是车来人往,她出神地看着它们,把身子垂下去,只是看着他们。

2003 年 2 月 27 日

姐　姐

　　我一直想写写姐姐，她十七岁时的样子。她是普天下所有男孩的姐姐，也曾面目姣好，身形窈窕。我看见她从远古的地方走来，穿着布衣或锦衫，她的发髻旁也会插着一朵白色的栀子花吗？她走在不拘哪个朝代的街道上，总有男人的目光落在她的身上。才十七岁，胸脯饱满，屁股也是翘翘的。

　　男人的目光就落在这些部位上。

　　这些男人，多年前也曾做过弟弟的；多年前，当他们的姐姐也在十七岁的时候，他们是看不到这些的；他们非但看不到，还不允许别的男人看到；他们常常告诫自己的姐姐：不要这样，不要那样。

　　没事不要总趴在绣楼上。

　　走路时不要东张西望。

　　家里来了男客，要懂得回避。……

　　他们跟姐姐说这些的时候，似乎有点不大好意思，所以越发要板起面孔，或是背手踱上两步，那样子就像一个成年人。他们一边说，一边还要打探姐姐，因为不放心，不晓得自己该不该这样说。那么这个做姐姐的，同时也在打量他；她懒洋洋地倚在廊柱上，双手抱胸，以那种玩味的、居高临下的样子看他。她简直不能相信，小屁孩一个，开裆裤才脱了几天呢，就跟她说这些个！

她的反应起先是吃惊，后来就忍不住想笑；她又羞又恼，又不好意思笑，所以就抿着嘴唇，用那样一种怪诞的、饶有趣味的目光看他。男孩哪儿禁得起这样看，胡乱搭讪两句，或是"嗨"一声，跺一下脚，就掉头跑了。

姐姐看着男孩的背影，很多年后她一定会记得这背影，记得他跟她说话时的腔调，稚嫩、鲜亮、还没变声呢，他怎么就晓得这些呢？岂不知他竟是晓得的；他虽然懵懂，却有一种本能：世上但凡姐姐都需要保护。因为再隔一些年头，他也是要长成男人的，所以对男人的那点小心思，他竟能略早体察，这皆是为姐姐故。

这层意思，姐姐是懂得的；可是这番好意，姐姐却不能接受。没法子啊，姐姐已经十七岁了，她的身体已经蓬勃，心思像野草一样疯长，她即便管得住自己的心，也管不住自己的手脚。她是有事没事必得往街上跑的。

你看到没有，她朝我们走来了，她穿着夏日的裙衫，趿着拖鞋。或许是午睡刚醒，她有些蓬头垢面的，她站在家门口，打了个哈欠，又伸了个长长的懒腰，实在想不起自己该干些什么，就决定去巷口的小卖店买几颗水果糖含含。她一边走，一边东张西望的，把脚踩着石板路叮咚作响，老实说，是没半点斯文相的。

她之所以东张西望的，乃是对这世上的一切，都有着新鲜和好奇。她抬头看一眼绿树，觉得是好的；低头踢一下石子，也觉得欢喜；她的天性实在是很开朗的，有时走着走着，她差不多就要微笑了，至于为什么笑，她却是不知道的，似乎她整个身心，都沉浸在一种不可知的甜蜜里；可能她都没意识到自己在笑。

若是看到熟人，她总不免要打声招呼；若是看到狗，她也是一样的。那狗躺在门洞里，她就凑上前去，弯腰摸摸它的头，或是一边走，一边回头招手，嘴里"咄咄"引逗。

她慢慢地蹲下来，在一团树影底下。这时你必猜着了，她是在捡蝉蛹，或是一片树叶。她仔细地端详着树叶，清晰的纹路，叶汁饱满。夏日的阳光突然盛开，在刹那间，简直使她受了一点小惊吓。多年以后，那个做弟弟的一定会记得他十七岁的姐姐，她茫然抬起头的那一瞬间，光阴整个把她照亮；她手搭凉棚，细细眯起了眼睛；原来是微风渐起，吹开了树影，使得阳光更加明亮了。

那天晌午，弟弟也在巷口，跟几个小孩在玩"官兵捉贼"的游戏，他浑身尘土，脸上汗渍淋漓的。在姐姐长大成人的那些日子里，他实在是很忙碌的。他一边要顾着自己玩耍，一边还要照看姐姐，他生怕她上了坏男人的当，被人调戏、诱奸，或是被拐子带走；人世的所有艰险，他都代姐姐想到了。他是有点无事忙的。

无事忙的特征就在于，在他还不明白什么叫调戏、诱奸；在他弄清楚拐子为什么要带走他姐姐之前，他已经替姐姐担心了。所以这担心是必然的，它自古以来就藏在每个男孩的心里，在他们出世以前，这担心就在了。大约在这时，他们心中有一个模糊的意识，这世界原是男女的，在他们认识旁的女人之前，他们已经认识了姐姐，或是他们的母亲、姑姑、堂姊、表妹……为了表达上的方便，权且都把她们称作姐姐吧。

他们和姐姐日常相处，从小就和她们耳鬓厮磨。从小，她就替他把屎把尿，背着他东家逛逛、西家瞧瞧。但凡有好吃的，她必是省下来给他的，谁叫她是姐姐呢。她教他认字唱儿歌，百般无奈之下也会给他讲故事，可是她的口才实在太差了，无外乎就是大灰狼小白兔，几个为什么问下来，她就磕绊了，笑了，或有翻个身就睡的。家有弟弟着实很辛苦，可她不觉得这是辛苦的，因为在她的身外，凡事都能引起她的兴趣：街上的人，店铺里的东西，田野里不知名的小花，山坡上正在吃草的牛……她被这些所吸引，难免就忘了弟弟，直到弟弟的啼哭把她唤醒，她又忘了其他。她实在是顾此失彼的。

这世上凡是做弟弟的，都见证了姐姐的成长。那仿佛是一瞬间的事，就像头天晚上，她还是个吸溜鼻涕的邋遢女童，第二天醒来，她已蜕变成一个洁净少女。从此以后，就连弟弟这样的蒙昧孩童，都能看见他姐姐脸上的光泽，闻见她身上的芳香。那是一种说不出来的香气，口腔里有水果糖的香气，刚洗完的头发里有槐树花的芬芳……这各式香气混杂在一起，就成了姐姐香。

这世上只有弟弟才能闻得见这香气，青颜色的，像雨后的森林，风吹来植物的气息；像夏日的傍晚，他刚洗完澡手脚的清净温凉；像一生的午睡醒来，无缘故他突然闻见童年时的松籽儿香，遥远的、刺鼻的……害得他"啊啊"直想打喷嚏，假若他不能控制自己的泪下腺，不由自主地，他也会涕泪交流。

他涕泪交流，不为别的，只因他老了，老到老眼昏花，这时他就与童年走得近了。

这时候，他就常常看见姐姐，在十七岁的季候里，她俏丽地走着路。她的身后是曲折的巷道，一些人家。参差的屋顶上几只烟囱，一只狸花猫围着烟囱转来转去的……姐姐先是身处这些静物当中，然后慢慢地，她就从静物里凸现了。

姐姐既是前景，她的面庞也就越发清晰了：紧俏的眉眼，神情严肃；喜欢皱着眉头，偶尔也会咯咯傻笑；喜欢啃手指头，眼睛瞄儿瞄的，似乎在想什么事儿，其实心思全无；她体态也好，好就好在自然，全无心肝；走路摇摇晃晃的，东张张，西瞧瞧——这是在没有男人的情况下。

假若巷子里突然晃出个适龄男子，她就是另一副样子了——至少在弟弟看来——她走起路来便花摇柳颤的；弟弟见了，难免要为她害臊，她弄出这个样子干什么呢！他是既有点纳闷，又隐隐生气的。他忙里偷闲从地上爬起来，决定要过问一下此事；便拿起一根树枝，朝姐姐咿咿呀呀地冲过来，"叭"的一声打在她脚前，说："呔——呔——哪里去？"学戏文里的念白。

姐姐跳了一下，顺势把手塞进他的脖子里，说："买糖吃不吃？"

弟弟一听说有糖吃，重新冲回小朋友群中，等着姐姐给他送糖吃；他一边玩，一边侧头看姐姐，毕竟"官兵"也是人，此时已丧失了对贼的兴致，突然变得很想吃糖果。不远处的杂货店门口，姐姐倚着树干，正和一个陌生男子说着什么。她的情绪有些起伏不定，时而静静的，时而笑得前仰后合的，时而低下头，眼角儿那么一瞟，脸上便有些连嗔带笑的……弟弟便又重新捡起树枝，再次冲过去。

他把树枝当马骑，卷起一路风尘，不由分说就跑到姐姐跟前。

姐姐皱眉看了看他，那样子是很嫌弃的，说："干嘛呀，脏死了！"

男孩也生气了，伸出手来要糖吃。

姐姐不理他，继续和男子说话；男孩一边打量着男子，一边拿屁股撞姐姐。

男子朝杂货店走去，弟弟把树枝"倏"地挡到他面前，瞪目说道："不要你买！"

那个做姐姐的便有些下不来台，朝男子笑道："你不跟他计较。"

男孩转头向姐姐，厉声道："不要跟他说话！"

姐姐再也忍不住了，拎起男孩的耳朵，亦不跟男子告别，径自往家里走去。很多年后，男孩还记得他怎样在姐姐的手心底下，像小鹿一跳一跳的。他哭了。

姐姐也哭了，到了家里，把他朝大人面前一掼，说："你们问他去！叫他说！"

男孩说不出个所以然来，却哭得越发理直气壮了；因为他没有吃到糖；没有人晓得他的良苦用心——没有人晓得的：家有姐姐实在是件麻烦事。他哭得很伤心，把个身子团着，像小虫子蜷缩在墙角，委屈得不时要噎气；不免觉得，姐姐的心不在他身上了，姐姐大了，心就野了；哭了一会儿，他就忘了，又跑出去玩了。

大约就是从这时起，男孩心有所动，不再玩"官兵捉贼"，而是玩"捉姐姐"；实在是，后者比前者有趣多了；因为官兵和贼是虚设的，而姐姐和男人的苟且总是真的。

男孩的建议既出，得到了更多男孩的响应，因为大凡男孩都有姐姐，没有姐姐的也会制造姐姐；他们互相帮衬，滴血为盟，排兵布阵开始跟踪姐姐的行踪，操心姐姐的安全，而这一切中最叫他们激动的，无疑是为姐姐冲锋陷阵、打架斗殴。

这是世上最懵懂、最痴情的一个群体——他们对姐姐的情谊是他们自己都不知晓的，无从分析，愈理愈乱，这是人世的隐秘。他们没有志向，在那短暂的两三年里，姐姐成了他们唯一的理想。她近在眼前，有时却远得如同梦想；男孩们隐隐有一种预感，姐姐将逐渐消失，不消几年，她将离他而去，成为别的什么人；到那时，她仍是姐姐；可是到那时，她首先是那些八竿子打不着的什么人的妻子、母亲、祖母……她也许长命百岁，可是单纯作为一个姐姐，她早已消亡。

原来这世上，凡是姐姐都不久长。

这是一段混乱的日子，街上到处都是男孩的身影，因为姐姐总是外出招摇，自顾自走着，就像路边的一棵小白杨，一俟有男人的目光落在她们身上，她们便会摇一摇！做弟弟的只能长叹一口气，这姑娘既没脑子，又少情义，她现在一颗心全转到外人身上，他们既奈何不得，少不得还要替她们负责。

他们常常跟随自己的姐姐，生怕她受欺上当；一旦看到路边有小混混向姐姐吹口哨，他们便恨得牙痒痒，以为这样就亵渎了她！也有一些男人，单是把目光落在姐姐身上，一脸暧昧的笑容，男孩见了，简直心如刀绞，姐姐怎么能被人这样看呢？她是世上最圣洁的存在，可是你看那些男人的笑容，异样的，不洁的，男孩觉得如鲠在喉。

有一天，男孩看见姐姐在哭，她一个人躲在暗处，显见不愿意让别人瞧见。男孩走上前去，只问了一句："说吧，谁又欺负你了？"

姐姐吓了一跳，回身一看却是弟弟，也没当回事儿，只嘱咐了一句："不要告诉大人！"又继续哭自己的。

男孩再说："谁欺负你了？"

这下姐姐噤声了，转过身来打量着弟弟，泪眼蒙眬中只看见一个小不点，虎头虎脑的站在她脚前，他一脸严肃，神情凝重，俨然一个小大人。姐姐突然一阵孩子气发作，炝了个蹶子，说："不要你管！"扑到床头号啕大哭。

男孩掉头就走，走到门口却又停下了，抬头看着空气说："那些不三不四的人，以后少来往，现在合家老小为你操碎了心，你好歹也得替我们想想。"

姐姐"嘿"了一声，不由得又惊又气，他什么意思？也敢跟她说些！这完全不是一个小孩子的话，想必是他从大人那儿照葫芦画瓢搬来的，天哪，一家人把她当什么了？背着她不知怎样瞎嚼蛆！她也没脸活了！她跳下床来，想捉住弟弟扁一顿，弟弟撒腿就跑，这一跑，又把他跑回了一个小孩子。

弟弟虽然怨姐姐，一边仍要为她出头出气，他不知道是谁惹恼了姐姐，看样子，家族以外的所有男子都有嫌疑，弟弟对这些人早就有着隐隐的恨意，大约也知道，在不久的将来，他们中总有一人会把姐姐带走，使她成为别家的人。

天底下竟有这样不讲理的事，好不容易养大一个姑娘，竟是为别人家养的！弟弟有些气不过。大人便跟弟弟说："那你将来娶一个回来就是啰！"

弟弟说："我不要。"

大人便问为什么。

弟弟说："没多大意思。"

一家人忍不住要笑，弟弟觉得很懊恼。他没法使大人明白他的感情，他爱他们每一个人，再也分不出多余的给外姓人。照他看来，这个家已经很完整了，老人小孩，说说笑笑，实在是，多一人硌得慌，少一人则叫人惆怅。弟弟希望时间永停留，姐姐定格在她的十七岁，最好嫁不掉。弟弟不喜欢分离。

然而时间只管走它自己的，这一晃两年过去了，姐姐整天闲逛，确实没把自己嫁出去，可是大人们却犯愁了。这两年发生了多少事啊，先是哥哥成亲了，新嫂子能言善道，像喜鹊一样咕噪，弟弟起先是认生，末了倒是听不见她的笑声便有些不安生似的。再后来，小侄儿出生了，一家人的话题从此就围绕这小孩子了。

有一天，家里发生了一件猝不及防的事，太爷爷死了。太爷爷活了九十二岁,他是晒着太阳死的。那天中午,他正在跟弟弟说话,后来渐渐没了声气,弟弟推他一下,他整个人就倒下了。这以后的很多天,弟弟都如同梦游,也常常一个人晒太阳,特意找来太爷爷坐过的板凳,他拿手抚着板凳,脑子里痴痴傻傻的全是阳光。

那天晌午,弟弟一个人坐了很久很久,他抬头看着院子,知道这儿是他的家,不断地有新人进来,旧人离去,地老天荒,一代一代流传。弟弟想,姐姐的嫁人也该提上日程了。

确实是,这两年姐姐越发让人头疼了。她似乎总在冒傻气,虽然长着一副机灵相,实则心里全没算计。说她没算计吧,她整天把眼睛眨巴眨巴的,小心思又多得很,而且全不掩饰,哭哭笑笑那是常有的事,委实有点神经不正常。

身边倒是有一些适龄男子,也常来家里走走,借故跟弟弟搭讪几句。弟弟对他们没多大兴致,走进屋里跟姐姐说:"有人来找你了。"

要搁以前,弟弟必是寸步不离他们左右,防着他们犯错误,可是现在,弟弟说完这一句,就走开了。

弟弟现在有点害羞。大人们奇怪地发现,这小孩似乎安静了些,不再像从前那样闹哄哄的,而且这一阵,门庭也清静了,因为上门告状的少了,大人们都有点不太适应了。姐姐也直纳闷,跟大人说:"咦,警察好像退休了。"

从前,弟弟被称作是家里的警察,他是什么事都得管,尤其负责男女关系,大概在他小男孩的心里,"姐姐"是这世上的弱势群体。有一阵子,姐姐实在是烦他烦得要死,他随处可见,总是出现在合适的时间和地点,就连她站在路边跟男的说句话,他也能领着一群小孩围着他们横冲直撞,假装捉迷藏。

他的糗事实在太多了，朝人吐唾沫，骂人小妇养的，打弹弓，砸玻璃窗，拔气门芯……一切皆由姐姐引起。他小小的身量，又机灵，抱着一个宗旨：打得过就打，打不过就逃。打得过的居多，被打的人总想，到底是小孩儿，拳头砸在身上又不疼又不痒，而且也没法跟他计较，没准是未来的小舅子。只觉得好笑。

姐姐很是气恼，骂他两句吧，他便眼泪汪汪的，而且有话等着你。你猜他怎么说："你满脑子糨糊，又不识人的。活该你受罪。"

很多年后，姐姐犹记得这句话，把它放在脑子里过一过，那样一个童稚的声音，回想起来真是吓人的：它预言了她整个的一生。很多年后，当姐姐经历了一番沧桑，年轻时代的良辰美景都不算了，不算了，那些曾被她视为一生一世的东西，如今回头看，只落了个"白茫茫大地一片真干净"！

倒是她原初的那个家：庭院，闺房，父母，兄弟。炊烟袅袅。老人们在讲古，在一个夏天的午后，地下树影幢幢……在那个午后，在那个午后，日光昏沉，日光昏沉，姐姐突然看见了自己：青涩，鲜亮，红颜，皓齿。就是这个形象，穿过漫长、暗寂的一生，像彗星一闪，倏地把她的风烛残年照亮；就是这个形象，身后站着一家子人，老的，小的，骨血相连，这样一个少女的形象，袅袅婷婷，苍白含糊，她来自远古，流转于每一代姐姐身上，才十七岁，在被爱情找着之前，正和亲人一起，体验着较之爱情更为久远深长的、堪称海枯石烂的感情，所有的姐姐都将感泣于它，只是要待韶华已逝时。

关于这一点，弟弟后来不认账了，每当大人讲起他小时候如何为着姐姐淘气、闯祸，弟弟真是难为情的：我的天，有这回事？真是万恶得很！什么乱七八糟的！因之，他一边听大人讲，一边也觉得新鲜，脸上现出痛苦的表情，一边又笑："不可能！尽瞎说！"

此时弟弟正在变声,粗嘎嘎、毛茸茸的男声,自己听着都怪异,像喉咙里含着一口痰,弟弟不停地要咳嗽。这大概是弟弟一生中最别扭的时期,清晰、好静、善感、多思,一样样都不是他的本性。他成熟得不像他的年龄。

而此时,姐姐则成了全家的中心,她正处在好时节,却成了大人们的一块心病,私下里说起她,谁都要叹气:这事得抓紧了,搁家里总归是麻烦。

弟弟表达了两点意见:第一,得找个好人家的子弟,要真心对她好的;第二,这事是得抓紧,但急不得,对方的人品、性格需多方打听打听,要暗地里使劲儿,不能让她知道,否则又得跟家里闹。

说这话时,弟弟不自觉的,是把自己当成姐姐的家长了。他那从容、笃定的态度,仿佛伸手一指,说一声"你去吧",这就安置了这姑娘。

随着弟弟的长大成人,姐姐身上的光环逐渐消失了,仅成了一个现实的存在。没错,她是处在好年华,可是弟弟已经看不见了,整一个夏天,他躲在屋子里,一坐就是大半天,脑子里空荡荡的,什么也没有,那感觉就像老僧入定。弟弟自己也不放心,拿手碰碰胳膊,汗津津的,也有温度。他困惑得要命。

大人们都笑,问弟弟:可是在思考人生问题?

若是得不到回答,就有人代他说话了:才不,弟弟喜欢孤独。

弟弟笑笑,懒得理会,他知道人家是在开涮他,可是此时的他,仿佛是经过一整夜深熟的睡眠,于大清早突然睁开眼睛,那一瞬间,看得见曙光,知道新的一天就要开始,可是并不知道自己在哪里,只觉得天地混沌,又疑心自己是在梦里。

姐姐终于订婚了,未来的姐夫瘦瘦小小,头发梳得油光光的,见人三分笑，最是个小甜嘴。弟弟不明白，姐姐怎么会看上这么一人，从前错过多少好的，哭过，闹过，分分合合，那叫一个折腾！

也许是，姐姐嫁给谁并不重要，重要的是她出嫁了，他替她惋惜，不出嫁，他又着急！他对于姐姐的恋爱也是这样，不知为何，总有点不好意思，姐姐又丝毫不避讳的，当着全家人的面，和男朋友吵吵闹闹，撒娇，耍小性，声音嗲得不像话。弟弟撇了撇了嘴，心里想，谈恋爱能把人谈成这样，岂不是咄咄怪事！

总之，姐姐整个的就使人难堪，可是她也有爽心悦目时，夏天的傍晚，一个人骑着自行车穿街走巷，把铃铛摇得叮当响，麻花辫粗又长，随意一绾扣在头上，穿一件白衬衫，颈项长长的。骑到一个水果摊前，把脚那么一支，这就停了下来，一只手扶着车把，一只手够到水果里摸摸拣拣，那样子是很潇洒的。

或者，她把车停在巷口，整个人就坐在车座上，很惬意的，她在等一个人，不时要回头看看，趁这间歇，伸伸胳膊伸伸腿，做几个体操动作，腰杆挺得笔直。

另有一种时候，她和男朋友漫步街头，她这个人整个就不贤淑，走着走着，把膝盖一屈，朝男朋友的腿弯处抵去，那男的紧跑两步，姐姐落了个空，两人笑作一团，难免一番撕扯，这时弟弟恰好从他们身边经过，很愉快地做了个鬼脸，骂一声：我的妈哎，两个神经病！

这才是他的姐姐，纯洁，美好，坦荡，一个娇憨的姑娘，而且常常忘了自己是姑娘；她的恋爱也就止于和男朋友打打闹闹，你踹我一脚，我踢你一下；他们最应该走在春天的季候里，满腔满腹都是栀子花的气味，抬眼看着前方，并不怎么交流，可是眼睛弯弯的，笑吟吟的脸上全写着内容。

当然了，姐姐必做不到如此斯文，冷不防她就会咯咯笑出声来，问她为什么笑,她也不知道。实在忍不住了,她就会跑向墙角,假装是去闻花香,实则是笑得身子直发抖,再问她为什么笑,她会说,我喜欢。

弟弟对姐姐的记忆就停在这里,停在她的未嫁时:春天,恋爱,少女。这记忆里若是顺带一两个男子,这里头一定不会有姐夫!

弟弟有心找姐姐聊聊,姐夫是个怎样的人?拿得准吗?想来想去都难开口,毕竟,都不是小孩子了,而且时间也不凑手。

这一阵子,弟弟又忙碌开了,在经过短暂的蛰伏之后,他到底坐不住了,决定上街看看去,这一看不得了,把他吓了一跳,怎么满大街全是姑娘!弟弟搞不懂这是怎么回事儿,从前,他的眼睛能看见一切:好吃的,好玩的,刀枪棍棒,打打杀杀,他也能看见姐姐,主要是盯着姐姐的那些坏小子,他就是看不见姑娘。

是了,弟弟从前也能看见姑娘,但是他从来没把她们当作姑娘,她们都是姐姐,姐姐自然也是姑娘,可是此姑娘不是彼姑娘。

弟弟昏头昏脑地回家了,他觉得烦恼,心里痒痒的像是爬满无数的小虫子,又无从挠,只好怪叫一声,纵身一跃,向空中翻了个跟斗。这是一种很奇妙的感觉,新鲜,慌乱,害怕,弟弟不知道怎么办才好。

第二天,弟弟战战兢兢地又来到大街上,满大街的姑娘啊,个个都很生俏,走起路来摇曳生姿,脸上泛出动人的光;弟弟先是探头探脑,后来索性倚在一棵老树旁,抱胸,别腿,装作一副很倜傥的模样,因为他发现,这些姑娘需要他的目光,偶尔也会回头朝他笑笑,跟他一样害羞、胆怯,弟弟这才放下心来,快活地尖起嘴唇,对着她们吹了一声长长的呼哨,同时也知道,这一声呼哨显得那样的不端庄,他既羞愧又欢喜!

从此以后,弟弟一发不可收拾,一个猛子就扎进这个群体里,开始了他的荒唐岁月，或使人哭，或使人笑，他自己也会哭哭笑笑。在以后漫长的时间里，弟弟的苦恼之一，就是新一代姐姐身后，总是跟着一群小尾巴，他们碍手碍脚的，从孩提时代起，便自动、深情地担负起护卫姐姐的责任，并把这种责任维系了一生。

　　而弟弟自己，每当姐姐回家省亲，他总会不放心地问一声："怎么样，他对你还好吗？"他要使姐姐明白，他是站在她的身后，他对她意义非常，在此时此地，他是她的出生地、她的少女时光，再不济也是她最后的庇护所，他是她最初、也是最后的家啊，这世上一切都会枯朽，唯有她还是从前的那个少女。

石头的暑假

二十年前,石头还是我们这条街上最俊朗的男孩子。问问我们这里的街坊邻居,谁不记得当年的石头啊?那个白皙颀长的少年,又安静又腼腆,他挎着黄书包,骑着自行车从街巷间趟过的样子,至今还浮现在我们的眼前。

邻居的阿姨大妈们都说,一个暑假过去了,石头就长高了,出挑成一个帅小伙子了。可不是,这一眨眼,石头就十七岁了,我们这些随他一起耍大的小姑娘,有一天突然不敢看他了,害臊了,脸红了,也不和他说话了。

石头看见我们,也会脸红的。他朝我们笑一下,轻轻侧过头去……石头妈说,你看我们家石头,成天跟大姑娘似的,也不晓得叫人了。我妈说,是啊,我们家嘉丽也是这样,这些孩子,人小鬼大呢。

两个母亲站下来说话的时候,我和石头打一个照面,就各自回家了。我妈是很喜欢石头的,也许,她私下里是盼着石头将来能成为她的女婿呢。

石头和我们街上别的男孩子都不同，石头规矩，有教养。他在重点中学读高一，成绩嘛，总算还可以。石头的父亲李叔叔说，石头就是有点闷，眼看就要考大学了，还整天记日记，你说多浪费时间啊，大人都急死了。

我妈说，日记上都写什么了？

李叔叔"嗨"一声道，还能写什么呢？不过就是忧愁呀，人生呀，我看都不要看的，做作！我们就都笑了。

我妈说，你不懂，石头像个诗人。

李叔叔常来我们家，找我父亲下棋，几盘棋下来，他就点上一支烟，"石头石头"的挂在嘴边。他是既骄傲，又焦虑的。他常说，这一代的孩子啊，接着就叨唠起当年他在山西当兵，冰天雪地的，还要到山地里铺铁路。——怎么个苦法，嘉丽你知道吗？有人再没出过山，死在那儿了；雷管刚拿出来，全冻裂了……我告诉你嘉丽，那时候，你李叔叔可想不起命运、人生这些字眼来，我嘛——他站起来，在院子里踱上两步，笑道，净想着你张阿姨了，想着我要是能活着出去，就和她结婚，生个像模像样的儿子出来，取名叫石头。石头再生儿子，就叫石子。

说到这儿，李叔叔笑嘻嘻地看了我一眼。

李叔叔是个风趣人物，他常拿我打趣，说将来要找一个像嘉丽这样的儿媳妇，而我父母竟是一点都不恼的。我尤其记得夏天的傍晚，他坐在我家的院子里，说起他儿子时眉飞色舞的样子。石头这个词由他嘴里蹦出来，就像在敲鼓点，又响亮，又有节奏，石头，石头。他又是个不停嘴的人，一说能说几个小时，而我们是怎么也听不够、听不厌的。

暑假将近末梢，八月底的一天，我们对过的一户人家来了一个小亲戚。小姑娘大约八九岁吧，也是本城人，她因父母出差，便被送到这户姓王的表叔家里，暂住几天。

我还能记得那天，她由母亲领着走进我们的街巷里。她穿着天蓝色的泡泡袖连衣裙，一双大大的眼睛，在太阳底下眯缝着，既安静又灵活。她是黄黄的小卷毛儿，额头上有两个旋儿，一左一右扎着抓髻，像羚羊的角。后来我们知道，这个像精灵一样的小人儿，她叫夏雪，在实验小学读一年级。

起先，她是很认生的，她一只手拎着个小包裹，另一只手攥在她母亲的手心里，抵死不肯进亲戚家的门。她母亲笑道，这又怎么了？不是说好了吗？你自己兴兴头头要来的！待她母亲要走了，她站在门框里，眼泪汪汪地说，妈妈，你说过两天以后来接我的。她妈妈说，你要听话，我去上海给你买裙子和皮鞋。她这才收住眼泪说道，皮鞋我要红色的，裙子是白色的。她妈妈笑道，都说过一千遍了！她婶婶弯腰跟她说道，你先住着吧，我们这条街上小姑娘可多啦，过两天赶你走，你都不想走呢。你不是有个同学叫李清的吗？喏，就住在斜对面，待会我带你去找她。

她这才勉强一笑。

小姑娘就这样走进石头的家里，去找他的妹妹李清。我们说，石头的命运是从这一天开始转变的，虽然这一天，他也许并没有遇上她。

两个小姑娘整天混在一起，我们确实知道，至少在暑假的最后几天，她们是快乐的。她们在巷子里疯跑，玩"捉迷藏"的游戏。其中一个倚在电线杆后面，闭上眼睛问，好了吗？那一个说，还没呢，不准看呵。常常的，我们就听到她们的尖叫声，从巷子的某个角落里传来，弥漫在正午的太阳底下。

很多天后，石头说，他也听到了类似的尖叫声，有时是在正午，有时是在晚上，待他从床上爬起来的时候，它就不见了。

真是奇怪，石头说，它不见了。

它从来是在石头似睡非睡时响起，迷迷糊糊的像一声呼哨；他清醒的时候，它就消失了。所以，这究竟是怎样的一种声音，石头是描述不出来的。有时候，他怀疑自己得了幻听，也不知从哪一天起，石头突然烦躁了，常常彻夜不眠，为的就是等——也许和我们听到的并不是一种尖叫的尖叫声。有一天下午，石头去妹妹房间里找剪刀，推开门的时候，看见两个小姑娘脱光了衣服，坐在床上玩一种叫作"石房子"的游戏。

石头很大方地就进去了，从抽屉里摸出剪刀，侧头看她们一眼，笑道，你们两个，怎么不讲文明啊？石头根本没在乎她们，整个夏天，都是由他为妹妹洗澡，他摸着她的小胸脯，常常开玩笑说，一把瘦骨头。床上坐的另一位却是胖的，然而跟她的胖并没有关系，石头紧张了，那是因为她紧张了。

自始至终，她用一双惊恐的大眼睛瞪着石头，一边拿裙子遮住了身体，这动作是连贯的、迅速的，很像个成人。石头觉得很有意思。一个八岁的小女孩，皮肤是粉红色的，肉乎乎的四肢和手脚，她把膝盖支起来，挡住了胸口，双手把肩膀紧紧搂住……就这么蜷缩在床角，往后退，往后退。石头也呆了，他从未见过这样的阵势，一个八岁的小女人。

后来，她的裙子滑下去了，她放下手臂去捡裙子，石头就看见了她的小乳头，还来不及肿起来，往里瘪。石头听见自己的声音软弱而轻飘，像来自远方，像经历了一场大汗淋漓，他说，你们把衣服穿起来吧。他转过身去,把门关上了,他感到自己很昏沉。

  我们小街上的第一场强奸案就发生在两天以后。石头终于听到了他找寻已久的尖叫声,那是由他自己发出来的,在他的身体里藏了很久,折磨他快要发疯了。石头不承认自己是强奸,然而那天上午,他把妹妹支走了,屋子里只剩下他和那个小女孩,他把她抱在怀里……竟哭了。他知道在这间屋子里,此时此刻,发生了一件事情,他已大祸临头。

  石头觉得冤屈。

  他回忆说,从见她第一面起,他就喜欢上了她。这是他的第一次……看着一个女孩子坐在他家的院子里,葡萄架下她抬起长睫毛的眼睛,阳光在她的脸上忽闪忽闪的。她的胳膊里夹着一个布娃娃,他看着她给布娃娃把屎把尿,哄它睡觉,又掀起衣服给它喂奶。她喂奶的样子真是迷人极了,微微低着眼睑,嘴唇一张一合的。石头说,他从来没把她当作八岁,在他看来,她是个比他更年长的女子,十八岁,二十岁,她像的。

  她比我们街上任何一个少女都像少女。——石头这句话,伤了我们街上的所有女孩,尤其是女孩的母亲们。我妈就说,她怎么就像少女了?少女就得遭强奸啊?总之,这是个奇怪的混合体,她时而矫揉做作,时而落落大方,她看人的眼神是直接、清澈的,有时也曲折。石头忘不了那一双天使的眼睛,纯洁,坦荡,看上去什么都明白……她的鼻翼上有人的汗珠。

  她叫他好看的石头哥哥,有时她会亲他,央求他给她买一根冰棍。她也会撒娇,她是对谁都要撒娇的,扭一下小身子,伤心的时候泪水就汪在眼里。她让石头背着她,身体吊在石头的脖子上,嘴唇咬在他的耳边,学李清的口气说道,李石,李石。后来,我们街上的人都说,这是个小尤物，虽然她什么也不懂……这事怪不得石头。

那天上午，一声尖叫刺破了小街的上空，直到二十年后，这尖叫还回荡在我们的耳膜，让我们想起久远的一段往事，那发生在十七岁的少年和八岁女孩之间的一场"友情"：那于他们都是新鲜的，第一次……两人都很害怕。他央求她别把这事告诉给别人，她答应了，她求他带她去看一场电影，他也答应了。她渐渐感到疼了，石头的最后一个暑假就结束了。

石头被判了两年。

女孩的父亲是刑警队队长，他是在外地执行任务时听说这件事的，一个七尺男儿当即蹲在地上痛哭，他拿拳头砸地，水泥板上血肉模糊。后来，他拔出枪来，朝幽暗的星空连放了数枪。他是当夜赶回来的，到我们街上接他的女儿。女儿蜷缩在婶婶怀里，天已经很晚了，她真的困了，就要睡了。一屋子的人却围住她，轻声地说着，侧过头去抹眼泪。

父亲抱住女儿恸哭，女儿也哭，大呼小叫的。我们街上的人都说，究竟为什么要哭，她自己其实是不知道的。

父亲来到石头家里，在屋子里站了会儿，他的牙齿都在发抖。他毕竟是刑警出身，并未做出什么过急之举，临走的时候只丢下一句话说，我会让你赔命的。

这是真的，石头差点就送了命，虽然他只有十七岁；石头家为此付出了惨重的代价，他们甚至越级到了省城——李叔叔是供电局局长，是能通上很多关系的。反正至少在半年里，这件事是我们小城的头等大事，被大家议论得沸沸扬扬。当事的两个男女主人公，也成为我们这里的名人。

我们街上的人都在叹息，石头毁了。

不可避免的，我们眼前就常浮现出一个玉树临风的少年，他优雅懂礼，有着青瓷一样秀美的五官和肤色，他笑起来是不出声的，白牙齿微微地露出来。再有一学年，他就要考大学了，老师们都说，谁能想到石头会出这种事呢？这孩子老实，成绩又好，不知有多少女生暗恋他，往他书里夹纸条，他一概不理的。每年暑假开学，总有几个学生来不了的，他们或是病死的，或是游泳淹死的，李石是强奸的。

那个女主角呢，听说被送到外地的舅舅家里，每天上学由外公外婆接送，只在过年的时候才被悄悄地送回来。全族的人都在为她制造一个安全的氛围，让她忘掉往事，忘掉这个小城，某一年夏天，那条小街……就像一切都没有发生过。

城里有个"智多星"说，其实大可不必，既然事情已经做了，两个孩子也都废了，那两家更应化干戈为玉帛，不如结成亲家，横竖石头再等几年，等她长大了，倒真是一对璧人呢。

不过这话也就私下里瞎说说，传了一阵，就没人提起了。

石头放出来的时候，我们已差不多忘了他。两年，我们这拨孩子的个子又长高了一点点，有了新的朋友、知识和思想。有一天，我就看见了他，他一个人在路边走着，他的身后，是我们生长于斯的嘈杂的街巷，来来往往的下班的人群，整个庞大的夏日的蝉鸣，夕阳的光辉一点点地掉下去了。

我看见了一个青年，他趿着拖鞋，穿着白衬衫和肥大的黄军裤，他似乎瘦了点，鼻梁上架着副眼镜，神情沉着而硬朗。而且，他抽烟了，他一只手抄在裤兜里，一只手夹着烟，偶尔手臂轻轻一抬，从鼻孔里冒出白色的气雾来。我看见了他那青梗梗的下巴，青梗梗的，他十九岁了，到了该用剃须刀的年纪了。

说不清楚我是以怎样的眼光来看石头的，他也看见我了，朝我大方地点点头，笑笑，我也笑笑。非常奇怪的，原来存在于我们之间的那种紧张微妙的东西不见了，我伤心地发现，从前那个青涩的石头不在了，他长大了，看见任何一个姑娘，再也不会害臊脸红了。

我妈说，你要当心石头，晚上最好别一个人出门——我们街上，所有的母亲都是这样告诫女儿的。可是我想，石头对我们是不会有兴趣的，不管丑的还是美的，因为我们不是夏雪——那个八岁的"少女"；因为，他亦不是他了。那天晚上，我一个人坐在屋子里哭了很久。

时间不断地流淌，清新，永恒。等我长到了石头的十七岁，也读高一的时候，石头已是一个三岁男孩的父亲了。他很早就结了婚，娶了一个朴实能干的乡下姑娘，听说感情还不错。李叔叔又托关系为他在医药公司谋了一份职，这些年来，石头过得还凑合，他健康，平安，矜持。而且他胖了，也没有到痴肥的地步，不过，从前秀弱的体态确实不见了。他也很少出门，只偶尔，我们会在街上看见他，他骑着自行车，前杠上放着儿子，有时他会俯下身来听儿子说话，夕阳迎面照过来，他微微眯着眼睛，身后的影子拖得很长。

我们都说，石头是善始善终。他心中的熊睡着了。

要不是今年秋天发生的一件事，石头也许就这样过着平庸的生活，一年年的，看着自己的躯体在腐坏、衰老……静静老死于街巷；他将和我们一样，成为一介良民，一生碌碌无为，心力越来越麻木。二十年过去了，我们这些当年一起长大的孩子，都已步入而立之年。李叔叔也退休了，这年秋天他得了中风，被送进了医院。

是啊，这事说出来谁会相信呢，就在这所医院里，石头又遇见了夏雪。这些年来，我们城里也算发生过一些稀奇古怪的事，可是都不及这对男女……长辈们说，疯了，这事蹊跷了，天上的哪颗星要掉了。也有人说，这就是命吧，二十年前的孽债还没尽，他们不安生呢！当年发表预言的那个智多星还活着，他听了，愣了半晌叹道，这两个可怜的孩子，当年要是听我的话结了婚，也不至于此。

总之，事情确实发生了。两个历尽沧桑的人，共同经历了少年时期的一段往事，他们已认不出对方了。他们的容颜都有了很大的改变，女方隐姓埋名，她从八岁起就被送离了自己的小城，就像做贼一样，后来几经辗转，嫁给了一个转业军人，三年前离婚了。这年秋天，她回家来休年假，顺便陪陪父母，跟外人就说，这是她的姑父姑母。

这天傍晚，大约五六点钟的光景吧，她来医院找"姑母"。她姑母是医生，正在病房里值班，不能陪她，她就一个人出来转转。门诊部的左侧有一条僻静的甬道，参天的树木底下摆着一排排绿长椅，她先是在长椅上坐了会儿，大约是百无聊赖了，就沿着甬道走。她把手抄在风衣的口袋里，低头看自己的脚，偶尔她也抬起头来，秋天的阳光从树叶的深处漏下来，像雨点一样砸进她的眼睛里，她站了会儿，闭了闭眼睛。

这时候，她感觉身边有一个男人迎面走过去，是个中年人，她也没在意。这天下午，总有一些人走在这条甬道上，和她擦肩而过。这个人也是。他们各自瞥了对方一眼，似乎都愣了一下。后来她说，她只是觉得这个人有点面熟，好像在哪见过，却怎么也想不起来了。那擦肩而过的一瞬间，好像是漫长了些，有意转过身去看吧，又觉得没必要。总之，是顿了顿脚步，心思微微动了一下，就各自走开了。

后来，她又看见了这个人，在甬道的尽头，朝她这边看过来。他在看她，却装着在看别人……他穿着高领线衣，牛仔裤，棕色皮鞋。微风之中，头发有点乱了。他看上去并不老，虽然也有小腹，眼袋，皱纹……是个体面男子，没什么特征。想来，他不过和这城里的大部分中年人一样，过着安静优越的生活，身体一天天地沉了下去。

然而这一天，他遇见了一个女人。这女人并不美，高，出奇的瘦，石头的心竟一凛。石头后来说，这些年来，他一直在等一个女人，他不知道她长什么样子，身在何方，可是他总在设想一幕情景，设想他和她见面了，他的身体因此而抽得紧，他的手心里攥着汗，他的呼吸里能听到隐隐的尖叫声。

这尖叫已经久违二十年了，石头说，他差不多已经忘了，可是又常常想起，尤其在夜深人静的时候，他睡不着觉，就会坐到院子里，或者摸黑走到妹妹的房间里，妹妹出嫁后，这房间就空着，他沿着床沿滑到地上，连他自己都不知晓，泪水就汪在眼里。

有时他也不哭，仅是干巴巴地坐着，耳边就会响起那风啸一样的声音，在很多年前的烈日底下，像幽灵一样地刮过来。那是像呼哨的，像人的喘息，刀子一样的声音，刺进了他的身体里。他的眼前就会浮现出那个八岁小姑娘的身体，胖乎乎的，粉红色的……石头一下子把灯打开，双臂搭在床沿上，拿手掸了掸床单。

石头决定朝女人走去，现在，他还不清楚自己想干什么，他有点害羞，身体在轻微地发抖。后来，他站到了她面前，她便抬了抬眼睛。

石头低了低眼帘，把两只手团着，按得指节骨直响。他笑道，你也是来看病人？

她睒了他一眼，郑重说道，我在等一个亲戚。

石头抿了抿嘴唇说，听口音不是本地人？

她点点头。

哪里人？石头问。

她笑了起来，摆出一副宽恕的、什么都明白的样子，石头的脸便唰的红了。他搓搓手，嗫嚅着说道，你别误会，我不是那个意思……他说不下去了，心有点疼。她以为他是谁？想干什么？他近乎恼怒了。二十年了，没有人知道他这二十年是怎么过来的，如行尸走肉一般，他早就死了。他的心里爬满了无数羞辱的虫子，每个虫子都在跟他说强奸两个字……石头的身体抖了一下。

她抬头看了他一眼，越发警惕了。自小，她就被告诫不要跟陌生人说话，八岁那年的事，她并不记得很多，记得的就是她曾受过伤害，这伤害很重要，人人都同情她。她处处要做出一副端正的样子，据说这样就不会受侵犯，而这些年来，类似的侵犯总有一些……总有一些人会上来跟她搭话，问问她几点钟，贵姓，芳龄，家在哪里，是否需要送送；问问她是否结过婚了，跟她说她很迷人。——无论她怎样冷淡，这些男人……可是细细琢磨起来，她并不是每次都生气的。

这一次也是。首先，这男人还不算讨厌，他面目温和，衣着得体，如果他要追求她，又是单身，或许……她会委婉地拒绝他，跟他说她是离过婚的，家又在外地。她对他有点爱理不理的，三句话能接个一句，可是一句话就能让石头留下来。

石头真是不想走，他有点眷恋，也不知为什么。面前的这个女人……她告诉他，她姓顾，叫顾平平。无缘故的，石头听到自己吁了一口气，他有些失望，仿佛又更加安心。

有好几次，他想鼓足勇气跟她说说他自己，他从前的一些事……这些事他跟任何人都没说过，放在心里，只想哭。他还想说，这些年来，他在等一个人，一个似曾相识的人，哪怕从未见过面，可是打一眼，他就知道他们会很亲近，她能理解他，她长得并不美，可是她很迷人。

有一瞬间，石头觉得自己像是回到了二十年前，那时他还很年轻，才十七岁吧，是个无所事事的少年。他仿佛又听到了当年在睡梦里才能听到的尖叫声，迷迷糊糊的，正午的太阳底下，有什么东西被烤焦了，他的心动了一下，他感到害怕。

石头现在害怕的，是女人的眼神，小心而机警的，戒备的，像兔子一样忐忑不安。天色渐渐暗下来了，林荫道上没什么人，路灯光从很远的地方打过来，恍若隔世。他有点看不清楚她了，然而记得的总是她的眼神，那温绵的，柔软无骨的，勾魂慑魄的……她的眼神。石头很沮丧，他得努力控制自己，不让眼泪落下来。

女人表示要走了，她很慌张，几乎没说什么话，掉头就走，她的脚步越来越快，几乎要跑起来了，石头也跑。他"哎"了一声，三步两步就抓住了她的臂膀，那是一个死角，平时很少有人来这里，而且，它的四周一片黑暗……

我妈说，四周一片黑暗，他追上了她……我一下子失声尖叫起来。我清楚地记得，那是我的尖叫，很锐利，凄楚，它在二十年前的暑假就发作过，它发作过呀，那高亢的、捉摸不定的呼哨一样的声音，曾一直在石头的耳旁萦绕，只是石头不知道罢了。

石头怎会知道呢？石头！

这么多年来，我以为自己已经忘了石头，真的，有多少年了，我不再想起他！可是这年年末，我回小城探亲，当我妈说起他的时候，当我看见弟弟的资料袋里有当事人口述记录的时候（我弟弟在公安局工作），我泪如雨下。

二十年过去了，我竟然不能忘掉他，他竟然还很爱她。那一刻，我觉得自己异常的萎顿，很伤悲。

2002 年 12 月 27 日

乡村、穷亲戚和爱情

一

我们这个家族基本上都是穷人,他们分布于江淮一带,世代以务农、捕鱼为生。你也许在电视上曾见过这样的画面,在广袤的江淮平原上,有很多星罗棋布的小河流,它们交叉,汇合,在平原上流淌。

村舍掩映在绿荫之中,尖尖的红屋顶的房子。江淮一带的民居,大都是这种样式的砖瓦房,它们踏实,平安,祖祖辈辈在这里生活,于心平气和中偶尔也会露出一点不老实。那屋檐是上翘的,做成精致的流线型,俗称"飞檐"。那砖红色的墙和房顶,也透着中国民俗特有的"喜气"。

在这里,哪条河流不萦绕着村庄?河水是流动的,清澈见底。河水也可以饮用,常见人担着两桶水,轻快地走在村路上。夏天的时候,孩子们光着身子在河里嬉戏,妇女们在这里漂洗衣服,牧童躺在河边的草地睡着了。

这是真的,如果你走在江淮农村,你一定会看见这样的图景。世世代代的人民在这里生活，他们耕作，捕捞，通婚，生育；这是他们赖以生存的肥沃的土壤，这里埋藏着他们的生老病死，百年如一日、向前涌动的日常生活，人世的情感，悲欢离合，世态炎凉。

汽车载着你，驶过了这片土地，一窗子的蓝天和树木，在你眼前静静地伸展，延续数百里；春天的田野上，麦子和油菜花盛开了，一片黄，一片绿，色彩是那样的鲜明，饱满，招摇。

如果你恰逢走进了一个村庄，你就会看见，家家户户的门窗都开着，家家户户的门前有草垛、菜园子、猪圈；屋后有茅厕。

你还会看见一些人物，他们都是地道的江淮农民，他们害羞、含蓄，见了生人了，眼睛待看不看的；也有一些小孩子，蹦蹦跳跳地说着江淮方言，他们尾随着你，就像影子一样，跟着你从一户人家走过了另一户人家。

正是农闲季节，村庄好像睡着了。村庄是那样的安静、祥和，老人们蹲在草垛旁，抽着旱烟，有一搭无一搭地说起了农事。有一瞬间，他们的眼睛是看到阳光里去了，阳光是痒的，他们眯缝起眼睛，笑了。他们的笑容是那样的单纯，很深很深的沧桑的皱纹，无尽的岁月从其间流过了。在那一刻，他们的笑容几乎是浮面的、惯性的、不触及感情的。

有一个农妇，从院子里走出来，怀里端着一盆猪饲料，她一边"噜噜噜"地叫唤着，一边朝猪圈走去了。

这时节，你是看不见姑娘的。她们大多躲在闺房里，静静地做着针线活。她们绣荷包、纳鞋底、织毛线衣、踩缝纫机……总之，一代又一代的姑娘，就是这样躲在闺房里，感觉到这个世界的变化莫测。时代在前进，她们手里的针线活，已由手工缝制改为机械操作——可是心思，到底还是从前的那些心思啊。才过了十八九岁，已到了说婆家的年纪了，她们有了自己的心事，无限的憧憬和惆怅。——这种事，到底是不踏实的。

她们大多长得很美，有的也不是漂亮，只不过是清楚、明朗、和平，她们的眉宇间有一种动人的姿态。当你走在江淮的乡间，看见一个姑娘迎面走过来，她衣衫整洁，神态矜持而从容；如果你打量着她，她就会低下头，羞涩地、迅疾地走过了。

你也许会觉得奇怪，一草一木，万物生灵，在这片土地上，呈现出一种别样的、活泼的姿势。它们是那样的和谐，具有某种朴素的美质。那是因为，你爱上了这片土地，你与它们紧密地联系在一起了。

我刚才说过，我们这个家族基本上都是穷人，他们分布于江淮一带。在一百多年前，他们从山东迁徙而至，辗转安徽，至江苏，从此安居了下来。他们婚丧嫁娶，生育繁殖，就这样度过了一个世纪。

我们家族的穷，是有渊源、有历史的，那是典型中国农民式的穷，单调，灰暗，没有幻想。他们以土地为生，穷也穷得安乐、坦然，仿佛生来如此，并不心酸。到了我爷爷这一支，情况略有改观。

我爷爷在三四十年代参加了革命，他组织了武装游击队，打土豪劣绅，也杀过日本人和国军。后来，他成为一名职业革命者，加入了中国共产党。解放以后，他被分了一官半职，最盛世的时候，他曾做过地委的组织部长；曾有消息说，他与市长这个职位失之交臂。——当然了，这也许只是谣传。

对于我们家族来说，我爷爷最大的贡献就在于，他把这个家族的一支带出了乡村，走向城市。他们是他的嫡系子孙，在城里出生，长大，接受教育。总之，这个家族就这样被分离了，其中的一支远离了土地。

到了我和弟弟这一代，我们已经完全地被改造了。我们开始过上富足的生活，有身份和地位。我们衣着优雅，谈吐精致，性情敏感而害羞。我们惧怕劳动，体质柔弱，总之，我们与那片土地的联结少了，淡了。我们的感情冷却了。

我们家族的其他人，仍滞留在本土，他们勇敢地、忠诚地面对贫穷，过着百年如一日的生活。偶尔，他们到城里来了，买台彩电，采购结婚用品，或者买辆手扶拖拉机，总不免要来我们家看看。他们坐在客厅的沙发上，穿着崭新的衣衫，蓝卡其中山装的风纪扣，紧紧地卡在脖子上。他们的布鞋也是新做的。他们的神情多少有些腼腆和局促，他们从布袋里掏出旱烟，在腿上轻轻地磕着。一下子也不知说什么好。

想起来，大家都是亲戚，他们血液的一部分，也在我们的身上汹涌地流淌。他们都是地道的农民，在乡间生龙活虎惯了的，一向也是落落大方的，可是一旦离开那片土地，来到城里，他们全变了。面对似曾相识的亲人，他们变得紧张、生涩，他们那孩子气的、单纯的面容——那些经过贫穷，岁月的磨难，在阳光和泥土里浸染了许多年而仍旧活泼的面容，在那一刻突然不安了，他们变得拘谨，缺乏自信，他们的神情几乎是死的、呆板的。

我们家族还有一些女人，有时候，她们也会跟着自己的男人，来到城里。如果放在乡间看，她们也是体面人，她们衣衫得体，举止庄重，她们的容颜甚至称得上是清秀。你在乡间，到处会看见这样的年轻妇女，她们走在蓝天底下，田埂上，她们穿着素色的碎花布衫，步履轻快，神态安详。她们融入到环境里去了，她们与乡村的环境是那样的协调，和睦，亲为一体。

可是当她们来到城里，她们就显得有些土气了。她们走在街道和楼群之间，显得那样的格格不入，相形见绌；虽然也穿着西装、瘦身裤子、黑皮鞋，虽然她们的神态是那样的明净、祥和，看上去并不谦卑，可是你一眼就认出来，她们是乡下人。她们的容颜里有一种气息，那是一种土地的气息，它浸入到她们的肌肤和血液里去了。

这就是我们家族的穷亲戚们，当他们寒寒缩缩地坐在我们家的客厅里，这时候，你就会对他们怀有某种恻隐之心，或者心生怜悯；总之，那是一种很微妙的情感，不是喜欢，也谈不上讨厌，你只是觉得，客厅里凭空多了一件物体，显得有些异样。

常常地，我放学回家了（那时我念中学），看见家门口放着一辆破旧的自行车，我就知道，家里又来穷亲戚了。我母亲向我介绍说，这是你表大爷家的三哥，这是你表姊。

我点点头，照例在客厅里站了会儿；他们也站起来了，非常局促地，他们的脸上堆起了菊花的笑纹，说道，这是小敏吧，才几年不见，就长成大姑娘了。

我母亲说，快坐下，她小孩子家，不值得这样子的。

他们便坐下了，扯扯衣角，不时地拿眼睛打量着我，一下子也想不起要说什么，低着头暗淡地笑着。我站在阴暗的客厅的拐角，看见窗户外一片灰色的天空，天快下雨了吧？邻居家的衣服在阳台上飘扬，有鸽子从灰天下飞过了。

我有些难过起来。客厅里的空气是那样的僵硬、生疏，我知道，那是因为我的存在。也不是紧张，只是黯然。长时间没有话语，脑子里是空的，身体完全多余。人都很善良，也有情感，可是完全不是这样子的，完全不是。

我离开了客厅，回到自己的房里，甚至觉得沮丧了。天真冷呵，手冻得青白，蜷缩着像只鸡爪子；很多年后，想起我们家的穷亲戚们，总能引起我生理上类似的反应。

我确实知道,在我和他们之间,隔着一条很深的河流,也许终生难以跨越。想起来,我们的祖辈曾在同一片土地上生活,我们的血液曾经相互错综、沸腾地流淌。现在,我眼见着它冷却了下来,它断了,就要睡着了。

对这一切,我们能有什么办法呢?

他们来我们家,至多也不过是坐坐,吃上一顿饭,说些家常话,就走了。每次也不是空手来,总是带些东西,新打的稻米,刚起的花生,都是自家责任田里产的,也不花什么钱,完全是一片心意。

卖粉丝的人家送来粉丝,做豆腐的人家送来豆腐。腊月的天气,已近年关了,他们骑自行车赶百十里的路,来到城里,单单是为卖个好价钱。大清早,他们敲开我们家的门,不由分说,撂下一笼豆腐就走了。

我母亲跟在后面,袖着双手,身体冷得直哆嗦,说道,送这个来干什么,快拿去卖了,给媳妇孩子添件衣服。

他们说,要卖的在这儿呢,这笼豆腐是单给婶子家做的,不卖的。是连夜赶出来的,你掀开笼布摸摸,还温着呢。快做了吃罢,虽不金贵,味道却好。过年过节也没什么好孝敬的,就这点心意,婶子快莫客气。

他们推着自行车就要走了,擤了一下鼻涕,拿手指在棉衣上蹭了蹭。又紧了一下围脖,拿头巾包住了脸,单只露出一双眼睛和冻得发红的鼻子。

我母亲说,中午来家吃饭呵。他们已经走远了。

他们中的大部分人,是不来家里吃饭的,因为敏感和自尊,这是我们家族的传统。我们家族的人，不管是穷人还是富人，骨子里都是尊贵的，这是从血液深处带下来的，没法子改变的。他们可以送你一笼豆腐，一麻袋萝卜，半只绵羊，他们是心甘情愿的，本心也是愉悦的。他们不想因为这个而接受感激。

我父母要是客气了，他们就会红了脸，说道，大哥大嫂，快别这样说。都是亲戚，换了别人家，我还不送呢。再说，以后也许还有事求着你们呢。——就当我留一份人情在这儿，将来你还我还不行吧？说着笑了起来。

这说的是真话，真话也说得如此漂亮、地道、得体。这里头有"中国式"的人情世故，做人的精细和含蓄，微妙的利益关系……总之，一切全在里面了。

这时候，他们的神情也放松了，语气也轻快了，他们重新获得了信心；付出让他们如此愉快，付出让他们感觉到人的尊严。——这就是我们家族的穷亲戚，他们淳朴、平安、弱小，也尊贵。

二

陈平子也是我们家族的穷亲戚，他是我爷爷的侄孙，属于父系的那一支。他父亲早逝，母亲不守妇道，丢下他们兄弟三个，随一个外乡男人远走他乡。那一年，陈平子已有二十岁了。

他是家族的长孙，为人厚道而沉默。略通文墨，大概是小学毕业吧，或者初中，我也不很清楚。他长相清秀，身材伟岸，虽是三十多岁的人了，看上去并不见老，显年轻。

他的衣着很朴素,甚至有点随意。有一年春节,他来我们家,竟穿着田间劳动服,还打了补丁,吓了我们一跳。我母亲说,陈平子,你就到这副田地了?也没件新衣服?

他说,有。不想穿。你让我穿什么?穿中山装,还是西服?我看见乡下人穿西服就烦,又不合身份,又土气。

这倒是真的,陈平子不土气。虽然穿打补丁的衣服,看上去也像个农民,可他身上有一种气质。气质是什么,我也说不清楚。总之,他相貌堂堂。有一次,我母亲叹道,这么一个帅小伙子,命却不好,又穷,又留不住媳妇。

陈平子三十多岁才结婚,是一个外乡女人,也许是买来的吧?家里盖了三间瓦房,也有几亩薄产。可是现如今,农民靠土地为生,已经很难维持了,过得磕磕绊绊的。只是穷。漫无边际的穷,再穷下去,就安心了,不再抗争了。

陈平子能吃苦,脑子也活络。他经营起庄稼来,可不省力气,又是耕种,又是收割,再是天寒地冻,他也要去田里看看。农闲季节呢,他就打短工,为人盖房子,砌砖,弥缝,他是个好瓦工呢。谁家遇上红白喜事了,他便给人出谋划策,关于风俗和细节,怎样闹新娘子,怎样讨喜钱不为过分;何时出殡,儿孙们站在哪里,媳妇们什么时候哭丧,他全懂。他给的建议也极妥当,富有人情味。

也是在红白喜事期间,他给人家当厨子。他置办酒席,从买菜,到烧菜,到洗涮,他里里外外一把手呢。你没看见过陈平子系着白围裙的样子,他干净、清爽,他在灶间忙碌,大声吆喝着。偶尔闲下来,他在庭院里站着,静静地点燃了一根烟。他倚在廊柱上,噘着嘴逗树杈间的鸟雀说话。

你能想象这样一个乡村青年吗,他贫穷、安静,有种不自知的快乐。他坐下来，看地上的一个小姑娘在画圆圈。他逗她说一些无聊的话，自己先笑起来。小姑娘也不搭理他。他又说，哎，给我讲讲新娘子。小姑娘说，有什么好讲的，待会儿你自己看就成了。

陈平子笑道，你新嫂子长得漂亮吗？

小姑娘说，眼睛大，就是胖了点。

陈平子说，胖好。

小姑娘抬起头来看他，很不以为然地说，胖有什么好？

陈平子细细地眯起眼睛，一脸的坏笑，说，你小孩子家不懂得，女人还是胖的好。

他侧过头去看堂屋的酒席，下午的阳光落在门框里的地砖上。有一个男人侧过头来擤鼻涕。席间有人在猜拳，隔着圆桌，双手比画着，脸涨得通红。陈平子只是微笑着。

结婚已有一些年头了，陈平子还能记得，那天自己做新郎倌的时候，脸上寒缩的笑容。他在庭院里走着，看看这，看看那，说不上两句话，又被人扯开了。他觉得欢喜，可是那欢喜也是茫然的，空洞的，虚飘的，也不知该做些什么。身子被分成了几截，在阳光底下，只是忙乱，纷扰，有片刻的清醒，一点一滴的，全是不相干的。

他女人是两年前失踪的。她原本是外乡人，来无踪，去无影，陈平子也没去找。他知道她再也不会回来了。他带着五岁的女儿过活。——他原本再想要个儿子的。

陈平子觉得羞愧。有很长一段时间，他见人抬不起头来。他把自己关在院子里，一天天地晒太阳。他坐在屋檐底下，袖着手，身体蜷缩得像一只软体动物。晌午到了，他起身去厨房弄吃的，他女儿跟在他身后，抱着柴火，往灶里填火。

大约有一个星期时间，陈平子不敢回房睡觉。他女人瘦，干瘪，邋遢，陈平子喜欢丰腴一些的女人。起先，他嫌她不够好看，就有族人出来说话了。大意是，能娶上媳妇就不错了，哪里容他横挑竖拣的。漂亮能当饭吃？他陈平子漂亮，却打了三十多年的光棍！这话怎么说？也有一些年轻后生，对陈平子耳语道，你没经历过，关键不在胖和瘦……陈平子便笑了。

即便隔了两年，陈平子还能想起她的身体。她给予他的好处，她躺在他的脚头，她瘦小的怀里的温暖。

起先是因为自尊；也疼惜他自己；后来呢，就疼惜钱财了。这是真的，他娶亲花了2万多块钱，又是造房子，又是聘礼，他欠着债呢。

我听我母亲说，陈平子曾去过深圳，在建筑工地当瓦工，后因工头克扣工资，半年以后又回来了。说起深圳，陈平子总是摇头叹息。显然，他不太适应那个城市。他拘谨、贫困，没有尊严，也看不见希望。而且，他也不够狡智。

总之，这是一个农民在城市的遭遇。他失败了，带着羞辱，空手而归。他又回到了自己贫瘠的土地上。在这里，他被养育了三十年，他娶妻荫子，他的祖祖辈辈曾在这里天马行空地生活过，死了也安静地躺在这里。

他又操起了老本行，做瓦工，当厨子。一切是那样的熟能生巧，他做活能做出乐趣来。每一道工序，他深谙它的拐弯抹角处。大到结构的掌控，小到细节的雕琢，他总是得心应手。

他有着一个工匠的责任心和道德感。况且，他是自由和快乐的；穷当然还是穷的。

他说着家乡话。爬上屋檐盖瓦，听着人们在说笑话，他也会插上一两句，咧着嘴不动声色地笑着。他是有点冷幽默的。

村路上有姑娘走过来了，他看着，并不像别人那样起哄，搭讪，垂涎。喜欢也是喜欢的,他觉得愉悦。已是春天了,从屋顶往下看,只见得遍地的田野,绿油油的,风吹过来麦子和泥土的清香,他感觉到一种饱满的、结实的气息。那是丰收、富裕的气息,他觉得安全。

他人缘极好,不是个枯燥的人,也知道人情味和做事的分寸感。逢着村人遇着婚丧嫁娶,他被请去当厨子,丧事是不收钱的,纯粹帮忙。喜事呢,不但收钱,喜糖喜烟都拿双份的。他说,我是厨子……托一只不锈钢盘直送到新娘脸上。只在这时,他才是恣意妄为和蛮横的。众人都笑。

家主就说,新娘子给钱吧。(我们当地的风俗,厨子的佣金是由新娘付的。)

新娘从皮箱里取出红包,放进托盘里,仍回坐到床沿上。陈平子拆开看了,把托盘往新娘怀里一塞,紧靠着新娘坐了。他拿手臂抵抵新娘,轻声慢语地说(他的声音很是蚀骨销魂),你不给钱,是不是想留我过宿呀?闹房的人围了一圈,嬉笑着看热闹,也有乘机去摸新娘脸的,气氛更热闹了。

新娘子脸红了,禁不住别人笑话,又添加一份。陈平子仍不依不饶。就这样,一个讨价一个还价,彼此都不觉得过分,众人也欢喜。

总之,这就是陈平子的乡村生活。每次我父母下乡出礼,总是给我带回一些乡野趣闻,还有穷亲戚们的讯息,这其中也包括陈平子。他就这样在乡间度过了一年又一年。他慢慢地长大成人,他情窦初开了,他的青春期是一晃而过的,里头有很多细密的心思,他已经记不起来了。他结婚了,有了女儿,妻子走失了。他母亲早在很多年前就跟人野合了。他蒙受着贫困、羞辱和种种痛苦。可是在某个瞬间,也有很多日常的喜悦,一点一滴地聚起来,成了欢腾。他享受着,并感激,并忘却。

143

陈平子很快从他婚姻的不幸里走出来了。他带着女儿过活，又当爹又当妈，虽辛劳、抱怨，倒也平淡、恬静。农闲季节，偶尔出去打打小牌也是有的。

他没有再娶，我想可能是出于经济考虑。日子照样的穷，债务永远也还不清。可是日子还是向前的，一天天地，女儿大了，上小学了。他说，借钱也要供她读书，读到她读不下去为止。

那些年他偶尔来我们家走动，我父母要是问起了，他也会说起生计。他说，卖了两头猪，还了后庄老杨家的钱，明年再还独眼龙的钱……他的口气是那样的淡然，有尊严，听不出一点悲伤。他对生活是有希望的，适可而止的那种，不更多一点，也不更少。

我母亲劝他外出打工，早日把债务还了，积攒点钱再讨个女人回来。他坐在墙角笑了。显然，他对这个建议是否定的。他知道自己适应什么样的生活，应该待在什么地方。他说，在乡间住惯了的……他摇了摇头。

我想，他和那片土地已经融合了。到底是什么使他们更深地联系在一起，彼此不分离？是相宜度吗？是感情，还是惯性？也许是因为胆怯吧？不上进，懒惰，保守，忠于贫穷，乡间能够滋养这种情绪的。

那时候，我并不理解陈平子，也不理解一个人对于土地的亲近感，是地久天长，一天天培养起来的。那几乎也是从血液里带下来的。试想，祖祖辈辈在这里生长，死了也融化成泥土的一部分。土地就像屏障，有了它，人世才安全，可以托附和依赖。屏障外面的世界与他们是不相干的。屏障里面呢，有广阔无垠的天地。每个人都辛劳着，有很多不如意，也坦白而快活。也生动，也自由。

这就是我的穷乡僻壤，穷人们在为生计发愁。更年轻的一辈人外出打工了，有的人滞留在城市，更多的孩子回到了本土。他们带回来新鲜的气息。一开始，他们的衣着和话语简直让那些老派的人看不惯！什么玩意儿！他们抽着旱烟，从胸腔里吐出愤然的气息。

天长日久，那些孩子也长大了，本分了，年轻时的气盛和理想被那片土地吸收了。他们回归到日常生活里去。也看惯了很多东西，男盗女娼，刁民恶习……城市里的一切离他们远去了。摩天大厦，红歌星的演唱会，很有点异域风情的海滨椰林……那不是他们的东西，记得当然是记得的。

我父亲有一次说起家乡，以一种纯知识分子的口吻、很忧虑地；他说，现代化的进程会很慢，简直没有希望……不是因为贫穷；是人；是土地里固有的一些东西。

可是什么是土地里固有的东西，我当时也不甚明白。

那些年我十六七岁，就读于省重点中学。我在城里出生，长大；微弱的一点乡村记忆，也是随父母去"下放地"才有的。我并不以为，我与那片土地有太多的联结；诚然，我的祖、父辈曾在那里生活过，他们接受过土地的恩泽，可那与我有什么关系呢？

我不喜欢家里来穷亲戚。那些年，常有乡下人来我们家走动，七弯八拐，都够得上是"亲戚"了。有的我也没见过，甚至叫不上名字。

因为穷亲戚多，我们家总是门庭若市。隔三岔五地，这个走了，那个又来了。有时候一天之内，家里来数门穷亲戚也是有的。

他们来我们家坐坐，送来一些土特产品，和我父母说些家常。有的是家里遇着事了：婆媳纠纷，兄弟失和；因为地界和邻里闹矛盾了，够得上吃官司的，来我们家托关系通融。甚至还有一些怯弱愚钝的穷亲戚，连儿女婚恋、进城买台彩电，也要来和我父母商议，由我父母陪同着去买。总之，为这类鸡毛蒜皮的小事来我们家的穷亲戚，络绎不绝。

而与此同时，我在另一个世界里生活，富裕，尊贵，有了知识和新的情感。做解析几何题，读叔本华传。夏天约女友们去吃冰激凌，坐在沿街的橱窗里看风景。偶尔也谈些什么，交换着心事，吃吃地笑着。

我们相约，要离开自己的小城，考上北大和清华，去大洋彼岸的美国，飙车，谈恋爱，生孩子。总之，要享受精神和物质，要像浮萍那样漂着，死了也要葬在美国。

而且我早恋了，是高年级的一个男生，打的一手好篮球。高挑，秀朗，家境优越。想起来，我这一生也经历过一些男子和恩爱，无数次的恋爱就像一场恋爱，因为男子都是一种类型的。他们生活在城市，向上，向善，文明和教养在他们身上投下了影子。我再没想到，在我二十八岁那年，我会遇上另一场恋爱，他生活在乡村，他与土地相关联。这是后话。

我还能记得在那些日子里，我和男友走在城市的街道上，看完了电影，谈完了理想和人生，他送我回家。家里的客厅里坐着穷亲戚。

我看见我的理想与现实怎样决裂地分开来，就像一个讽刺。我母亲叫住我，笑道，这是陈平子，你怎么也不叫表哥？我客气地微笑着，我自己也晓得，我的笑容是浮面的，假的，僵硬的。

陈平子从沙发里欠了欠身子，笑道，放学了？他轻声地咳嗽两声。我看得出他的拘谨和不自在。我想，我的冷漠也许足够让他寒心吧？

他是那样一个敏感而自尊的人，因为穷，一点细枝末节的好意和伤害都能感觉到。他倍加小心了。偶尔到城里，也是礼节性地来拜访，送些时令特产，只和我父母说些家常。他很少有事来麻烦我们家，也绝不留下吃饭。看见我和弟弟放学回家了，他就走了。他大约也知道，我们是冷漠的。下一代人的乡村情结是越来越少了。

我母亲过意不去,送他些旧衣衫。他讪讪地站在一旁,竭力推辞着。他不是客气,他是真的不想要。他觉得难堪了。

我站在一旁,因为他的存在,感觉到周围的空气是那样的黯淡,往下沉,直沉到泥土里去。原来,乡村和贫困是这样一种东西,它让人揪心,不愉快,无奈;它让人麻木,变得意志消沉。

在我的少女时代,一看见家里来穷亲戚,我就变得意志消沉。他们于我,就像一个物体的两面,一面是向上飞腾的,一面是往下坠落的。它们互相牵扯着,谁也脱不了干系。我感觉到我身体里的一部分力量走了,有一种东西沉淀了下来。

我向我母亲哭诉着,我不喜欢家里来穷亲戚,我也不想看见他们。我弟弟也嘟噜着——他不喜欢和穷亲戚一起吃饭。

我父母站在一旁,暗淡地笑着。他们奇怪下一代人竟是这样冷漠无情,虽然和土地没有接触过,但是人毕竟是人呵。我父亲说,我也是农民的儿子,你爷爷现在就躺在那片土地上。在中国,谁敢说自己和土地没有关联?都是亲戚,何苦来?你们血液的一部分是相通的,脱不了干系的。

我冷冷地听着,没有搭话。我知道自己是要往前走的,会丢弃掉很多东西。我血液里有一部分东西是凝固的,它冷却了下来。那就如河流的分叉,很多年前,我们在同一条母河上流淌;后来分叉了,其中的一支汇入大海,另一支流向荒野。

我们每个人都无能为力。我对我父亲说,这是趋势,只会越来越遥远,你帮不了他们。与其看他们吃力,受苦,不如远离他们。这不是自私,这是善良。

我父亲摇头叹道,这不是帮助的问题——他们也不需要帮助;这是维系。你不懂的。也许有一天你长大了,需要回过头去追溯自己的来源……

我母亲说,每次家里来亲戚,必有一场大闹——她转向我和弟弟:你们撂脸色给谁看呢?你们叫人寒心哪!

我也觉得寒心。是冬天的晌午,阳光落在客厅里一片一片的。穷亲戚刚走,客厅里留有他们的气息:劣质烟味,局促不安的笑容,沾有泥土的脚印子。家里一片狼藉:碗筷堆在水池里,衣橱是打开的,穷亲戚没拿走的旧衣衫堆在床上。一切全乱了套。接济者的宽厚慈悲,被接济者的难堪困窘。我恨他们。

我蜷缩在客厅的角落里,捂着胸口。想起家族里的穷亲戚,只觉得无力,灰败。还在生着气,心一点点地往下沉。贫困卑微是那样消磨人的意志。天是冷的;因为没有吃饭(每次家里留穷亲戚吃饭,我和弟弟便恶意绝食),肚子是空的;因为发过脾气,所以觉得愧疚。阳光一片片的,全是不相干的。

我觉得我的理想被击碎了,在那一刻,他们是我的一部分现实。他们躺在我的血液里,是那样的安静、温绵,他们带我一点点沉了下去。

三

我底下要说的这则爱情,跟前两章没有太多关联。它们不是因果关系。

很多年后,我终于从我的小城走出来了。我没有考上北大和清华,也没能去美国。我生活在南京,谢天谢地,我理想的一部分得以实现了。我在过物质生活,也马不停蹄地谈恋爱。几乎是走马观花的,我和异性相处,也获得愉悦。

我不以为我的爱情是值得记录的,那都是一个模子里出来的。我说过,无数次的恋爱于我,就像一次恋爱。一步步地往前走着,说不定哪天就遇上了一个男人,那又会怎样呢?也许会擦肩而过,也许呢,会"携子之手"。总之,就是这样子了。

所遭遇的场景,两个人最初的喜悦,甚至说话方式,种种微妙的细节……事后想起来,都有可能是相同的。你和一个男人走过这条小街,和另一个男人走过那条小街;也许你带他们去过同一家购物中心——真的,已经记不起来了。

他们大体上都是一类男人,有的也不是好看,有的并不富有,但是——怎么说呢,真是一类男人的。很多年后,他们的面容也模糊了,想起来的时候就像一个人。所有的伤心和盟誓都过去了,人和人之间的温暖,那些感动和信任……也不值一提了。你只会在笑谈间一带而过。

恋爱就是这样子的吧?知道是在重复,也没多大意思,可是能上瘾的。愉悦当然是愉悦的。

这就是这么多年来我的现实生活,我沿着少年时的足迹一路狂奔,向前,再向前,很茫然的,也随手丢弃了很多东西。我知道自己是无情的。在我长大成人的这十年间,中国发生了天翻地覆的变化。城乡差别拉大了,那就如一条鸿沟,彼此站在两岸遥相对望,静静地对峙着。它们各自往深处走远了。

至于我自己呢,一如既往地贪图富贵享乐。我沉浸在都市里,享受文明和现代化的一切。我一年年地虚度年华,上班,赚钱,身穿华服,谈恋爱。我没什么志向,也缺少幻想。

"乡村"离我越来越远了,就像梦境。谈不上有什么感情,也不很厌恶。总之,完全是不相干的。小时候被我厌弃的穷亲戚,十年间我也没有见到他们。有时候在街上看见一个乡下人,面色苍黄,扛着铺盖慌张地走着,我就会想起家族里的穷亲戚,有种恻隐之心。

我说过,个人是无能为力的,贫穷衰败是那样铁铮铮的事实,让人满心不悦。我不想见到他们。我们终将是擦肩而过的,很礼貌地,客气地,我侧过身体,我们各自走过去了。

我二十八岁那年,我奶奶死了。按照当地的风俗,我们把她的骨灰送回乡下,和爷爷合葬,这在民间叫"合坟"。家里举行了盛葬仪式,车队像河流,缓缓地驶出小城,流向乡村。

这是我二十多年来第一次回乡下,我得以看见了我的穷乡僻壤,还有穷亲戚们。那么多,他们穿着丧服,悲哀的脸在阳光底下静铸着,就像大理石雕塑。他们站在村口迎接,密密挨挨地挤成一团,也有探头张望的,也有弯腰系鞋带的。

他们迎上来了,拉着我父母的手,安慰着。有三五个壮劳力,拿着扁担、铁锹带头向田野走去了。我们跟在后面。也有一些穷亲戚过来和我搭讪,这其中就有陈平子。他叫我小敏,他说,你还记得我吗?常去你家的,那时你还小,有这么高吧——他用手比画着。

我说记得。我侧过头去看他,十多年过去了,时间在他身上没有留下太多的痕迹。他依然那么年轻,三十出头的样子。刚毅俊秀的脸庞是冷的,贴切的,也几乎没有表情。

他说,有很多年没见了,你都长成大姑娘了。

我突然羞赧了。低声地、愧疚地说道,小时候不懂事……

他似乎是没听见，把头侧向田野，眯缝起眼睛。他说，常回来看看。你爷爷就躺在这里，他的坟是我填的，现在你奶奶也来了。你父亲、叔叔也在这里长大的，那时我们玩得很好。

我低下头，拿手拨弄着鬓发。我的眼泪淌下来了。只有我自己知道，我的心堵得慌，我的喉咙涩得发疼。我在阳光底下静立，陈平子站在身旁等我。他的影子打在我的身体上。

他说，别难过，人总是要死的。你奶奶活了八十多，想起来是值得庆贺的。

我说，是值得庆贺的……我抬起头来，在泪眼婆婆中，看见一片片的阳光，原野上的小径，村庄，一两户新贵人家竖起的楼房，还有村口的代销店。几个老农蹲在小店门口晒太阳，一个梳着抓髻的小女孩踮起脚，趴在小店的窗洞里，似乎张望、指点着什么。

风从村庄深处吹过来，是阳春三月的风，带有麦田青草的气息。虽是丧日，我的眼泪也让我觉得汗颜、吃力。我不愿意承认，我对这片土地有了感情。它从来就躺在我的身体里，它是我血脉的一部分。很多年来，它睡着了。

你没有到过乡野，你也不是乡村子弟的孩子，——假如你的爷爷奶奶没有葬在这里，你就很难理解这种感情。它几乎是一触即发的，不需要背景和解释，也没有理由。你只需站在这片土地上，看见活泼、古老的世风，看见一代代在这里生长的子民，你就会觉得，有一种死去的东西在你身上复活了。

它来得如此突然，你竟没有准备。你的躯体平静地支撑着，在晌午的阳光底下，也会觉得阵阵寒冷。你在田野里跪下了，衣衫和身体沾着青草的汁。你看着村人掘坟，把爷爷奶奶的骨灰撒在一起。坟被填上了，连同棺材，连同几件贵重的衣衫和物品也烧了，一起埋了。

只在这时,你才能感觉到,你身体的一部分也跟着走了。你和死去的亲人一起,把一些东西留在了这片土地上。

你跪在荒落的原野里,拉都拉不起。你哭了,不发出声音。拿牙齿咬住嘴唇,咬得疼,咬出血来。你蓬头垢面。在眼睛的余光里,你看见血脉相连的一家人:父母和弟弟,弟弟的儿子——他才三岁,也跪在原野上,向空中"咕嘟咕嘟"地吹气泡。还有叔叔和姑姑一家,还有那些穷亲戚。

那些窘迫的、饱尝岁月和贫穷磨难的穷亲戚呵,那一刻,他们也跪在原野上,呈一字排开。他们悲戚,也平静。有一瞬间,他们的眼睛是看到阳光里去了,那眼睛里有老实和平安,有慈善,也有忠诚。——只在这时,你才会懂得,你和他们是骨血相亲的,你和他们"在一起"。

我们借一个亲戚家摆了宴席,由陈平子做厨子。我回去时,我母亲正和陈平子坐在里屋商量着什么。我母亲说,你也过来听听,风俗人情,将来用得着的。这是你表哥陈平子。

陈平子笑道,我们已经打过招呼了。

我母亲说,老大不小了,至今还是单身一人,她自己是不急的,可急坏了我们。这话是对陈平子说的,他立在床头柜前,一只腿微曲着。他略沉吟了一下,大约觉得不便说什么,沉默了。

我坐在床沿上,拿手指剔另一只手指的泥垢。我想起这么多年来,我在城市的浪荡生活。我不以为我是浪荡的,可是没有情感,走马灯似的一个个换男朋友,只为了愉悦、彼此取暖,也许还有刺激和享乐。不是浪荡又是什么呢?

我想起那些男人,从我生命里像过客一样流逝掉了,我从不疼惜,也绝不回忆。我说过，我是要往前走的，会随手丢弃很多东西，最珍贵的，无关紧要的。

我拿爱情当作钱财一样算计，吝惜得很。我从不承认我爱过他们，一桩桩爱情走后，我全盘否定。我甚至不承认，我为他们淌过眼泪，失望过，伤心过……唔，眼泪还是要承认的。可是眼泪能证明什么呢？我打个响亮的榧子，或者摊开双手，耸耸肩——就这样，我走过去了。

这么多年来，我就这样过着可耻而堕落的生活。我把自己保护得滴水不漏。没有任何一样事物能让我感动，所有的欢乐和伤痛都是暂时的，有代价的，也几乎是浮面的。我知道。

我变得斤斤计较，做一切事情都会后悔，这其中也包括付出感情。

总之，在我二十八岁那年回乡途中，当我置身于乡野间，走上了一条小径；当我跪下了，目送着我的爷爷奶奶躺在这里；当我哭泣了，把手指插进松软的泥土里。——

当我最终和乡亲们融合在一起，和他们搭讪、交谈，说一些最朴素的话；当我直面贫穷，感觉到心疼和隐痛；当我看见他们的贫穷背后，仍有着明净的、开朗的笑容……我确实知道，我喜欢他们。有一种古老的情感在我身上复苏了。

当我坐在母亲和陈平子之间，倾听他们的谈话；当我有时间来回忆自己的堕落生活，想起那些衣着优雅的男人，和他们之间精致的、虚无的谈话，似是而非的微弱的情感……不知为什么，觉得那么遥远。我开始厌倦了，并皱眉头。

当我看见陈平子的裤管落在我的眼睛里；当他和我说话时，我抬起头来，礼貌地、客气地微笑着，而他却侧转过头……我就知道，有一些微妙的东西，在那一瞬间来到了我们的身体里。

那几乎是无法言说的，也没有理由。所有的解释都是不相干的。

那是爱情,某个机关适时地打开了,存在于我和穷表哥陈平子之间。

我母亲迅速地分派了任务,陈平子掌勺,我和弟弟负责上菜、招呼客人、清洗碗碟。陈平子走了,我和母亲又坐了一会儿。我母亲说,天可怜见!四十多岁的人了,还没个女人。

我说,人倒是神清气爽的,看不出颓败。

我母亲说,女儿都十六了,也辍学了。浆洗缝补,能照应他了。

我黯然地听着,一时也找不出话语。我不知道陈平子怎样度过了他这四十年,这四十年中的每一天,而他的每一天都是和我相关的。他的贫穷、窘迫和屈辱,他的明朗和纯净。他终究是个普通男人,一辈子无声无息。我多么想听到他的一切,哪怕片言只字。我也想说起他,哪怕仅仅提一下他的名字。

可是我母亲走了。我在空洞的房间里坐着,内心里五湖四海,一片蓝天。只有我自己知道,我正在爱着,它和我以往所有的爱情都不一样。我不提防,可是内心有些紧张。我感到害怕吗?

很多年后,我也扪心自问,这段感情来得真实吗?它是否就像一个梦境?……在那正午的阳光底下,一切都被放大了,这虚弱的男女之情,一点一滴地聚拢起来,在一个春日的下午盛开了。它是否有足够的基础和保障?——它需要吗?两个处于隔离世界里的男女,他们相遇了。他们原本是不相干的。

可是在那春天的村子里,天地是旷远而古老的,人是连在一起的。古老的太阳直直地照着,身上滋滋地冒出汗珠来。一切都是微小的,呈细节性的呈现,触手可及的。

简单,远古,荒老。有着适宜的环境和情调,也有情感。敏感,微妙,善于感知……男女之间就是这样子的吧?

我走出屋去,陈平子正在庭院里忙碌着。他站在临时搭建的灶台前。他的背影坚实而宽厚。他的影子在太阳底下是小的。他回过头来看我，笑道，别站着发呆，快过来帮忙。这是第一次，他以这种放松的、亲热的口气跟我说话。

我踽踽地走上前去，立在他身旁袖手旁观。离着那么近的距离，气氛越来越不对了。我几乎想逃。

陈平子让我往灶台里点火，他看了我一眼，笑道，你会吗？

我说会。我着手捡柴火，冷静地做着这一切。不再说话。我知道一件事情将会发生，而它已经发生了。这是事实。我不想逃避。因为发生在内心里，也逃避不了。我只是尽可能地避免在我和陈平子之间，人为地建立一种亲密无间的关系。我不喜欢，而且它也足够危险。就像一切恋爱的开始，在那半明半暗的一瞬间，我害怕。

陈平子走过来了，他蹲在我身旁，把秸秆往后拉一拉，说道，哎，烧火是这样子的。你把它往前顶，火顺着烟囱全跑了，我还怎么做菜？他笑了起来。

我也笑了，跳起来说道，我让弟弟来烧，我不行的。我去那边招呼一下客人。我抱歉地看着他，走了。自己也知道这一招很软弱无能的，有杀伤力。

陈平子笑了笑。亲爱的陈平子，那一刻他是那样的无力和胆怯。他一定在自嘲吧？他在想，这么一个女人——一切都是他在自作多情吧？

我走出庭院，看见很多披麻戴孝的人，哀哀地站着、坐着，一团一团的，也有低头抽旱烟的，也有说着话的。他们都是我的穷亲戚，乡亲。他们的神情紧紧地皱着。春日的阳光底下，人大约是倦了，有人开始打哈欠。

我叔叔和他少年时的伙伴蹲在树荫底下，说起了陈年往事。从前他们是玩得很好的朋友，一起逃学，去果园里偷吃苹果，被人一路追着……想起来，这一幕就在眼前。他们吃力地笑起来。

我的眼里婆娑着泪水，我看着树荫底下的人们，以为自己隔着遥远的距离，很努力地，我把眼睛眯缝到阳光里去。我看着四周的场景，一片一片的，像静物写生。许多像虫子一样的细节，一些细碎的话语……我看着，听着，把它们记在心里。

我想，即使有一天我会留在这里——为什么不呢？因为爱情。我常常为爱情做出很多荒唐、冲动之举，为什么这次就不能呢？

我穿过院墙外的一条小径，在一棵老树底下站住了。我看见院墙里袅袅地冒出炊烟来，我知道，那是陈平子在灶前灶后地忙碌着。他离我那么近，越过院墙的窗户，我甚至能看见他的身影。他弯着腰，正在自来水笼头前接水。

这个劳碌的、庸常的男人，我爱他。我迅速地盘算着我的感情走向，是的，时间已经不多了，只有一个下午。吃完了饭，我就要和父母、叔叔一起回去了。车子已在村口等着。也许这一走，再也不会回来了，我和乡村短暂的联结就此消亡了。我又回到我惯常的生活轨道上去，继续和男人们周旋，过着麻木而堕落的生活。整个人的状态是无情的，没有幻想的，少活力的。我和陈平子的爱情就这么无疾而终了吗？

我们还没有开始，也许永远也不会。这并不遗憾。在我以往的情爱史中，像这样擦肩而过的人太多了。可是这次总有一点不同。……是不同的。它让我觉得疼惜。

在这儿多住几天，也许是一年半载，也许是一生。嫁给他，照料他的生活，和爷爷奶奶相厮守。很多年后，自己也葬在这片土地上。……你不要以为我是矫情的，绝不是。那是我某个瞬间的理想，它真真切切地存在过。它在那个春日的晌午袭击了我，击垮了我，让我觉得浑身乏力，让我觉得精神振奋。

呵，和贫苦人一起生活，忠诚于贫苦。和他们一起生生息息，最终成为他们中的一分子。这都是我的想象，可是这样的想象能让我狂热。

你再也不会想到这样的场景。一个城市女人倚在老树杆上，她四周的环境是旷朗的，看不见什么人。蓝天白云，坚实的土地。有风从麦田深处吹过来，那泥土和植物温凉的气息，刺得她鼻子有点发酸。一只老狗蜷缩在草垛旁晒太阳。几只水牛躺在不远处的小河里。她间歇还能听见村人说话的声音，嗡嗡的，像有无数的飞虫在叫。晌午的村庄实在静极了。

在那静静的瞬间里，使得她能天高地远地想一些事情。她觉得自己格外清醒，她比任何时候都冷静，理性。她可以撇开自身的一切情感……是的，情感并不重要。在这个时刻，她尤其要追问，她这是怎么啦？这一切从何而来？它是否真实？她是否有能力去承受？她的情感虚伪吗？她敢承认吗？

她想过一种什么样的生活？她在这片贫瘠的土地上能找到答案吗？

她计划着怎样和现任男友分手。他在一家公司里做部门主管，文明，有教养；他们才相处了两个月，还没来得及厌倦。他如果问她分手理由，她就告诉他。他准会笑起来。她自己也笑了。

她转过头去，这才看见陈平子立在路口。她和他之间隔着一条小径，几十米迫近的距离。他在看她，她吃了一惊，他也吃了一惊。那一瞬间，一切都昭然若揭了。

这个男人，他爱她。这个春天的村子里，正在发生着一桩爱情。

他等她已经很久了吗?他预备走过来和她说话,带她去村子里走走,看看她祖、父辈曾经生活过的地方……他承诺过她的;可是一直犹豫着。他在犹豫什么呢?

她迅速地把头转回来。在刚才四目交接的一瞬间,他的神情是那样的仓皇。他装作很不介意的样子,笑了笑,掸掸身上的白围裙,东张西望着。他装作自己出来看看闲景,无意中撞见了她,那又会怎样呢?

他朝叔叔他们走去了。他站下来抽烟,听几句闲话,有时也搭讪两句;听不清说什么,反正大家都笑了。他自己也笑了。他和他们一起散了,大约是开席的时间已经到了。

她看着他走了。她甚至没有目送他,她的身体像树桩一样立在虚空里,他走出了她眼睛的拐角。她知道,他们再也没有机会了。男女之间就是这样奇怪,你没法解释的。你以为你们有很多机遇,无限的可能性……可是一次错过了,永远错过了。

她知道,他再也不会说出那句话来了,她也不会。一天的时间太短促了,一生也不够。他们没有勇气,也没有能力。她的眼泪淌下来了。很平静的一种哭泣,也不伤心,只觉得异常遥远、无力。

底下的事情就不重要了。在那所剩不多的时间里,我和陈平子又维持了正常的相处,很艰难的,我们也知道。我帮他上菜,洗刷碗碟,和他不着边际地搭讪着。有时也叫来弟弟,和他商量着回城时间。我说,我搭叔叔的车直接回南京。

陈平子客气地说,回来一趟不容易,怎么不多住几天?

我说不了,以后还有机会的。也知道这话是言不由衷的。

我的神情很放松,知道一件事情结束了,再也没有可能性了。我和他之间的一切……都完了。还没来得及开始。我和他之间的一切，又是漫山遍野的，盘根错节的，到处都是，到处都是。我所有的计划，我的理想……在那一瞬间已经灰飞烟灭了。

我们是傍晚时分起程的，为了避免和陈平子告别，我提前半小时躲进车子里。我蜷缩在后座里，就像狗一样，把自己裹起来。有时候也会摇下窗玻璃，我想再看一眼我的乡村，它们与我有着血肉的联结。可是我没有能力。

我看见空旷的原野一片苍茫，这原野曾养育过我的祖父辈，也承载着我死去的亲人。我看见村人们陆陆续续地收工了，他们扛着锄头，走在混沌的天地间；走远了。我微笑着，只有我自己知道，我的心收缩得疼。

我看见了陈平子走过来了。他走在一群村人之间，和我父母、叔叔握手告别。我摇上车窗玻璃。隔着墨绿色的玻璃和苍茫夜色，我越来越看不清他了。他就像一个模糊的影子，高高的个头，有容颜和思想，有生命，可他和我是没有关系的。

汽车载着我们，走过了颠簸的村路。一路的灰尘跟着我们，灰尘淹没了村庄、原野、树木……灰尘把一切都抹去了，我们的眼前一片混沌。我们一路疾驶，乡村就像风一般地掠过了。而且，黑暗慢慢地降临了。

2000 年　南京

沿河村纪事

一

十五年前，我曾走访过一个小山村，那时我还是个在校大学生，暑期跟随两个师兄去做社会调查。这个小山村位于广西境内，依山傍水，风景秀丽。

这个名叫"沿河"的小山村在中国社会发展史上曾爆得大名，这得益于我导师汤东林先生。汤先生曾在1937、1946、1964、1978年四次光临该村，见证了我国社会发展不同时期在这个小山村的缩影，成就了著名的《沿河村调查》一书，此书无争议地被视为国内社会学的奠基作之一。

汤先生对沿河很有感情，把它视为第二故乡，只可惜他当时已垂垂老矣，无法履行他的第五次出行计划，我们的走访，正是在他的授意下进行的。"过去看看——"他这样嘱咐我们，"不要带什么目的，我当年也是这样，就是过去玩儿，随便看看，若有可能的话，跟他们做做朋友。"

他报了几个人的名字——其中一个王寡妇——若是还活着，叫我们代他问声好，"你们就说，汤某人很想念他们！"老先生大声嚷道。他那天非常兴奋，躺在床上给我们画沿河村的线路图，我们明知几十年间沧海桑田，他的那些线路对我们未必有用处，可是也只能由他如此。

老先生天性开朗，心思单纯，到了晚年尤盛，我们几个学生受他影响，亦都相当有"个性"，再加上当时年轻气盛，自恃有老先生的保护，常常会做些出格之举，这都是后来我们参与沿河村一系列事变的前提；汤先生也略有预感，提醒我们说："现在外面很乱的，你们当心点！尤其是你——"他指指我说，"花花裙子什么的就不要穿了。"说得我们三人都笑起来。

据汤先生介绍，该村"怪有意思的"，和我们想象中的小山村一样，它历史悠久，民风淳朴；只因地处边地，村民们有尚武之风，三百年间，该村出过两个武状元，十六个军阀匪首，还有数以万计的虾兵小喽啰。总而言之，这是个盛产好汉的地方，血性、浪漫、勇猛……凡此种种，皆见于当地的史料记载，以及村老们的坊间传唱。

当然这一切，汤先生也未能有幸目睹，即便在他最早抵达该村的1937年（此时战争还未波及南方），他对该村的"骁勇善战"也未能有丝毫体察。他看到的只是一个贫乏安静的村庄：农田，水牛，炊烟，村舍。村头一棵老榕树，一条小河从村中潺潺流过……和内地任何一个小村落一样，这里驯顺而守旧，是一个成熟、完整的农村宗法社会。村民们拘礼，乐天，懒惰——虽然一样是日出而作、日落而息，可是在汤先生看来，他们近乎在打盹。

"这帮猴儿们萎了，"村里一个老人告诉汤先生，"他们过不了安生日子；除了干些偷鸡摸狗的营生，身上哪儿还有一点祖先的血脉！"

汤先生一住三个月，此间不通音讯，恍若天上人间，待他走出沿河村的时候，才知世界已生大乱，所以数年以后当他旧地重游，得知当年"喝酒聊天"的伙伴们多半已战死沙场，他一点都不感到奇怪。

"作战才是他们的职业——"汤先生后来总结道，"可惜他们多数生不逢时，到了你们这一代啊——"老先生摇了摇头说，"更难了，现在到处搞经济，哪儿有他们的用武之地！"

他还嘱咐我们，过去给他们支支招，教他们赚点小钱，"可怜那个穷的！"但不可介入太深，"村里的那些个经济啊，政治啊，人事啊，碰都碰不得！记住你们的身份，只是旁观者，交交朋友那是可以的。"

"哈哈，交朋友——"老头儿得意扬扬地说，"我是最擅长的了，我在当地有很多朋友，你们随便打听——"他从眼镜上方看了我们一眼，嘴角漫出微笑来，"但是也不要乱打听噢，该知道的知道，不该知道的就算啦。"

老头儿喜欢耍噱头，我们早已习惯了。不过我也略略有些好奇，就是他提及的那位王寡妇。王寡妇是何许人也，这是我们在南下的火车上一直津津乐道的话题。可是谁能料到呢，在到达沿河村不久，我们就撇开了王寡妇，很快投身到另一段生活里去了。我们忘了先生的嘱咐：要做一个旁观者；而记住了他的另一嘱咐：生活是重要的，学问只是附带。

我顺带说一句，我们在沿河村发生的一切，跟我导师没有任何关系。这些年，我只是有感于他的谆谆教诲，以及他对于我们人品、性格、生活所形成的巨大影响，才决定写下这些，作为他"沿河村调查"的一个后续性花絮，并以此来纪念他。我导师卒于2004年，享年八十六岁，其时距离我们沿河之行正好十年。

二

沿河村地处山洼，四周群山环绕，交通颇为不便。我们一路辗转到了镇上，不得已拦了一辆手扶拖拉机才得以进入。路是沙石小道，平时人来车往尚可通行，一旦逢上雨天，则整个村寨的交通即限于瘫痪。车主也是沿河村人，是个二十多岁的小伙子，名叫胡性来——这名字起得怪异，我和两师兄都忍不住笑起来。

胡性来也笑，"你们别乱想，我这人从来不乱来的。"他从驾驶座上转过头来，有点不好意思，"我们乡下人，名字都是乱起的，后来到了部队上——"

"你也当过兵？"

"当过啊。我们村里，半数以上都当过兵，不过现在也不容易了，还得走后门，所以现在当兵的也少了。"

"那你们现在干什么？"

"干什么？——"他展颜一笑，"到了就知道了。"

胡性来非常热情，为了陪我们说话，他把车速降下来，一路上给我们介绍沿河村的风土人情，口气甚是谦卑，"我们乡下人""我们穷地方"之类不绝于耳，我听了，心里难免有些感慨；对照先前他给我们描述的他在军中的种种奇闻趣事——那讲起来真是眉飞色舞，神采飞扬；心想这才几年时间，当年那个走南闯北、见多识广的激昂士兵就已蜕变成一个朴实憨厚的农民！是啊，除非有意外发生，否则他将永远固守这片土地，忠实于他的农民身份，老实巴交，不作任何幻想。

而他的周遭,是肥硕浓密的棕榈、芭蕉,各种不知名的热带植物互相缠绕——再也走不尽的崇山峻岭,密密丛林。车从其间驶过,突然变得很小很小,而马达声轰然如雷,阳光却点点滴滴,更见幽深;间或路边有三五行人经过,也都生得和胡性来一样,黑瘦短小,眼窝深凹,口鼻粗重……有马来人之态。

我们突然有些目眩,坐在拖拉机的车斗里,左观右望,有种置身"异域"的恍惚迷离感。事实上,这"迷离感"自南宁以降,深入山区,已经把我们搞得晕头转向,直到这天我们在丛林里碰上了军车。

当然了,碰上几辆军车也说明不了什么,可问题是,我们已有很多年不再见到这什物了——以前虽曾见过,但也仅限于电影里——我们三人都来自北方,平时生活中连军人都难得碰上,更何况车队?车队迤逦而行,绵延不绝,突然一两声汽笛响,只惊得鸟雀四起,枝叶摇晃,带着阳光也"扑腾扑腾"的,一时间竟是天昏地暗,地动山摇。我们惊骇之余,也感新奇,难道边疆有战事发生?

胡性来笃定地摇了摇头,告诉我们"没的事",不过是摆点小阵势,吓唬吓唬"那边的人"。——那边的人?越南人?我们不得而知,心里却越发惴惴然,担心自己的安危,怕再也走不出这片丛林;同时又有些莫名亢奋,想象被子弹击中,永远倒在这片土地……啊,该来的都来吧,在这天高皇帝远的边地,也许一切皆有可能!

此时,胡性来已泊车让道,我们几个坐在车斗里,看着一车一车的士兵,都身穿迷彩服,荷枪实弹;阳光照着他们年轻的头脸,那头脸上有丛林的阴影。他们突然鲜活起来了,车厢里一阵骚动,原来是,他们看见路边的我们——我们中有一女子——竟喜得不知如何是好,只好你推推我,我推推你;他们吹长长的呼哨,朝我们打"V"形手势,叽叽哇哇对着胡性来挤眉弄眼,一边笑得嘎嘎的。

我看明白了，他们是拿我和胡性来开玩笑。

我也笑。心里想，此地是边镇，他们大约很难见到像我这样的学生妹；又想，既是边镇，那么兵来将往，军民杂处，原是极正常的事儿，哪儿就扯上了战争！

三

胡性来直接把拖拉机开到了村公所，先领我们到村长办公室，又各个房间张张，且丢下我们，去找村长。村公所地处高地，几间旧瓦房连成一个"L"形走廊。走廊前的一块空地上，泊有一辆旧货车。

村公所下面，高高低低都是人家；对面山脚下一整片梯田，其间沟沟渠渠，阡陌纵横，似种有蔬菜、瓜果之类，远观也不甚清楚。

村长是个四十多岁的中年汉子，名叫胡道宽，身材不高，体格健壮；一张黑红脸膛，五官倒还端方。他说话行事有股慎思笃定的派头，看上去颇为稳重，符合我们对于一个村官的正面想象。普通话说得较为顺溜，至少我们都听得懂，交流起来不需要辅以手势。后来才知他在北方行伍多年，后以团长一职转业。至于为什么不在城里讨个一官半职，我们后来推测，大概是他不愿虚与委蛇，巴结逢迎，况且他在村里根深叶茂（他祖、父辈都做过村长），各种人际通行无阻，所以便"宁做鸡头，不作凤尾"，回乡屈就村官。

他在村长任上十多年，致力于本村经济建设，然终因条件所限，收效甚微。第一要紧的便是交通，其时村里不通公路，在我们抵达前一两年，曾有两批港台商人来此地考察，意欲投资办厂开矿，皆因路况、水电问题而未能达成协议。

这是最叫村长痛心的一件事情。"我×他妈,"他用北方的一句粗口恰当地表达了他的惋惜之情,"眼看着白花花的银子就是进不来,你说急不急?"他坐在办公室一张破旧的桌子前,寒暄之后,跟我们略谈了谈村里的情况,看上去愁眉不展,心事重重。

"你们来得正好,"他抬头看了我们一眼,勉强笑道:"汤先生是我们沿河村的朋友,我也不怕跟你们兜老底,我现在是一点法子都没有了,要不然我也不会去搞什么蔬菜运输。"

"什么蔬菜运输?"我们有些好奇。

"那儿——"他向户外指了指那辆旧货车,"走,出去看看去。"说着便把我们领到那货车前。

那货车大约有六七成新,原是村长托关系从县城一家运输公司搞来的淘汰货,"买不起新的,只能这个凑合用用——"他围着货车转了一圈,随手在车身上拍拍打打,"不瞒你们说,就连这笔钱村里都出不起,家家户户凑一些,另外又从乡信用社贷了一些。"

他长长地吁了口气,"再看看那儿——"又指了指对面山脚下的那块菜田,"看到没有?长势多好!去年搞起来的,本来满心打算能挣一些,结果——唉,出了一档子事!"

不待我们追问,村长就骂骂咧咧地道出了实情。原来,该村的"蔬菜运输"堪称一项工程,其耗资之大,跋路途之远,费人力之苦,均大大超出了我们的想象——他们不是在本省交易,而是翻山越岭把蔬菜送往广州!这使我们颇感意外,我们虽知从来两广是一家,却也没想到一个小山村竟会跨省做生意!况且当时粤人财大气粗,富可敌国,直令全国上下都要抖三抖!

村长告诉我们,问题就出在这里,蔬菜必须运往广东才能挣钱,而车至广东，又须经过层层关卡，缴足费用；起先他们还能对付，无奈近一段时间，关卡竟越设越多，各地公安、工商、交通、税务……家家都想搞创收，因此瞒天过海、巧设名目；这样一来，他们的"蔬菜运输"非但不能挣钱，反而要赔钱。

好在"群众的智慧是无穷的"，不久，该村也效仿其他车辆，昼伏夜出，跟关卡打起了"敌退我进、敌进我退"的"游击战术"，这样支撑了一段时间，对方自然有所察觉，随之也增派人员，日夜守岗。

事情既到了这副田地，全村上下竟都一筹莫展了。这期间他们也曾尝试过"偷袭"，所谓偷袭，就是夜间趁值勤人员困倦之际，突发马力硬闯关卡（当时多不设路障），在前有堵截，后有追兵的情况下，尚能一路狂奔数十里，这其中的惊心动魄、险象环生颇有点像港片里的"警匪大战"……此种景象，我们简直是闻所未闻，村民们（此时，屋里已陆续踅进来一些人）讲起来更是眉飞色舞，激情万丈。大概他们觉得很有趣？或是很认同自己在这场虚构游戏中所扮演的"匪徒"角色？

最不可思议的是关卡的态度，车辆既能"偷袭"，关卡也就将计就计，先放它们过去，再一路苦追围剿，待把违章车辆逼到路边，也不过是煞有介事地多开几张罚单、口头警告一下而已，据说态度还非常客气。

"从来没打过你们吗？"我们问。

"没有。"

"也没有没收车辆？或是把你们关进局子里？"

"他们敢吗？——"一个村民轻蔑一笑，"第一，他们也是违章；第二，他们主要为了这个——"拿大拇指捏了捏食指中指，做了个点钞的动作，"有什么大不了的，不就为几个钱吗？他们敢用枪支弹药，我们就不会造土枪土炮？"

"什么？你们在造土炮？——"我吓了一跳，话还没完，早引得屋子里一片哂笑。他们笑什么？是笑我见的世面太少？

村长朝人群瞪了一眼道："你们不要乱讲，什么土枪土炮，传出去那是要杀头的——"又转头向我们解释道："别听他们胡扯，他们就喜欢开玩笑！"他一脸诚恳，把手掌搓来搓去的，一副心神不宁的样子。

他这样一副形貌，反使我两位师兄也坐不住了。其中一位狐疑地问道："怎么听着不像是玩笑？"

"没有，没有，"村长连忙否认，"确实是开玩笑。"

"那枪炮的事？——"

"他们放的是空枪，"村长无奈地承认道："这种事你们也当真的？我们偷袭，他们开枪，都是闹着玩的，还不是为找点乐子，图个热闹！唉，关键不在这个！"

那么，关键在什么呢？——关键在偷袭之后的那笔"追加罚款"上，不难想象，那笔罚款自是数目惊人，比平常费用高出十数倍不止。

既是这样，我们又问：为什么还要偷袭呢？

得到的回答是：十之二三他们是能闯过去的，这于他们就有侥幸心，于关卡则说不清，也许是偶有两次佯追不得，兵法里所谓"欲擒故纵"计？

总之，在这场"猫捉老鼠，斗智斗勇"的游戏里，双方都心照不宣，乐此不疲；关键是成本问题，村会计算了一笔账，发现半年来他们挣少赔多，若再不悬崖勒马，全村经济将面临崩盘的危险；况且不久前村里刚遭过一次重创，被罚巨款五千元——主持罚款的是关卡里两个面生的年轻人，大概初来乍到，还不知其中游戏规则；这使得村民们一下子心灰意冷，觉得"这帮孙子太狠，赔不起"，因此一怒之下，单方面宣布退出这场游戏，"不跟他们玩了"。

我们的到来正是在这一时期，整个村子偃旗息鼓，作休养生息。村民们无所事事，情绪低落；村长更是心力交瘁，他已经三天三夜没合眼了！

是啊，形势确实不容乐观：蔬菜疯长，瓜熟蒂落，许多果实已经烂在菜田里，以至于那天我们坐在村公所里，隐隐约约总闻见一股馊腐的气息，那气息似有若无，远兜近转，先是充塞于我们的鼻腔、口腔、胸腔；后来日渐变浓、变臭——浸入我们的身体：每一寸肌肤、每一个毛孔，直至最后直冲脑门，控制了我们的大脑……我们初来乍到，自是不觉得，但住下来不久，便觉精神恍惚，多疑易躁，看人待事总有一种梦幻色彩，情绪时而萎靡，时而亢奋——这种症状在医学上怎么说？大脑皮层失控？

而在此之前，听说村里一部分"少壮派"的态度也尤为激烈，责怪村长无能，责怪村长的忍气吞声实为"村耻"，况且不跟关卡玩"飙车大战"已有多天，直令他们心手俱痒，怒气冲天……我们后来知道，这才是村长真正担心的：村民们心中有风暴，稍有不慎，后果将不堪设想！

而这种内心的风暴，又岂是村长所能控制的？那天在村公所里，他跟我们诉苦，言及村官难当，言及在这蛮荒之地，民风蒙昧，得个由头就生事，——"改革开放，经济搞活"谈何容易！关键是，他外出闯荡多年，也算是见过一番世面的，"有些事情我不能做！"

我们便问什么事不能做，他摇了摇头，似有难言之隐。

他只告诉我们，现在村里的情况就是这样，家家顿顿吃瓜果蔬菜，并且说"这是一道命令，人畜不得例外"。

"什么，畜生也吃这玩意儿？"

"是啊——"村长苦着脸说,"这是村里最不值钱的东西了。再加上现在情况紧急,我们必须能省则省,以防将来万一……"

见我们露出惊讶的神色,他指了指自己的脸色说,"难道你们没看出来吗?"

"看出什么?"

"一脸菜色!"他严肃地说。

"啊,难道你们不吃粮食?"

村长叹了口气,颇为悲壮地告诉我们,他已经有好多天不沾米粒了,吃饭对他来说就像一场梦;然而现在"村难"时期,他必须以身作则,跟村民们共渡难关;况且家家户户的粮食都已收归公有,就是想吃也没的吃了。

"什么?"我们再次惊讶地叫出声来,"这是谁的命令?是你吗?"

"当然不是!"村长扬声说道,"我怎么会做出这种荒唐事来呢!我受党的教育多年,最起码知道人民享有吃饭权。现在都什么时代了——"他声音沙哑,神情悲愤,"他们这样做是犯法的!"

"他们是谁?"

"激进派。"他低声地咕哝了一句。

他说得如此煞有介事,我和两位师兄互相看了看,突然如坠五里雾中;而就当时的情形而言,有一点是真的,村长的权力被架空了,民间有一股新生力量正在生成,与他对峙,逼他就范。我们也似乎预感到了什么,这预感直令我们浑身颤抖,血脉贲张!

而此时,屋里屋外已挤满了数圈村民,他们定然地站在那儿,多是面黄肌瘦,神色庄严,他们在干什么?难道是在"请战"?下午的阳光照得屋子里明晃晃的,也不知是否是背光而立,使得那一具具矮小壮实的身躯,落在地上是人影幢幢,落在眼里则显得面目模糊。那一瞬间，我突然有种亦真亦幻的感觉，似乎我眼中所见，并不是现时代的村民，而是古战场的勇士。

我的心紧锣密鼓地跳了几下，几乎近于窒息。难道一场"战争"即将爆发？难道汤先生在战乱时期也未能目睹的场面，将在我们这个时代被模拟复制？一想到这里，我便感到喉咙紧涩，血液沸腾。是啊，那时我们多年轻，青春，狂想，热血，革命……从来都是同一个词汇，而这个词汇，某种意义上又是和沿河村紧密相连的。

四

晚餐之后，我们三人到寨子里转了转，发现整个村寨规划整齐，有欣欣向荣之气：村舍，猪圈，农田，水渠……有两户殷实人家已住上了小楼，实现了机械化——拥有像手扶拖拉机、电动三轮车等货运工具——想必这就是所谓"先富起来的那部分人"？

村里有一所小学，几间旧教舍，外墙上刷有"改革开放好！好！好！""一胎生，二胎扎，三胎四胎杀杀杀！！！"等标语口号；村民们忙忙碌碌，看不大出异样；或见一两村童光着身子跑来跑去，肤色黑亮，闪着油光，身形上很像我小时候见过的泥鳅；其眼窝深陷，神情灵异，乍一看又如同小动物。

我们一路走来，想起下午在村公所的一幕，又对照眼前的村寨风光，如何能衔接得上？难道村公所一幕是我们旅途劳累产生的幻觉？但何至于三人都有同样的幻觉？难道村公所一幕，是我们夸大了某些细节而作出的误判？

走至一口古井旁,见一妇人正在冲凉,光着上身,奶子瘪瘪长长;两位师兄相视一笑,慌忙逃走;而村民们却熟视无睹,经过她身边时竟不忘打个招呼;我一旁看着,简直傻掉,想着是否要为我们的文明感到羞愧,想了半天,也没有得出结论。

我们被安排住在村公所里,晚上冲完凉,便坐在屋前乘凉,坐小竹椅,摇芭蕉扇,抬头看满天繁星,似乎又回到了小时候,那童话一般纯净简朴的年代,那时夜更黑,星星更亮,四周静得人发慌,只听得一片片蝉声蛙鸣,使黑夜越发漫长……多少年过去了,这一幕早已消逝不再,不想今夜却在村寨的上空复活,怎能不叫人身心荡漾,忍不住跳起来,对着茫茫夜空发一声长啸!

我们正在说笑,却见一束手电筒的光芒从远处射过来,那光芒摇摇晃晃,左冲右突,恰如鬼魅一般。我们都愣了一下,正在狐疑,却听得一阵杂沓的脚步声正爬上坡来,星光中也来不及辨认,只见得黑影团团,总有三四人不止;那光芒越逼越近,走至身边突然熄掉,跟着是一阵呵呵笑声,原来却是胡性来。

胡性来先领几个人进了屋,点上煤油灯(其时村里还没通电灯),作了一番安置之后,出来和我们聊天,他坐在走廊牙子上,手里把玩着一串钥匙,不停地颠上颠下。

我们问:"你们这是干什么?"

他回头看了看那间屋子,里头传来摔扑克的声音;笑道:"还能干什么?斗地主呗!"

"我们不是问这个!"

"那你们想问什么?"他伸手接住钥匙,看了我们一眼,说,"有些事不要知道得太多,真的,这对你们不好!"他说得蹊跷,我们反而不知如何作答了。

隔了一会儿，他又幽幽地说道："知道得太多，我怕你们走不出这个村子了。"

"有这么严重吗？"我突然觉得一阵阴风飕飕的，也许是夜深人静的缘故？

"现在村里的情况非常复杂，"胡性来收起钥匙，点上一支烟，沉吟了一会儿，说，"我们是来站岗的。"

"站岗？站什么岗？"

他朝十米开外的地方努努嘴，那儿泊着那辆旧货车，"有人想抢去当战车用——"我们三人面面相觑，下午村长办公室的一幕又回来了，似真？似幻？远远传来几声狗吠，隐隐约约又是几声鸡鸣，才晚上九十点钟光景，乡村的夜显得更加寂静。

"他们想袭警。"胡性来淡淡地说。

我们"噢"了一声，这才恍然大悟："你们是村长的人？"

胡性来摇摇头，一本正经地说："我们是主和派。"

我们越发好奇："难道村长不是主和派？"

"他？"胡性来冷笑一声，"他是骑墙派！"

我们三人"扑哧"笑了，顿感兴味十足；看来当前的局势确实十分混乱，战争还未打响，内乱已经来临；而作为一村之长的胡道宽同志，其态度摇摆软弱，直令全村上下都不满意！

"到底怎样，你也放个屁，吱一声，"胡性来抱怨道，"可他倒好，整天忙着调停！老实说，这事是你能调停的么？"

"村长不想打——"我们说。

"那当然，也不能打！"胡性来抢过话头，说："他要是连这点都看不清，还当什么村长！你们看看——"他把双肘支在膝盖上，跟我们分析当前的经济形势，"打下去怎么办？还要不要改革开放？还要不要奔小康？当然了，有人不在乎，他们穷得叮当响，他们是赤脚不怕穿鞋的，可是我们就完了！"

我们都点头称是。确实，战争从来多由穷人发起，而胡性来是村子里的富户，是少数几户拥有手扶拖拉机的人家之一，所以，谁发动战争，他就跟谁玩命。他把钥匙串掏出来，再次颠上颠下的，左手抛，右手接，跟小孩儿玩杂技似的，一边说："人在车在，想在我的眼皮子底下把车弄走，却是不容易，我们现在是二十四小时轮班站岗！"

原来几天前，"主战派"的几员干将曾对该车实施过抢劫，出此下策实在是迫不得已；村长既已指望不上，他们就想跳过村长的授权，独自发动战争，本来这是可行的，他们人多势众，有雄厚的群众基础，有舆论，有纲领，有明确的战争口号："为名誉而战，为生存而战"；某种程度上控制了村政权，对全村实行军事化管理：粮食收归公有；禁止夜间赌博；禁止打架斗殴；备战备荒；全村十四岁以上男子必须加强体格训练……总之"万事俱全，只欠东风"：他们现在急需一辆车，否则就无从发动战争！

"当心你的手扶拖拉机！"两位师兄提醒道。

胡性来笃定地笑了笑，原来他早有防备：现在村子里的富户早已团结在一起，他们保村护车，俨然成了一家人；再加上他们的七姑八姨，外县的，邻村的……都纷纷加入到这个利益共同体里来，站在村口，把持关隘，成了阻碍战争发生的强大力量……所以胡性来说："我不是一个人在战斗！"

我们大开眼界，这才知道，战争从来不是孤立的存在，越来越多的人将被卷入其中，到末了变成一场混战！而且战争也改变了村里的人际格局，原来的朋友反目成仇，原来的敌人变成了战友……或许，真是验证了那句古话：这世上只有永恒的利益，没有永恒的敌友。

就连我们这些外围看热闹的,此时也身不由己地搅和其中,第一,我们反对内战;第二,作为村长和胡性来的朋友,我们将随时准备就"两派关系"进行斡旋,商量和平解决的途径,尽量保持中立,做到客观公正……事后想想,这想法虚妄得很;战争期间,非敌即友,我们即便有中立之心,最终怕也被归入"统一战线",成为村长和胡性来的说客!由此得知,人活一世,做到公正谈何容易!

我们正在讨论,却听得身边几声"蝈蝈"叫,正在纳闷,却见胡性来站起来,从腰间摸出对讲机,一路"哼哼哈哈"的,踱步到几米开外的地方;我们看着他的背影,但见他虎背熊腰,一手叉腰,其阔气豪迈颇像老板手拿"大哥大"——那时普天之下还没几个老板能拿上"大哥大"!

胡性来说:"好!好!我知道了!"他挂掉对讲机,直奔"棋牌室",还未至门口,便听他一声令下:"弟兄们,准备开会!"

两位师兄跟在他身后,一路惊问:"什么会?"

胡性来只简单地回了句"支部会",便背着双手,在走廊上踱来踱去;偶尔他也会倚着廊柱,抬头遥望灿烂的星空,小眼睛一眨一眨的,看上去很是焦虑。原来,这场"支部会"是在"主战派"的胁迫下召开的(支部里多是他们的人),这正是胡性来感到疑惑的:这些人到底想干什么?难不成会有一场阴谋?

此时,几位牌友已把胡性来团团围住,在走廊上,正紧锣密鼓地商量着什么(方言听不太懂)。胡性来点头,挥了挥手,牌友们立即兵分几路,向寨下奔去,想必是去搬兵或发动群众。我们情急之下也跟着他们走,却被胡性来一声喝住:"干什么去!"

我们一下子蒙了,半天不能反应:怎么一刹那就换了副腔调?难道是怕我们当叛徒?突然明白现在形势危急,胡性来也不再是个普通农民，俨然成了一方将领；少不得踅回身来，跟他请示：我们想去看个究竟，希望他能批准！

胡性来这才认出是我们，拍了拍脑门笑道："我真是糊涂了！"他再次挥了挥手，声音温柔："夜太黑，路上当心安全！"很像一副长官的口吻。那一瞬间，我们心里头那个热乎，差点错把自己当成他的下官！

我们跟着一个牌友进了村，发现整个村寨已倾巢出动，村民们手持火把、铁锹、锅铲、大刀，正你推我搡往村公所方向跑；一时也分不清哪个派别的，也来不及问什么。挨家挨户地砸门，开门的或有老人，或有孩童，叽叽哇哇说上几句，也听不懂说什么……如此一来，大约半小时以后，我们才赶回村公所，发现坡上坡下早已人头攒动，直把周围一里地围得水泄不通！

待挤进会场，发现里面更是乱成了一锅粥，屋子里济济一堂，各自分成几个片区，有站着、坐着、蹲着……总有几十口人，互相嚷得不可开交——也有拍桌打板的，也有哭爹骂娘的；一时也没闹明白，这到底是什么名目的会议：支部会？干部会？党员大会？人民代表大会？

会议由村长主持（他在村里是党政一肩挑，也兼任书记），议程很长，议项很多，概而言之可归为一条：论目前沿河村经济发展与安定团结之辩证关系……我们饶有趣味地听了一会，发现一个有趣的现象：村长正在装伴！此刻，他正坐在一张桌子旁，昏黄的煤油灯底下，很分明看见他的脸，双眉紧锁，神情凝重，他一会看看这个片区，一会听听那个片区，不时在本子上记着什么。

他装得很像，一脸忠厚，貌似无辜；是啊，不装伴他又能干什么？在目前的形势下，他是既不能战，也不能和，手里没几个兵力，因而也不敢"安内",只能采取一个方式:拖!他是能拖一刻是一刻,拖不下去怎么办,那就只有天知道了。

也正是在这样的场合里,我们得以见识了"主战派"的英勇风姿,他们个个都是勇士,前退伍军人出身,血统高贵,彪悍异常,领头的是一个名叫胡道广的年轻人,村长的堂弟,此刻正闲适地倚着墙角,双手抱胸,面带微笑,很悠然地看着沸腾的会场,我心里一动,觉得大人物就该是这副模样,一时怀疑自己是否爱上了他。

这胡道广生得黑瘦精干,浓眉杏眼,一看就知是条好汉。他是前消防队员,身手敏捷,体魄健壮,曾因救死扶伤受过某武警消防支队的嘉奖,以至于退伍多年,仍沉浸在过去的荣光里不能自拔;他深得村长器重,委以民兵营长一职——村里的体制颇有些怪异,有不少是沿袭了"文革"的设置,也许这里是边地,军防之外还需民防?

这胡道广手里既握有军权,务农之余便不忘带兵操练,然而和平时期毕竟不同于战时,上面既不拨经费,他们也就无从配备服装军备,因此练来练去还是农民。而与此同时,村民们多忙于发财致富,一年年眼看有些人家已经当上了"万元户",而他则穷得娶不上媳妇,怎能不叫人气闷!

概之,若不是这场意外,道广也就是村子里一普通的穷人,种田,带兵,怨天尤人,他将含恨终老于街巷,为找不着自己的身份;然而谁能想到呢,当下时势突变,属于道广的时代终于来临——村长临战畏缩,而人民需要领袖;道广振臂一呼,就这样成了救世主。

今晚这个会,是"主战派"蓄谋已久的,这是他们最后的机会了:不惜一切代价逼促村长抗战,成立临时政府。手段包括:软禁村长;武装夺取村政权;打倒"主和派";消灭一切"地富反坏右"……具体怎样,还要视会场情况而定——会场细节,种种可能性,临场应变措施，早在几天前就已密谋就绪。可是道广却谋而不断，迟迟拿不定主意是否真的要对他的村长堂兄下手——两人关系一向极睦。他这才知道，革命是要付出代价的，道义的，情感的……革命不是请客吃饭！

开会前两小时，道广还在自家的院子里转圈；他的身旁，乌压压站了一地的好汉，双手握拳，志在必得；篱笆墙外，是自发来参战的人民群众……道广很知道，事已至此，已经由不得他做主了——革命的火种既已播下，即成"星火燎原"之势，倘若他逆历史潮流，胆敢说个"不"字，则这火首先扑的就是他！

道广是个聪明人，最会应变；况且在短暂的领袖生涯中，他已经尝到了一呼百应的好处，这好处带给他尊严，信心，勇气，谋略……"说穿了，它就是权力。"道广后来告诉我。

临出发前，道广抬头看了一眼遥远的星空（像胡性来一样，他也看不到今晚"会议"的结果），轻轻地吐了口气，以他一贯的寡言少语，说一句"走吧"——那一刻，没有人知道他作为领袖的孤独、彷徨。

所以那天晚上，我在会场上看到的道广并不是真实的道广——真实的道广，他慈悲，悲壮，他站在他堂兄的对立面，胸怀牺牲精神，今晚"不是他死，就是我亡"，因而对于家族而言，无论如何都显得悲凉。而且他看到了，他的队伍受控于某种情绪，越发变得疯狂，会场内外，不时听到"打倒反革命""打倒胡道宽"的口号……道广不喜欢这些，可是又无能为力，他感到自己很小很小，突然意识到，历史是由人民创造的，而不是他胡道广。他觉得悲凉。

而与此同时，胡性来一派也在摩拳擦掌、暗中布派；可怜的村长还在演戏，至少这一刻，他还是名义上的会议主持人，该履行他的职责。听，革命的号角已经吹响；看，内战的风云正写在每个人的脸上！

可是村长临危不惧,他看了看会场,知道今晚"战和两派"必有火拼,搞不好甚至会出人命!至于他自己,那就兵来将挡,由它去了!但是有一点他心知肚明,就是宁愿引起内乱,他也不能答应战争!

"你们说是不是这个理?我担不了这个责任!"那天晚上,我们刚进会场,便挤过去嘱咐他两句,他表态说,他有数,他还没昏到那程度!

然而谁能想到呢,后来情势突变,战和两派并没有火拼,而村长的表现也够让人吃惊的!不过我们都佩服他的镇定,在情势一触即发的情况下,他犹能装作一副懵懂无知状,把会议主持得像模像样,指指一个正在奶孩子的妇女说:"你,起来说说看,当前的局势是要抗战还是要安定?"

"安定你个头!"那妇女懵懵懂懂地说:"我是出来上厕所的,听说这儿有宵夜吃,现在宵夜在哪儿,什么时候开吃?"

全屋子的人都笑了,我们也跟着笑,心里却不由得犯嘀咕:这样下去该如何收场,村长能控制得了局面吗?再看道广,此刻正眼波流转,在对身边的马仔使眼色,也许他觉得时机已成熟,擒贼先擒王,是到了该对村长下手的时候了?

我们情急之下,正待上前交涉;然而村长何等人也,何须我们出手!他眼观四路,耳听八方,那一刻,但见他脸色铁青,腮上的肉"咕嘟咕嘟"在跳!他突然拍案而起,发表了一通慷慨激昂的演说,大意是:现在外敌当前,全村人民更加要团结一致,万众一心!他作为一村之长、村支部书记,现在代表全村人民宣誓——打倒关卡!誓死不屈!

全场一片哗然,接着是一阵震耳欲聋的欢呼声——可能连"主战派"自己也没料到,形势竟扶摇直上,变得一片大好,甚至都没等他

179

们来造反!

我们也瞠目结舌,没想到村长突然转向,这就是说,要开战了?

我们眼前一黑;深知这仗打不得,以弱敌强,以寡敌众,最后的结果必将是灾难性的!奈何民众的激情已经燃烧,那恰如黄河决堤,一泻千里,使得一向稳妥、坚强的村长,最终没能顶住压力,屈从了民意,由理性走向疯狂。

那么胡性来呢,胡性来在哪儿?直到这时,我们才想起他,把他视为沿河村最后的希望!我们转头找了半天,好不容易才在人群里看见他:哥儿几个正缩在墙角,面色仓皇,交头接耳;只见他微皱眉头,原本机灵的小眼睛呆呆地看着村长,一边听群下意见,一边摇头,摇头,再摇头。

我们一阵绝望,难道事态已经没救了?

然而就在这节骨眼上,却见胡性来拨开人群,向村长走去;那一瞬间,我的心突然停止了跳动:胡性来想干什么?他可不能冲动!留给"主和派"的时间不多了,我们三人脑子里一片空白,确实不知道下面该怎么弄!

胡性来走至中途突然停下,原来村长又一次发表演讲,开始"战前总动员",他把手心朝下压了压,示意大家安静!

我们趁机挤到胡性来身边,跟他握了握手,发现他手心冰凉,微微颤抖;他朝我们惨然一笑,一副豁出去的样子,又反过来安慰我们:"没的事,我有办法让他收回命令。先听听他放什么屁!"

原来,所谓的"战前总动员",不过是排兵布阵,论功行赏;而他胡道宽,"作为一村之长、这次战争的总指挥"——

胡性来听了,从鼻子里哼了一声,骂道:"听听,狗尾巴翘起来了!就知道这人靠不住,心心念念只想保住他的官位!我以前说他是墙头草没错吧？哪边风大，他就跟着哪边跑！"

我们一听也对，思前想后，觉得胡性来的说法也许更靠谱：村长屈从的并不是民意，而是他的领袖地位。或者这两者本来就是一回事？

胡性来又说："他下面就要封官了。"

我们侧耳听了一会，差点没笑出声来！果然，作为这次战争的总指挥，村长正式宣布，把全村定为团级编制（他倒不贪大），从此，村长摇身一变为团长（跟他在军中的职位相同），下面政委、副团……均是原村委会的核心成员；应该说，作为老练的政客，村长成功安抚了老部下，重新稳住了局面。

稍微头疼的是胡道广，不难推测，村长恨他的堂弟！但既已掌握了政权而手里又没有军权，他决定既往不咎，以大业为重，人才该用还得用！最后他宣布：任命胡道广为一营营长，任命胡道阔为二营营长，任命胡方善为三营营长——他顿了一下，抬眼扫视全场，以一种更加坚决、肯定的语气：任命胡性来为四营营长！

会场再次哗然；我们也吓了一大跳，初以为自己听错了；别人尚可，胡性来是地道的"反战派"，这事跟他有什么关系？

转头欲问胡性来，他大约也吃惊不小，脸上顿现惊愕的神情，慢慢地，却是眉眼舒展，嘴角上翘，他突然笑了——这是今天晚上他第一次露出笑容，愉快，神秘，微妙——堪称蒙娜丽莎微笑之男性版！

唉，经过这一天一夜的周折，我们已经长了见识，所以对胡性来那一副喜悦陶醉的神情，也就不以为怪，反报以同情和理解。是啊，位高权重谁不爱？换位想想，假若我们是胡性来，一个普通的前士兵，一个现任的老百姓——虽是"主和派"将领，毕竟未经官方认可，算不得数——现在突被委以重任：由草根变精英，由民间入主流，我们会怎样？就一定比胡性来做得更漂亮？

同时对村长也愈加佩服：此人深谙人性，善于平衡各方关系，且又反应机敏，以一己之力，当机立断，终得以把沿河村从内战的边缘拖了回来！可是这样一来，又回到了老问题上了：和关卡的战争！

突然想起半小时之前，胡性来留下的那个悬念：他有办法让村长收回决定！——他能有什么办法呢？转头看他，却见他半痴半傻，仍在微笑；推他一下，也是半天没有反应；我们三人一声长叹，知道沿河村完了，这最后一根救命稻草已被招安，此刻得了魔怔！

正一筹莫展时，却听得胡性来转过头来，问："什么事？"

我们说："真的要打呀？"

胡性来把眼睛眯成一条线，沉思良久；他慢慢地摇了摇头，半响才道："打不得——"他朝会场看了一眼，"有人会要我命的！"

我们看过去，果然，"主和派"那边早已群情激奋，几双眼睛正盯着胡性来，虎视眈眈，面呈怒色！我们叹了口气，看来内乱远没有结束，现在"主和派"内部又出现矛盾——领袖既被招安，手下却没得到实惠——如此分配不公，怎能不引起仇恨！

我们看了一眼胡性来，苦笑道："你现在麻烦了，一旦接受军职，他们第一就革你的命！"

胡性来"唉"了一声："所以说呢，基层工作最难搞！哪个都不能得罪！"

"那下面怎么办？打还是不打？"

"现在不是打不打的问题，"胡性来说，"现在是打也流血，不打也流血！"

"那怎么办？推翻村长的决定重来？"

胡性来摇了摇头："来不及了，看能不能修改一下？"

"啊？修改？"

"是的，修改！"胡性来点点头，"要改到所有人都满意，要照顾方方面面的利益，你的，我的，一切人的！这是避免流血冲突的唯一路子了！"

"这怎么可能？"我们提出质疑。

"没别的法子了，"胡性来叹了口气，"你们也一块想想吧，救救这帮狗娘养的！"他看了一眼会场，低声骂道："全是一群蠢猪，疯狗！成天就知道打打杀杀，逞一时之气，各打各的小九九，全不看后果！——"说到这里，他声音打颤，满怀悲愤，"而这就是人民！"

"人民？"我们都愣了一下，这是哪朝哪代的词汇？听来新鲜得很！

"也包括我在内！"胡性来嘀咕了这一句，便扭头看向窗外，大概致力于他挽救沿河村的伟大构想里去了。

那一刻，我们三人都非常感动，且心里五味杂全，感慨丛生。是啊，这才是我们熟悉的胡性来——相识虽短，相知却深——可爱，真实，也有自己的小算盘；虽一介平民，却肩负责任，现在，他首先要避免流血事件，而后要照顾方方面面！

作为一个前军人，一个彻底的和平主义者，一个万元户，一个新任不久的四营营长，他正在想一个万全之计：拥有这一切！他要满足所有人的愿望：主战派，主和派；他要恢复村里的秩序，维持安定团结的局面，坚持改革开放不动摇！他要当官的当官，发财的发财，他要让军人回到战场，重新找回热血和尊严——那风驰电掣般的酥麻感！

现在，他仍在发痴发呆，把眼睛看向虚空的某个地方，偶尔也会眨一眨；他脸色潮红，汗流满面，神秘的微笑挂在嘴边；突然，他把右手握成拳状,朝左掌心猛地一撞——惊得我们一身冷汗!难道他已经得计了?

他摇了摇头,轻轻地吐了口气,似乎在考量这个修订版的决定是否具有可操作性;然后,他朝我们看了一眼,目光遥远而坚定,像个赴死的烈士;我们急忙问道:"有了?"

他点了点头,还不待我们说什么,便拨开人群,向村长走去。那一瞬间,我看见他做了个小动作,把右手放在胸前,画了个"十"字!——天啊,他竟需要神的祈福!毋庸置疑,这是个疯狂的创意,估计能把一些老弱病残给吓死!

首先是村长,他的反应让我们感到很紧张,他呆呆地看着胡性来,好像没怎么听明白。胡性来再次凑近他耳下,村长的脸色开始泛白、泛青,有了红晕,直至满脸涨红;他突然推开胡性来,把他打量了一番。

此时,屋子里早已安静了下来,大家都意识到,沿河村的命运将再次转向,是"战"是"和"还说不定!

胡性来说:"决定权在你!"

村长擦了擦汗说:"太冒险了!"

胡性来说:"试试看吧,除非你不想搞经济!"

村长把眼睛眨了眨,看上去很是动心——"搞经济"是他的至爱!作为一个紧跟形势的基层干部,他懂得这个词在当前的意义!他把手指不停地磕着桌面,似乎仍拿不定主意,看着胡性来,似笑非笑地问道:"你是说化装?"

安静的屋子一下子炸开了,大家都不明白怎么回事,却又预感这件事一定比战争更带劲儿!"主战派"那边首先沸腾了,自然,他们脑子里闪过的第一个念头是化装成军人——平时,他们只敢想着和关卡去拼命，却从不敢奢望有一天他们还会返回头去再做军人！——而这，正是他们的梦想和目的地！

那久违的青春年代：营地、男子气、驳壳枪、野战训练……此刻，全都连在一起了，记忆开始苏醒，神经突然受刺激，人群中有人在号叫，有人开始哭泣！即便冷静如胡道广，此时也一阵头晕目眩，需用双手扶着墙壁！他看着疯狂的人群，这才知道自己这些天来的努力，并不为别的，只为重温往昔那峥嵘岁月愁，为当一个士兵，哪怕仅仅看上去像个士兵！

"主和派"这边也稍稍安了心，第一，他们的领袖不受名利的诱惑，关键时刻挺身而出，想出这等馊主意，无论如何，替他们争取了和平，使他们可以继续做点小生意；而且化装嘛，假扮的，非男子汉所为！可怜"主战派"一腔热血，现被玩弄至此却不自知——他们笑了，为自己的胜利，因而也开始大喊大叫，击掌庆贺！

村长很受鼓舞，他环视全场，看群魔乱舞，听"化装"一词像鼓点一样在人群中有节奏地响起，从"主战派"到"主和派"，从屋里到屋外，这个词可谓异口同声，从不同的嘴巴里吐出来，形成一股热浪，掠过人群，飘出窗外，震荡在村寨的上方，直至响彻云霄和山谷！

而此时，天就要亮了，一颗启明星遥挂夜空，闪烁、迷离，从窗口便可看得见——村长的眼里突然浸满了泪水：是的，漫长的黑夜过去了，黎明即将来临！现在，沿河村的村民们又重新站在一起，载歌载舞，单纯如初民……此情此景，纵是石头见了也难免动情！

村长决定顺从民意（天地良心，这次是真的），采纳这个"化装版"的修订方案，于是再次把手心朝下压了压，示意大家安静，可是村民们早已陷入狂欢之中——究竟连"化装"是怎么一回事他们也没

185

搞明白的。

村长喃喃地骂了一句粗口,手搭桌面,只纵身一跃,便站到了桌子上,这个漂亮的动作非但没能使人群安静,反而把狂欢送进了高潮,于是他不得不手持喇叭状,用尽平生力气喊出了几句话——我们立即挤过去,也只听得几个关键词:军人,军车,关卡,免费……连起来便是:军车进出关卡无需交费!

一下子明白了,胡性来的"化装"正是利用了这一点:村民扮成军人,货车改为军车,这样既做回了士兵,又避免了战争,既报复了关卡,蔬菜运输也得以通行无阻!

那一瞬间,我们三人再也憋不住了,加入了狂欢的人群。村长再次纵身一跃,向人群扑去;胡性来索性躺倒在地,作昏倒状,直到被人群架起来,把他和村长一起扔向空中!我们一群人自动围成一个圈,对着他们大声喊叫:"化装!化装!化装!"

伟大的胡性来,他今天晚上立功了,——他立功了!伟大的沿河村村民,他继承了中国农民的光荣的传统!他超越了人智的极限,挽救了沿河村,他把人民从一种疯狂带进另一种疯狂,他是全村人民的大救星!

这个化装对于关卡而言,是一个绝对理论上的绝杀,一个点球,一个死角!沿河村人民从此站起来了!"伟大的胡性来万岁!"——人群中有人开始喊口号,其歇斯底里、神魂附体堪称很多年后黄健翔在世界杯赛场上的预演!确实,这次胜利来之不易,它属于沿河村,属于村长,属于"主战派"和"主和派",属于所有"被侮辱和被损害的"中国农民!

我们仨也激动得彻夜不眠,除了跟村民们一起狂欢,还不忘自己的责任所在,想着要给这次化装命名,以期让人们记住这一天,这个地点，这个人，这件事，所以它的命名分别是："7·23事变"，"村公所事变"，"胡性来方案"或"胡性来决议"，"和平演变"。

五

接下来的几天里，村子里一片混乱，我们也由此见证了一个村庄在改制为兵团的过程中所经历的艰难、曲折、迂回、纷扰。首先是村民们，他们需要恢复体力，是啊，"狂欢"消耗了人们太多的激情，他们得歇一歇，透透气。

而且随着"化装行动"的筹备，军管结束了，粮食又分还给村民，家家户户可以吃上米饭、腊肉——堆得满满的一海碗——蹲在家门口，站在村路旁，见人就打招呼："吃了吗？来家吃一会？"这场景不啻于过年。

我们眼见得村民们如此自足，个个脸色红润，神情愉悦，不像是要有行动的样子，整个村子洋溢着一股祥和、饱闷、慵懒的气息，难道他们已经忘了化装这回事？

两位师兄认为这是有可能的，想来这是人民群众的特点：盲从，健忘，行止具有即时性。

胡道广也唉声叹气，悔不该答应村长先把粮食分还给村民，"都是吃饭惹的祸"，那天他跑过来找我们聊天，商量下一步该怎么走。现在村里的情况是，村民们已经失去了斗志，米饭和腊肉使得他们心满意足。

"不管怎么说，得让他们饿一饿，"那天道广坐在门槛上，若有所思地说,"你们说奇怪不奇怪,一旦有吃有喝,他们就全指望不上了!"

两位师兄笑了起来。本来嘛,饱暖思淫欲——他们告诉道广,群众的力量并不来自吃饱喝足,而是来自饥饿,来自有人承诺他们摆脱饥饿、走向吃饱喝足的过程中。

道广想了想,问:"你们的意思是发动群众?"

"你已经错过机会了。"两位师兄坦诚相告。

道广摇了摇头,他认为问题不在这里,发动群众方面他可是高手,——问题在于"上层的某些领导"现在又开始犹豫了!

"这事怎么能犹豫呢?"道广在屋子里踱了两步,试图向我们说明一个道理,凡事都需要一点冲动,从决定、动员、化装、出发,各个环节都得趁热打铁,不能深思熟虑。道广的意思是,思想是可怕的,一旦有时间思来想去,"化装"的荒谬性就显示了——虽然它本来就是荒谬的。

道广的原话是这样说的:"你们不觉得这事很荒唐吗?"

——是的,我们有时这样觉得。

"我也是,"道广指了指脑子,"这就是想出来的结果。"

我们都叹了口气。说什么好呢?时局呈现了太多的复杂性,试想,连道广这样的一介武夫都在"思考",得出一个荒唐的结果,更何况村长?一夜狂欢之后,村长很快就醒了,第二天跑过来找我们商量,问这事能不能做?我们也如梦初醒,觉得此事不妥,可问题是,决议既出,而且兵团的编制已经宣布了——

"我可以不认账的,"村长把手抚着桌面,看得出他有点激动,那只粗糙的大手在微微颤抖,"我就说这是闹着玩的,这是在开玩笑!看他们能把我怎么着!"他看了我们一眼,狡黠地笑了。

村长自然可以不认账,群众也不能把他怎么着!——想来,出尔反尔是他这一行的职业要求，无关乎他的人品道德，因为在后来的兵团生涯中，我们将会看到另一个村长——届时是团长，他一言九鼎，奖罚分明，军靴踩得叭叭响，他友善、严厉，强调纪律和秩序，当然这是后话了，总之他把团长做得很像，跟现在的村长不是一个人。

这是一个很奇怪的现象。

是什么造就了这种奇怪的现象？老实说，我们也不知道。

总之，在村长还是村长的这两天——只剩下两天了，村子里乱糟糟的，大家都晕头转向，谁也看不到沿河村未来的走向。在经过一番艰难、困苦、惊险的讨价还价之后，谁都以为事情解决了，可是一觉醒来，原来它只是开玩笑！

而且事后回想，整个改制过程也是一笔糊涂账，直到那天黄昏，村民们点燃了一支炮仗，在震耳欲聋的鞭炮声中，几个民兵腼腆地换上军装，一边嘻嘻哈哈、打打闹闹；直到他们跳上军车，紧一紧捆菜的绳子，然后"呜"的一声汽笛响，十几个小孩跟着车屁股跑；直到村民们手搭凉篷，看着军车和孩子们消失在漫天尘土和黄昏中——直到这一刻，村民们仍半信半疑："这么说，现在我们是当兵的了？"

村长在走廊上来回踱步，又是不安，又是激动——无法表达这复杂的感情，他只好搓了搓手，骂了一句："狗娘养的，这下玩大发了！"

就是说，全村上下，只有村长知道这意味着什么——意味着他们迈上了一条不归路；全村上下，只有村长还没有发疯，虽然局势早已失控，以至最后连他自己也没搞明白，军车怎么就上了路。就是说，一切都是在混乱之下发生的，村长一直坚持到最后。

村长该对这起"化装事件"负责吗？说不太好，这是一个谜语。我们一方面认为他半推半就，一方面也理解他的苦楚，——后来当他回首往事，也觉得他在村长任上的最后几天不堪回首，像一场噩梦。

他的意思是,他这村官当得很辛苦,首先他要平衡各方关系,上有经济指标,下有利益诉求,"我顾哪头?"问题还在于,他一个人说了根本不算数,村民们动不动就跟他要民主,鸡一嘴鸭一句的,反不及他当团长来得干脆利落。

"我还算个讲民主的人吧?"他认真地问。

我们都点了点头。确实,他性格妥帖、稳当,为人也还算厚道,平时很注意照顾村民的情绪——生怕出纰漏——干群关系算是处理得不错的。

"可是我告诉你们,坏就坏在这里!"他把手一挥,在团部(原村长办公室)踱了两步,"结果怎么样?结果失控了,变成团部了!"

团长说错了吗?没有。很多年后,我还记得他给我们上的这堂"民主生活课",他痛心疾首地说:"这东西没用处,误事不说,而且没一点效率。"——很多年后我都记得他这句话,很多年后,每当有人大谈民主的时候,我一般是不说话的,因为我到过基层,我知道他们的难处。

总之那两天,我从来没见过像村长那样痛苦焦灼的人,一方面"化装行动"正在紧锣密鼓地筹备,一方面他又不分昼夜地找我们开会,论证这事是否存在哪怕一点点"政治上的正确性"——当然没有,这一点他比我们更清楚!他只是需要信心和帮助,尤其是我们三个人,两个硕士,一个博士,在他看来就是"知识分子"了,不用说"脑子够用"。

村长说:"再想想看,找出一点我就干!"

我们搜肠刮肚,根据自己所掌握的不多的一点经济学常识,以及对当前局势的判断,告诉他"冒险也许是必要的",毕竟发展是硬道理,至于如何发展,上面也莫衷一是。两位师兄又举例说明,目前珠三角、长三角也都在摸石头过河，胆子大得很，总之犯错误是难免的——不犯错误如何搞得了"市场经济"，只能去搞"社会主义"！

村长茫然地问："难道它们有那么矛盾？"

两位师兄摆摆手，告诉村长，"姓社姓资"那是上边的事，目前正在讨论，会有人给出标准答案的，我们现在要做的是发展经济，让村民们过上好日子——

村长怯弱地说："可是我不能去触底线——"

"你不试怎么知道那是底线？"

"那还用试？假冒军人那是犯法的事。"

"那你就等着村民们发动一场战争！"

村长把头抵着墙壁，痛苦地摇来晃去，"我只是想搞经济——"这时一阵微风吹过，送来瓜果蔬菜腐烂的气息，浓郁得直使我们打喷嚏。

"谁不想搞经济？"两位师兄沉痛地说，"关卡也要生存，也讲效益。"

村长抬起头来，拍了拍脑门，说："我这里乱得很——"

两位师兄叹了口气："所以凡事不能深想，——"这也是胡道广的观点，不过两位把它说得上了一个层次，"我们这个时代尤其是，充满了各式各样的矛盾，它不支持深度思考！要紧的是先做起来，化装是唯一的一条折中之路，虽然它不妥当。"

村长把两位师兄看了看，开始对他们五体投地，他赞叹道："到底是知识分子，胆子大，有见识。"

而与此同时，我的脑子早已一片糨糊，各种观念厮杀相抵，以至很多年后也没厘清其中的头绪，只记得它的惊心动魄，那是怎样的时代啊，纷繁，热烈，激荡，真是"乱花渐欲迷人眼"，至今想起来仍觉得头晕目眩，手心盗汗。

191

我跟两位师兄讨论，我承认他们理论上是对的，但是若把他们的理论付诸实践，则肯定是错的——

"那就先犯错，"他们激动地说，"让别人纠正去！"

村长一拍大腿站了起来，说："好，我听你们的，杀头不过风吹帽——"

我吓了一大跳，突然想起导师的紧箍咒，汤老师一直不赞成学生参政议政，他并不是所谓的书呆子，可是坚持认为，要把知识限在一定的范围内，"否则准会出乱子"。有一次他告诫我们："做你们分内的事，你们要是掺和到政治里去，先不说别的，政治首先就乱了套。"

我及时把这一点提醒两位师兄，他们烦躁得在屋子里走来走去，似乎不得已也在进行某种"深度思考"，最后无奈地告诉村长，这事再容他们想一想，毕竟"心急吃不得热豆腐"。

那一瞬间，我们三人都有点尴尬，接下来便觉无地自容，这才反思自己这些天来的表现，其实并不比任何一个村民更有判断力，我们犹疑、彷徨，既天真又世故，既软弱又激进，总之翻手云，覆手雨——是怕承担责任吗？说不清楚。恐怕这一切的背后，皆是脑瓜子转不动，思想苍白紊乱，因而少立场，少决断。

尤其是我，毫不夸张地说，这世上就没有我不能理解的事，我一忽儿同情村长，反对"多数人的暴政"，一忽儿站在人民群众一边，认为村长是官僚，反正不管怎样，我总能找到说辞——也许玩文字游戏是我这一行的专长？

这是困扰我至今的一个问题。

总之，村长用他的微笑使我们看到了自己：分析问题头头是道，处理实际却摇摆晃荡！以至很多年后，我仍不能忘记他那微笑，淡淡的，优越的，高高在上的，很有涵养，也许他心里在说：知识分子就该打倒？

正胡思乱想时，胡性来跑进来了，汇报这两天化装的筹备情况，原来他刚从百里之外的军营考察回来，"情况不太好，"他说，"军车和军服都搞不到。"

村长看了他一眼，不置可否。

胡性来挠了挠头："那就实施第二套方案？"

村长还是不言语。

胡性来只好继续汇报："道广已去镇上买油漆了，旧军服村里总可以找到，不过样式跟现在的不一样，但是夜里嘛——"

我急忙问："油漆是怎么回事？把货车漆成军绿色？"

"正是！"胡性来朝我们伸了伸舌头，调皮地笑了。看得出他现在放松之极，完全是在帮忙；他最大的责任是避免了一场流血事件，至于军车是否上路，想必不是他关心的事！

村长点了点，说："知道了，有情况及时汇报——"他朝胡性来挥了挥手，转头跟我们解释道："让他们搞去吧，实在不行再漆回来，你们说呢？"

我们无奈地笑了，跟村长一样，开始抱着一副听天由命的态度，又含而糊之地聊了些沿河村各阶层的分布状况，诸如胡道广、胡性来等派别的立场，再次把村长佩服得五体投地，他直夸说得精辟："嗯，这倒是你们擅长的。"

六

现在来介绍一下兵团的情况，严格地说，它跟村寨只是名称上的区别，这是一场不彻底的改革，混合着妥协，旧习惯，新希望，一路蹒跚走来，走得破绽百出，那叫一个惊心动魄！

然而有一点却毋庸讳言，兵团成立之初，确实给村寨带了可观的变化，这变化首先是秩序上的，也不知是否是错觉，从军车上路的第一天起，村里就洋溢着一股简洁、硬朗的气息，在经过短暂的混乱迷茫之后，村里的一切开始上头绪了，变得井井有条了，而且节奏明快，雷厉风行，到处充满了旺盛和生机。

就连空气也焕然一新，清新得使人无端想放声歌唱；庄稼也长势喜人，瓜果蔬菜绿油油的，微风吹拂之下，保持着挺拔矫健的姿势。

在团长的默许下，几个营长开始带兵训练，从走路、站姿、说话、神情，务必要保持军人的体面和神气；常常在小学校的操场上，我们看见村民们在练习"正步走"，他们是那样的新奇，兴致勃勃，夕阳的余晖照着他们年轻的脸孔，那脸孔上混合着阳光、汗水、尘土，使得他们看上去越发有生气。一样都是黝黑的五官，眼窝深凹，高颧粗唇，看得我们某一瞬间竟会生出一种幻觉，难道这是一群邻国的士兵？

个中或有忍俊不禁的，或有调皮捣蛋的，被营长一声断喝，不由分说走上前去，一脚踢出队列罚站去。士兵们都愣了一下，余下的继续正步走，呐喊声也越发嘹亮。

就是说，村民们变得听话了，守纪律了，较之从前的懒散饶舌，完全是脱胎换骨，重新做人！是的，他们放弃了平等自由，若自由只使人散漫、抱怨、萎靡不振，那么他们宁可选择被约束！说到底，这里头有艰难的取舍：平等诚可贵，自由价更高，若为健旺故，两者皆可抛！现在他们朝气蓬勃，对未来重又燃起信心和希望，这才是一切。

这里尤其要说说道广，自兵团成立以后，他整个人就像喝了鸡血似的，浑身就有使不完的劲儿，连走路都要带小跑。我最喜欢看他指挥大合唱，总是在清晨，似醒非醒的时候，我的耳边就响起了那悠扬美妙的曲调："东方红，太阳升……"这不是村里的小喇叭在广播，我知道，这是道广军训结束了，正领着他的士兵们在歌唱！

这时候，我就会从床上一跃而起，脸都来不及洗，我要去看看道广，看他怎样打拍子、领头唱，看朝阳怎样映红了他的面庞——那年轻的、充满朝气的面庞！看他唱到投入处，怎样闭上眼睛，看他把眼睛突然睁开，朝倚在树下的我微微一笑！我要走到近处，亲眼看，亲耳听，我要让歌声整个把我环绕，我也要微微闭上眼睛，整个人突然挺拔，有一股向上、向上、腾空而起的力量。

道广的拍子打得非常漂亮，手里拿着一根小树枝，权当指挥棒；他把身子轻轻摇晃，偶尔会踮起脚，两只手这边一按，那边一抬，歌声便在他的手指间起伏；有时，他会把手臂收拢、上抬，我看明白了，他是在托起心中的红太阳；突然，他把身子整个提起来了，手臂疯子一样挥舞，这是暴风雨来了，人类在和自然作搏斗，几番摔倒，爬起，再爬起，最后，道广把手臂猛地一收，小树枝高高戳向天空，他脸色苍白，汗渍淋漓，歌声结束了，人类站在风雨之上。

所以你就不难想象，那阵子我为什么不睡懒觉，因为道广的歌声总催我起床；你也不难想象，当我倚在小学校的一棵老树旁，一边看他们，听他们，身心一阵痉挛般的激荡；当沉郁的《国际歌》在我耳畔响起，当我跟着他们一块唱："起来，饥寒交迫的奴隶；起来，全世界受苦的人，满腔的热血已经沸腾……"我竟泪流满面。

我浑身簌簌发抖，只好蹲下来，怕肉身再撑不起心中新生的力量——"这是最后的斗争，团结起来到明天，英特纳雄耐尔一定要实现！"——我一边唱，一边扭头看向朝阳，霞光中不得不眯起眼睛，这时我看到了一个女学生的形象，跃然于霞光之上，她一头飒爽短发，长得有点像罗莎·卢森堡，神情平静，目光坚定。

这是我理想中的自己，一个女神的形象。她生在一个很遥远的年代，全世界都污垢不堪，她却出淤泥而不染。她天生附有使命，追求进步、光明，愿为理想而献身。她看到世间有太多的不公正，因此越发相信真理、公义、进化论、理想国！她一点都不怀疑！

你看她也在唱："是谁创造了人类世界，是我们劳动群众！"——她面带微笑，那样的自信昂扬，年轻的脸上熠熠闪金光。我把脸捂起来了，不敢再看她。有什么办法呢？时代不一样了，现在我再做不到她那样纯洁、无私、正大，我内心有太多的人类的蝇营狗苟、小情小调，我也不敢回头看道广，——我怀疑自己是爱上这家伙了。

确实，这是道广最好的时光，在他的指挥下，整个村寨都被歌声所环绕，村民们沉浸在一种乐天、向上的氛围里，他们情绪饱满，热情高涨，不唱歌的时候心里也有歌声。大家被一种看不见的东西所引领，穿梭于菜田和果园间，浇水的、施肥的、喷农药的、采摘的……各有分工，有条不紊。他们的动作是那样的灵活，富有节奏，充满舞蹈的韵律！与此同时，军车每隔两天就上路，满载果蔬发往广州！

我和两位师兄惊叹不已，对此不能作出合理的解释，因为那阵子，我们自己也神魂颠倒，一头砸进村寨的建设中，而且生怕落后，急欲直追村民而去！两位师兄成了团长的左右臂，定规划、作统计，整天忙得昏天黑地；闲暇之余，他们又加入我所在的宣传队，帮忙写横幅，刷标语，诸如"时间就是金钱""大干快上""一万年太久，只争朝夕""向深圳看齐"……都是我们的手笔，字写得也许不漂亮，可是每当看见自己的劳动成果，充斥于村寨的各个角落，挂在树杈间，刷在墙壁上……我们是多么自豪啊！

团长更是意气风发，恨不能"一个身子扳开八瓣用"！他说话高声亮语，看见人就远远地打招呼，而且那阵子，他最喜欢跟人握手——其实多此一举，因为都是熟人；但是作为一种情绪的表达，我们都心有同感。不拘看见谁，他便大踏步地走上前去，捉过人家的双手便摇来摇去，一边不忘鼓励加油："同志，好好干！"他因声如洪钟，那口气就像咆哮。说完这一句，他也不及停留，再次大踏步的、甩开膀子跑远了，他的手臂漂亮地摆动，步履是那样的坚实、有弹性，既像一个训练有素的军人，也像长跑运动员。

就连万元户胡性来也受到了感召，置他的小作坊于不顾，加入集体生活里来了。有一天，他急冲冲地跑来找我们，嘴里嚷着"再也不能这样活了"，——原来是，他太孤独了！是啊，此情此境，再心系自己的一亩三分地是可耻的，他要跟大家共同致富，若做不到这一点，那就宁可回头再当一个穷人，总之，他要跟村民们在一起，成为他们中的一分子，一荣俱荣，一损俱损！那天说到动情处，性来竟然眼泪涟涟，哭得跟个小孩儿似的，他不放心地问："我是不是回来得太迟了？他们会不会接纳我？"

两位师兄给予了肯定的答复："浪子回头金不换啊，性来同志，欢迎你回到穷人的队伍里来，带领大家共同致富！"

我一旁看着，感动得一句话也说不出来，只在心里嘟囔了一句：

"多好的同志啊，他有着一颗金子般的心灵！"我看到他对穷人充满了感情，富裕并不是罪，可是他却为此而忏悔！有一瞬间，我怀疑他是不是爱上了贫困，也许他爱上的是贫困背后的东西：集体主义、向心力、对美好生活的向往、未被污染的干净纯洁的心灵！

总之那阵子，整个村寨都有点疯疯癫癫，每个人都纯洁得要命，患上了和胡性来一样的相思病：身处贫困中，却对贫困怀有一种不可遏止的激情！只在夜深人静的时候，我和两位师兄才敢承认这一点，把这现象拿来讨论。——你看，我们的老毛病又犯了，我们凡事喜欢讨论，对一切都要怀疑。

我们最大的怀疑是对自己：村民们倒也罢了，他们无知无识，为何我们三个人，既是外来者，又是读书人，却也身陷这场"热病"中而高烧不止？问题还在于，这到底是不是一场热病？激情之于村寨建设是否是必要的，它在多在程度上是可靠的？这种对自己的审视有价值吗？我们的怀疑是否是适时的、正确的？它对村寨的经济建设有何帮助？

可想而知，这种追问是不可能有什么结果的，除了给我们带来难堪和痛苦。

我们的谈话又是那样的小心，因而显得叽叽喳喳，鬼鬼祟祟：第一，这样的谈话与村寨整体气氛不相符，某种意义上，它是对村寨精神的背叛；第二，谈话即便被允许，于我们的内心也是一种折磨。

怎么不是折磨？我们看到了身心分裂的自己：相信美好的事物，却对一切美好的事物怀有警惕和不信任；晚上这般否定自己，一俟白天，却又投身热火朝天的劳动场面，干得比谁都带劲儿！

我跟两位师兄说："你们说说看，这到底是怎么一回事？"

其中一位想了想，说："也许是赎罪心理吧。"

我说:"我们何罪之有?"

另一个无奈地回答:"思想不纯,信仰不够坚定!"听得出他口气里的内疚。

我叹了口气,一时无言以对;抬头看了看深邃的星空,此时村民们已经睡去了,村子里万籁俱寂,不远处的小树林里,偶尔能听见几声猫头鹰的叫声……多么美好、安宁的夜啊!我却焦灼、痛苦得想哭泣,为我们三个孤魂野鬼,为我们自造的、今生再也不能突围的困境!这是我们的宿命吗?

我说:"这样的怀疑有意义吗?"

两位师兄摇了摇头,给出了否定的答复。

我突然心灰意冷,把身子往小竹椅上缩了缩,以为这样自己就小了,小到无,如空气可以忽略不计!生命对于我这一类的人而言,该是一场浪费吧?即便闭上眼睛,我也能看见那个可怜、可悲、可叹的自己,从那天晚上起,我知道世上有这么一类不幸的人——所有不幸中最不幸者:他们清醒地活着,意识到自己的无能、无用、于事无补;他们痛苦地活着,因为他们孤独、摇摆、无所依傍!

这是一种气质性的不幸,没有谁可以解救他们!这也是后天的不幸,我怀疑,跟我们所从事的专业和身份紧密相连。

说到底,我并不为自己感到羞愧,这是命运所带来的不公正,平静地接受它,不躲避,不改变,我以为这是尊严。

我只是有一点点自卑,尤其是心系道广的时候,那天晚上,我无数次的欲言又止,只是想在嘴里哑一下这个人的名字,但是我以惊人的毅力克制了自己,我不能在两位师兄面前露出一点破绽:我爱上了另一个阶级的人。这注定是一场无望的爱情,在四目交汇的一瞬间,什么都发生了,只是在心里。

只有一次,当两位师兄试图讨论,是什么造就了目前村寨的这场"大跃进"?

我忍不住说了一句:"是歌声。"

"是什么?"他们没听清楚。

我笑了笑,我不会再说第二遍了。把手拍了拍自己的小腿肚子,心里满足得要命。

我当然不会傻到,以为几首歌就能把村庄唱进共产主义,但是这些耳熟能详的歌儿,像《红星照我去战斗》《在希望的田野上》《打靶归来》《团结就是力量》……确实节奏明快,风格昂扬,很恰当地体现了村寨的精神状态。

我不知道是歌声找对了地方,还是村寨选对了它的形式,总之在无垠的时间的荒野里,不更早一步,也不更晚一步,它们碰上了,产生了一场化学反应。

最关键的是,这些歌声是由道广而引起,——啊,亲爱的人儿!我把眼睛闭了闭,两位笨师兄怎会知晓我的心意,我再次面露微笑,在黑暗中,他们谁也看不见。

那两天,我拼命追寻道广的足迹,我走遍了村寨的各个角落,各个角落里都充斥着歌声、劳动的号角、村民们笑逐颜开的脸、他们在田间劳作的身影……我今生所能见到的最动人的一幕全在这里了,在这里,又岂能缺少爱情!

我开始发足狂奔,风吹进了我的眼睛里、鼓荡在我的头发和衣裳里,老实说,我并不在乎能否见上道广一面,我知道他在某个地方,与我共此时,我要把我的爱情转化成对这片土地的浓情蜜意。

有一天我做了个梦,梦见我和道广漫步于北方的一个风沙小城,这城里有一座山,山上有一座塔,塔下有一条河,这一天,我和道广就沿着河边走。我们两人都背着手,打着绑腿,那样子既像是恋人,也像是革命同志。那许是傍晚时分,河面上波光闪烁,古塔的倒影落在河中心。偶尔我们会驻足河边,当道广抬头凝视河对岸的古塔,我则侧头看着道广,我的眼里突然汪满了泪水,因为道广与古塔是连在一起的,我却与道广隔着很遥远的距离。

我慢慢地转过身子,为的是让风儿拭干我的眼泪,我不想让道广知道我的心理,他会说:这是小资产阶级思想在作祟。

在爱上道广的那些日子,我确实苦头吃尽,我把自己从头到尾否定了个遍,思来想去,觉得自己难以配上这位淳朴、纯洁的男子,是啊,我的灵魂布满污垢,既不健康,而且多疑,难道所谓的"洗澡"就能把我洗干净?好在不久,我便走出这种沮丧、自责的心理,许是出于某种安全考虑,团长作了一次人事变动,安排我和两位师兄轮流押车上路。

"你们也跟一跟吧,"有一天他诚恳地发出请求,"你们都走南闯北,省城里总有些同学关系,万一路上碰上什么事,还能有个照应,唉——"他叹了口气,"这些天我担惊受怕,右眼总跳个不停,只担心会出什么事!"

我们欣然领命,从此以后,我和两位师兄踏上征程,把自己扮成一个兵,到外面闯花花世界去了。即便很多年后的今天,我也记得我第一次穿上军装、离开村寨的那个傍晚,我们在路上走了一夜,于第二天凌晨到达位于广州郊外的一个农贸集散市场,又谨守昼伏夜出的规定,在广州消磨一个白天,直到夜幕降临,这才月黑风高地赶回沿河村。这一趟少说也需三十多个小时。

这是怎样的三十多小时啊!惊险,刺激,节外生枝,虎口脱险⋯⋯就好比一场蹦极体验,从此以后,我们知道了什么叫欲仙欲死。每次上路，我们都把它当作最后一次，那是置之死地而后生的心理；每次上路，又都是第一次，因为险境各有不同，经验于我们全没用。

尤其是我们三个"知书达理"的人，自踏进村寨的第一天起，就再也没有出过门，全身心地把自己献给了这个小环境：革命、改制、理想主义精神……一时竟丧失了现实感，全然不知身外事。

所以不难想象，当我们第一次踏上军车，奔赴前线，沿途所见的荒诞场景，非但使我们瞧着新鲜，对我们的智商也造成了一定的压力，需要应付以"脑筋急转弯"一类的游戏。

我还记得两位师兄第一次凯旋归来的情景，那是一个早晨，天刚蒙蒙亮，道广指挥的大合唱已经开始了，我应声而起，打开了门，却见其中一位正痴痴傻傻地坐在走廊牙子上，看上去像是进入了魔幻状态。

我上前招呼了一声："你回来啦？"

他皱了皱眉头，咕哝了一句："你听，这歌声！"

我没有说话，察言观色也知道，此兄定是碰上了社会形态上的难题，这一趟该是"村寨一日，人间十年"吧，两相对比，怎能不使他产生信仰危机，生出一种"梦里不知身在客"的时空错综感？但是我对他并不担心，以他的冰雪聪明，相信不久的将来，他必会放弃沉思，以一种活泼的姿态适应我们这个大时代，就像小鱼儿游进了大海里。

另一位师兄则是激动得要命，他是我们中第一个当兵的人。那是在更早些时候，也是清晨，我尚在睡梦中，便被他的砸门声吵醒，他实在等不及了，急于要我们分享他的奇妙心情。他先是暴两句粗口，简洁有力地代替了感叹词，然后一屁股坐在行军床上，把大腿一拍："过瘾啊！无与伦比！"

他表达力如此之差，急得我们直问："到底发生了什么事？"

他只是摇头咂嘴:"我算是长见识了!"

原来这一趟,他把关卡摸了个遍!后来,及至我自己也上路了,这才明白是怎么回事,同时也心有释然:也许我们并没做错,只有"化装"才能自救!否则凭一辆民用货车,如何能走完那三里一关、五里一哨的漫漫长途?那该是我一生中走过的最破敝、壮观的旅途了:关卡之密,彼此甚至够得上说话唠嗑!

这些关卡多设在桥头、路边、荒郊野岭、繁华小镇的十字路口……装置也不一而足,有亭舍、茅屋,也有就地取材的——专门蹓守在路边的小吃店、洗浴房,一番吃喝玩乐以后,便来到马路上罚罚款,散散心。

更绝的是,他们有时会化装成便衣,踩着摩托车踏板,抖得像个二溜子;或者躲在某个阴暗角落里,眼神炯炯有如夜光灯,看准了一个目标物,冷不防一个箭步冲上前去,亮出身份,直把司机吓得一声尖叫,来一个紧急刹车。

司机虽不明就里,却跳下车来,一阵作恭打揖,好话说尽,那些关卡人员也不理会,不由分说,便掏出纸笔开罚单,或有几百,或有数千,数目全凭他们一时高兴。倘若有人问起名目——是啊,罚款是为哪一出呢?

那关卡人员便看了他一眼,心想此人该是个二愣子,不知"欲加其罪,何患无辞"吗?他们笑了笑,回答简短而有力,一般都是两个字:"超载""超速""违章"不等。

倘若司机继续纠缠,他们便撅撅屁股,意思是少废话,家伙全在后面藏着呢,这时他们的大盖帽也戴上了,那徽章里自有威严。

当然,也有一些关卡人员还是比较客气的,他们会跟"主顾们"称兄道弟,讨价还价,拍拍人家的肩膀,说一声:"哥们儿,公家的吧？"

原来这里是有说项的，分公家、私人，开收据、不开收据，要回扣、不要回扣不等，其中有一个复杂的计算体系，恕不一一列出了。

接着他们就开始大倒苦水："你以为这钱就归了我个人？深更半夜的，谁不想在家搂着老婆孩子睡觉？——"伸出一只手来，手心朝上，意思是给钱吧，"你也犯不着心疼，反正都是国家的，换了个部门而已。"听上去似乎也不无道理。

有一次，我们正行驶在一条城郊马路，看见前方有几个穿制服的人正在晃悠，他们双手叉腰，腰束皮带，路旁停着几辆摩托车，还有一辆已经开到了路中心，悠闲自在地正在兜圈自娱，一边回头打量着我们，一边举了举手。

司机骂了一句："瞎了眼的东西！什么车都敢拦！"并转头征求领队胡性来的意见，"怎么样？下来聊一聊？"

胡性来懒得啰唆，说了一声："理他呢，往前走！"

军车一声怒吼，把车身抖了抖，拼足老命往前冲去，一时间我耳边只听得呼呼的风声，几声怪叫，以及摩托车引擎发动的声音……我把头探出窗外，这一看吃惊不小：他们追上来了，他们越来越近，他们贴紧了我们……我还来不及反应，却是一个趔趄，整个人已经摔到车头上！军车既已停下，四五个民兵不由分说，匕首、短棍、绳索早已插到了裤腰上，他们兴奋得简直要发抖。

胡性来理智地阻止了他们，先是作了一番部署，几个人这才跳下车来，一边颠着腿，一边把对手看来看去。

双方先是交换了证件，——叫我吃惊的是，这事竟由我方先提议！敌人大约也是没想到，拿着手电筒朝本子上晃了晃：竟是军方！那手电转了个向，在车身上又照了照，还有什么好说的呢？认栽吧！

胡性来也认真地接过对方的小本本，看了又看，照了照人，他把本本往脑后一扔，微微一笑："化装的吧？"

"什么？"敌人露出惊讶的神色。

胡性来并不计较，拍拍那人的肩膀，叹了口气："干什么不好，偏干这个！——"又伸手把那人的皮带扶扶正，"怎么可以把制服穿成这样！"

他朝几个士兵努努嘴，示意他们先上车，临行前又不忘一番教育："回去好好做点小本生意！碰上老子今天心情好，先饶过你们一回，下次再让我见着，先抽几个大嘴巴再说！哼，正经关卡还需让我三分，别说你们几个！"

后来我也问过性来，这几人的成色到底如何？难道真是我们的同道？

性来拿不准地说："有点像。"

原来类似的事情，他们已遭遇过不止一起，试想，既然执法人员能化装成便衣，那么，平民为何就不能弄来几套制服穿上，站在马路边拦车收钱？

性来苦恼地说："关卡倒没什么，怕就怕这帮人渣，全没了王法了！"说这话时，他俨然真把自己当成现役军人了。

而作为军人，我们经过关卡时，确实颇受待见：一条军车专道，关卡人员朝我们点头微笑，没有路障，不交款项！

我们自然心情舒畅，原来，人是可以被这样对待的！不自觉的，连身子都抬高了许多，腰板挺得笔直，双手放在膝盖上，眼睛齐刷刷地转向关卡，投之以僵硬、多情的微笑。——乍一学做人，简直学不像！

再看那边，一辆辆民用货车被叫停路边，排起了长龙，司机大佬们围着交警,又是敬烟,又是哈腰,一边大声嚷嚷,又是委屈又是微笑——表情拿捏得丰富微妙!就连肢体也用上了,或是拉拉扯扯,或是摊手耸肩……我们一旁看着,只觉得怜惜,也深为自己脱离了这一阶层而感到庆幸。

直到今天,我也不知道关卡为什么就不睁亮眼睛,把我们打量一下:有太多的破绽,连我们自己都觉得不像话,尤其是在道广治下,他手下的兵向来胆大,又喜欢场面堂皇,能把"行军曲"唱得震天响,一路"轰隆隆"地趟过关卡——因为是破车,速度上不能带来飙飞的快感,但是你看:他们一脚踏着车踏板,一手扶着车窗,那姿势好一个潇洒!在经过关卡的那一瞬间,他们还不忘抬了抬右手,致关卡以一个军人的敬礼!

关卡人员简直觉得莫名其妙,追出来,跟着军车跑了几步,一边笑着骂道:"我丢你老母,什么意思啊,一群疯狗!"

士兵们也不理会,回身跟他打飞吻。

有一次,在两广交界地带,我们被一个关卡拦下了,其时场面极度混乱,几十个警察全副武装,把枪口对准了四面八方;一时间只听得警笛长鸣,警犬狂吠,远方零零落落几声枪响,原来,三个越狱者已劫持一辆警车,在周遭的丛林里转圈,方圆数百里地正处在戒严中。

我们简直要昏倒,一时车里慌作一团,哪儿还有什么主张?司机把车开往路边,一路抖抖索索向前滑了十几米,道广脸色煞白地说:"停吧,注意别把刹车当油门踩!要刹要剐由人说了算!"他还不及开门下车,三四个警察早已扑上前来,把他堵在门口,只说了一句:"快,抄小道走!上车再说!"

道广也软弱地跟了一句:"快,抄小道走!"

军车顺着小径一路狂奔,我紧张得汗毛直竖,几乎要窒息,非常奇怪的，在这样的时刻，我竟然还会生出一个念头：我们追捕的可是一辆警车啊！——这一念，只使我头晕目眩：历史正在发生惊人的倒错，而现实却不管不顾，只管自己往前走。

我的意思是，我们并没有分明的快意恩仇，也早忘却了自己的不法身份，只把警方当作自己人，希望老天能保佑我们不要出什么差错。

可是警察却禁不住一阵狐疑，其中一位把我看了看，咦了一声："怎么还有个女的？"

道广顺势拍了拍我的头，亲热地说："我女朋友，是战友。"

警察笑了笑，不再言语。

我不由得浑身瘫软，心里想，他若是再看我一眼，我一定会崩溃！

也许我早就崩溃了，面上肌肉痉挛，心里想呕吐；也许从上车的那一刻起，他就嗅出这车里的气味不对，但是他并不介意，这不是他的管辖范围，而且事有轻重缓急，总之，我们有惊无险地渡过这一关，至今想来仍觉得不可思议。

后来他们终于下车了，沿途拦了几辆警摩，在匆忙跳下车的那一瞬，他们还不忘跟道广握了握手："谢啦，兄弟！一路好自为之！"说完便扬长而去。

我们都松了一口气。

没想到他们走了几步，却又停下了，回头打趣道："回去跟你们首长反映一下，这身军装都换了，还有这车，不像样啊！"

道广向他们抱了抱拳头，龇牙咧嘴，脸露难堪的笑容。

谁知另一个人也来了兴致，和蔼地说："找个地方歇着吧，今夜你们过不去！生活不容易啊！——"一脸意味深长的笑容，"有些事我们也看不惯，可是又能怎么办呢，互相将就着吧。"

道广简直无所适从，直至这几辆警摩消失在远方，他这才一头磕在车身上。

因为这次意外，我们抵达广州比平常晚了两个多小时，也正是这次意外，连带我发现了另一件事，这件事带给我的冲击不亚于警察上了我们的车。

平时，我们在广州的时间是这样安排的：上午睡觉，下午进城闲逛，顺带干点私活儿，捎些衣帽鞋袜、打火机、太阳镜一类的回去倒卖；我极少跟他们一起活动，也许是出于性别考虑，只把自己安置在驾驶室里，从没有光顾过他们的落脚点；这天清晨，在办完果蔬交易之后，我跟道广说："我跟你们一块过去！找个地方好好补一觉！"

道广"啊"了一声，懵懵懂懂地说："你去那儿干吗？"

我再次强调：我要去睡觉，我现在身子骨都快散架了！

道广其实很老实，这是很多男人的特性，坏事照做，可是又不会撒谎；他完全可以敷衍我的，把我稳在汽车里睡觉，或是另找个地方，可是他偏不干，他直统统地说："你不能去！那不是你待的地方！"

这下我不干了，凭什么我不能去啊，"除非你们有事瞒着我！"

道广软弱地笑了，"也没有啊，"他搔了搔头皮，"他们在掷骰子，都是男的，还有外人——"

我越发好奇了，铁下心来要去看个究竟。

就这样，道广在前面带路，我跟在后面大踏步；他越走越快，我不得不跑起来，七弯八拐来到了一片居民区里，这一带都是些老房子，虽拥挤破落，却是独家独院，两三层小楼，自住兼开小旅馆。道广一阵风似的冲进一户人家，不由分说就往楼上跑，一边回头笑道："你在这儿等着，他们可能在洗澡。"

我急于要抓现行，三步并作两步赶到他前面，一边笑道："我不在这儿等,我到门口等。"

道广叹了口气,无奈地把我领到了301房。

其实房间里很正常,四张上下床铺,也有躺着睡觉的,也有围着小方桌打牌的,屋子里吵吵嚷嚷,烟嘴扔了一地,也有两个年轻女人,身穿家常裙衫,收拾得干干净净,与我想象中的娼妓不是一回事。此刻,她们正坐在一群男人堆里,凑首看牌,看见我跟道广走进屋来,勾头把我看了又看,跟道广说:"你女朋友?"

道广瓮声瓮气地说:"不是,一块卖菜的。"

另一个说:"不像哎——"又问我,"要不要喝茶噻?"

我拘谨地摇了摇头,把自己安置在床铺边,我不好意思看他们,只把眼睛看向水泥地,屋子里乌烟瘴气,熏得我眼睛疼。十分钟以后,我便告辞了。确实,这不是我待的地方,他们也很不自在,我看得出来。

我重新回到了军车里,脑子昏昏沉沉,一时心里五味杂陈:有新鲜,也有失望,我应该感慨吗?我那年二十四岁,还没正式踏上社会,娼妓这件事,虽略有耳闻,却不在我概念里。我不知道当时的人们怎么看这件事,也许是,没经历过的想跃跃欲试,经历过的也就那么回事,反正在广州,这事确实"也就那么回事了"。

后来,道广追过来解释:"你都看到了吧?什么事也没有!"

我说:"我看到什么了?那两女的是干什么的?"

道广支吾了半天:"搞不清楚,邻居吧?不太熟。"

我说:"怎么可能是邻居,一口湖北话!"

见他不吱声了,我又笑道:"你别装了,真的,我早看出来了,你心里虚着呢!"

道广一拳砸在方向盘上,骂了一声:"妈的!你怎么什么都知道?"——如释重负地吐了口气。

我眼前一黑,这一下真是铁板钉钉了!没想到他这样禁不起问,几句话一套,就全出来了!——这些可都是我出生入死的革命同志啊,大家一块经历了多少事?!把几十年的中国历史照搬过来演了个遍,而且特别入戏,不惜牺牲,胸怀理想,为的是什么?为的是生活得更美好,不是为了叫他去嫖!

"这是两码事!"道广急得直嚷嚷,他现在思想开放,俨然一个现代人士——他来广州这才几次?他也许觉得,眼前这个女的简直不可理喻,需要给我洗洗脑,于是便从头说起,"喏,首先你要这样想,她们是做生意的,她们需要有主顾,要不她们就得挨饿!这个你听明白了吗?"

我似乎是听进去了,勉强点了点头。

"那好,第二条,"道广点了支烟,"你以后不要用那个字,嫖不嫖的,这说明你心理有问题、太肮脏!大家都是人,职业无贵贱,人品有区分,你要学会尊重她们。再说了,嫖怎么了?嫖也就嫖了,嫖完就忘了,所以等于没嫖。"

这个我没听明白,一下子又自卑了,我跟道广说:"你看,我真的转不过弯来,我刚从小山寨里走出来——"

道广叹了口气:"你在那儿才待了几天?现在时代不同了,出来就是一个新天地!你怎么就不能与时俱进?——"他把眼睛眯向空气中,沉吟了一会儿,"这么跟你说吧,好比一个人正在睡觉,外面来了一个人也想睡觉,那么大家就一块睡啰,虽然他们是一男一女。"

我也学着他的样子,把眼睛眯向空气中,尽量以一个男人的视角来思考:好像真是这么回事儿!于是我便问:"你们都是这么想的?"

道广说:"都这么想,包括你两位师兄!"

"什么?"我一声惊叫,我把这两人给忘了,我不能想象他们也会!前天我们还在一起长聊,他们是那样的纯洁忧伤!

道广耸了耸肩,嘀咕道:"又不影响的,他们现在也纯洁忧伤,呵呵,他们忧伤得要命,巴不得天天来广州!"

"不是,不是,"我把手扶住脑门,一时语无伦次,"你听我说,他们都有女朋友,她们是我的好朋友,他们特相爱,他们快要结婚了——"

道广都懒得看我,一脸不屑的神情。

"他们还自称理想主义,他们整天把它挂在嘴边!"

"不要跟我讲什么主义!——"道广大喝一声,他终于不耐烦了,"我不懂那玩意儿!我只懂男人,男人你明白吗?我发现你这人满脑子糨糊,真是要命!理想主义就不能嫖了?嫖完照样还是理想主义!"

我把头靠在车窗上,我想应该结束这场谈话了。确实,男女之事讲不清,很多年后的今天,我对这类事早已见怪不怪,口头上也表示了这层意思,——正如道广所言:它不是个事儿!但是在心里,我始终认为它是个事儿,以一个女性的视角,它是个天大的事儿!

因此,我把这一节记在这里,作为对人性的一个存疑,以供探讨。

七

后来,我们便离开了沿河村,重返学校做回了学生;直到几年以后再返回,我们三人都已毕业分配,两位师兄,一位留校任教,一位去了某科研机构,我则被分配到一家晚报,负责跑跑新闻会场。

这几年，我们的社会生活发生多大的变化啊，真可谓"敢叫日月换新天"！这几年，我们与沿河村也保持着紧密的联系，得知在我们离开半年以后，军车就停开了，原因是风险太大，村民们也多没有长兴，主要是他们没的蔬菜可卖了，村里的一个大户包下了菜地，在上面办起了木材加工厂。这大户也姓胡，兄弟两个，做木材生意已有些年头了，正是在他们的影响下，村民们陆陆续续改了向。

　　后来，我们又被告知，村里的电通上了，路也拓宽了。

　　再后来，我们的联系就不靠写信了，而是电话。

　　有一天，留校任教的那位师兄接到团长的邀请，希望我们过去看一看："奇迹啊，你们来了就知道了！这两年，我们在县里连续夺了几个第一：GDP 第一，先进工作者，优秀党员，精神文明示范村……这些就不说了！不容易啊，尤其是这个时代，人人都向钱看，我们还在搞精神文明！"

　　这位师兄也是好奇，而且这又是他的专业范围，因此便约我们一起同行，是啊，我们三人早就盼着这一天了，这可是我们心心念念的沿河村啊，我们在其中投入了太多的感情。

　　这次，我们是直飞南宁，团长派车来接我们，从机场出发，一路高速，穿过丛林，我至今还记得丛林里的阳光，恍惚得很，阳光底下也有军车绵延，士兵们身穿迷彩服，夕阳的光影落在他们的眼睛里……我一时犯迷糊，心里想，可知是我们从前见过的那一茬人？

　　团长早早地迎接在村口，一身军便装，裤脚卷起来，他张开双臂，以一个军人的豪爽拥抱了两位师兄，并跟我握了握手，笑声朗朗。

　　他先领我们去看了看军车，军车被安置在村公所隔壁的一个角落里，经过几年的日晒雨淋，它老了，报废了，可是团长告诉我们，村民们仍对它心存感激，想着将来有条件的话，要给它盖一间房子，做一个展览馆,以便告诉子孙后代,他们的祖先在走向工业化、现代化的过程中,经历过怎样的无奈、荒唐!

团长深情地踹了踹车轮,说:"靠着它,我完成了资本的原始积累。"

我们也都叹了口气:是啊,军车完成了它的历史使命,它的这一页算是翻过去了。

团长又领我们爬上一块高地,鸟瞰全村,我们顺着他的指点,发现村寨确实气象大变,哪儿还有一点传统乡村的迹象,俨然一个现代小镇:小桥,流水,别墅,工厂的烟囱在排放废气,轿车、货车、商务车川流不息……这不是我们见过的最富裕的村庄,这是我们见过的用最短的时间走向富裕的村庄!

那天晚上,团长做东欢迎我们,村公所的干部们都到齐了,我们很奇怪地发现,这里头没有性来、道广他们,于是便问:"几位营长呢?"

团长似乎困惑不已,一时竟没有反应。

"营长?"他想了半天,突然拍拍脑瓜子,"天哪,你们说的是道广几个吧?哈哈,他们早不是什么营长了!喏,这是我的新班子——"指了指在座的几位,给我们一一作了介绍。

"道广他们?——"

"他们现在好得很!"团长想了想,斟词酌句地说,"个个都是工厂主,我已经好长时间没见到他们了!"

我们便不好再问什么了。

那天晚上,席间觥筹交错,一派欢声笑语,可是我们只觉得落寞,是啊,铁打的营盘流水的兵,团长的干将已经换了一批啦!遥想性来几人,当年何其英气勃发,一路过关闯将、出生入死,直把团长送到今天,可是今天又怎么样呢,听团长的口气便知道了!

难道性来几人也落到和军车一样的命运，完成了他们的历史使命，又恢复了平民身份？可是，军车尚有建展览馆的一天，性来几人却是连"叨陪末座"的资格都没有！心里不由得"咯噔"一下：团长和性来他们该有矛盾，后者又岂是省油的灯！难道团长邀请我们，是另有用意？否则便不能解释他的热情过度，一连好几个电话相催，并早早替我们定了飞机票。

天哪，但愿不要再闹事了，我们是再不想蹚这浑水了。

那天晚上，我们刚回宾馆不久，性来几人便兴冲冲地找上门来，大家一阵狂呼乱抱，性来说："怎么事先也不招呼一声，我们刚听说。"

道广坐在沙发上，一拍大腿说："来得正好！正想给你们打电话呢！倒叫他抢了个先！"

"怎么样？"研究所的那位师兄问道，"听说营长被撸了？"

性来两人笑道："不是一天两天的事了，老实说我们也不在乎，狗东西最近太张狂了，我们一琢磨，想一并解决算了。"

我们一时没听明白：解决？解决什么？

道广朗朗有声："推翻兵团体制，恢复村寨民主！"

我们一听跳了起来：又来了，搞什么搞？！

道广摇了摇头："闹得不像话了，现在大权在握，谁的话都听不进去了，他是真把自己当团长了，全村人全忘了这回事，只有他记得牢牢的！"

我笑道："这可是你们逼出来的！他当初是一万个不愿意！"

性来说："我们逼他，是为了叫他搞经济，不是叫他玩独裁！现在军车既已停开，兵团还有什么存在的必要！他凭什么还要当团长，回去给我当村长去！"

原来，在我们离开的这几年，团长利用兵团的名义，一步步地将权力收归己有，这其中包括政权、财权、军权……从前他在这方面栽过跟头！又鉴于道广几人从旧村寨带过来的坏传统，动则喜欢提意见，发牢骚，讲民主，又不听管束，又居功自傲，况且手里又握有兵权……因此，在军车停开不久，团长就找了个由头，把这几人开掉了。

起先，道广几人也闹过一阵，但无奈群众不合作，那一阵子，家家户户都像疯了似的，纷纷办起了木材厂、家具厂、运输队……狂奔于发财致富的康庄大道，道广纵有天大本事，也使唤他们不得！无奈之下，道广也只好跟着他们一块跑，没想到，这一跑竟跑到前面去了，这几年来，道广几人成了村子里响当当的富户，五六家厂子创造了全村五六十家厂子70%的利润！

我说："这不是挺好的？"

"好什么好？"道广叹了口气，他觉得问题就出在这里：他到顶了！当然他还可以更有钱，把他的厂子开到县里、省城、首都、世界各地，可是那又有什么意思呢？财富原是无止尽的，但财富的目的只有两个，一是舒适，二是为了体面尊严。现在他都满足了。

我说："你也可以到更大地方满足的。"

他笑道："没那个必要，我又不认识他们。"

是啊，沿河村才是他的根，生于斯，长于斯，也将葬于斯——他的体面尊严的最终指向，原是他的父老乡亲。他说："我这人本来就没什么志向，下半生也就是维持一下厂子，养活一拨穷弟兄，我自己能用几个钱？走哪儿算哪儿吧，老实说，我对赚钱没多大兴致，引不起我激情。"

我们便问，什么东西能够引起他激情？

"斗争！"坐在灯影里的道广轻轻哼了一声，他的声音是那样的平静，平静而有力，"是时候了，钱我是挣足了，下面要跟村民们争点权益！"

我一听，坏了，沿河村怕真是没安宁日子了，一拨有产阶级正在崛起，以群众的名义跟团长要权力！

且说团长这边，自从铲除了道广等异己，又安置了自己的一批亲信，做起事来真是如虎添翼，他把这些亲信派上村寨的各条战线：政治、经济、思想、纪检、治安、工会……这些人也确实尽心尽力，协同作战，以部队的标准严格要求自己，这样一来，村寨越发像兵团了。

较之于道广时代，现在的兵团更加紧凑、务实，不搞形式主义，他们诚心竭力地服务于村寨的经济建设，前沿的，后勤保障的……把各种力量拧成一股绳，叫村民们的精气神更加旺盛，不断地提醒他们：挣钱，挣钱，挣钱！

诚然，现在村里再听不到歌声了，因为领唱的那个人歇了，自己也成了生意人！再也没有军训、号角，再也看不见身着旧军装的半吊子士兵在晃荡，就连团长的几员干将也从不以军人自居，但是在我们看来，他们比军人更像军人，那就是无私、正直、勇敢，他们常常西装革履，一阵风似的从我们身边掠过，他们到哪里去？他们到群众需要的地方去！

私下里，我们也问过团长，他是怎么带兵的？

团长笑了笑，秘而不宣，只说了一句："现在正是村里最好的时候，一切都上头绪了！"

那两天，团长领着我们在村子里转了转，工厂、商铺、街市……无一不给我们留下深刻的印象，这印象就是民众激情的回光返照：到处都是人来车往，机声隆隆，人们在大太阳底下挥汗如雨，所不同的是，从前是在菜田里，现在多站在机器旁。无论是老板、工人、小商小贩，个个都像打了激素似的，面泛红光，精神抖擞！

对此，我们并不感到奇怪，反觉得踏实，因为这一切的背后，原是利益的驱动，而不是什么精神的鼓舞。

我们稍稍奇怪的是，在经济发展如火如荼的今天，村民们还保留一种近乎清教徒的气息，这里没有贪污、腐化、堕落，没有偷盗抢劫，没有夜总会，一俟晚上，整个村子就静悄悄的，偶尔能听到几声狼狗的狂吠——这是村里的巡逻队在行动，他们站在村子的各个要道口，或是挨家挨户地走过，看看可有哪家丈夫彻夜不归、哪个老板在做假账、哪些在行贿受贿、哪个在渎职，可有欺贫现象？工人工资拖欠了没有？……他们一天二十四小时在行动，杜绝一切犯罪现象，别说村外的那几个"飞车党"，单说村民们或有路上捡到钱包的，也不好意思不上交！

两位师兄也能一觉睡到天亮，因为宾馆里没有小姐骚扰，五楼倒是有一间按摩房，有一天晚上，我们三人实在无聊，便过去泡泡脚。小姐们个个神色端庄，不苟言笑，两位师兄躺在床上，不由得要跟她们开两句玩笑，谁知她们竟柳眉倒蹙，怒声呵斥道："先生，请您放尊重点，我们不是那号人！"

我忍不住要笑，可怜两位师兄，这些年也是经过一番灯红酒绿的，哪儿见过这种阵势？又想，在物欲横流的今天，村民们却单单把欲望用在挣钱上，别的路径全堵上了。挣了钱干什么呢？又不嫖，又不赌，没个出处呀，把它放在家里收着？很是困惑。

金钱带来了它该带来的东西:感官享乐，人心叵测，浮躁沉沦……这是铁律，我们讨厌这样的铁律：心找不着归宿！可是一旦进到这个小山村，却发现这里一尘不染，清心寡欲，似乎也叫人亲近不得！

是啊，这世上从来就没有完美的生活，怎么样都是错的。在跟团长一席谈话之后，我们决定抛弃道广，支持团长实行专政！——这是他痛定思痛的结果：把权力收回自己手中，带领沿河村走向繁荣富强！

那天晚上，团长到宾馆找我们，直言不讳地聊起了他和道广几人的矛盾，他困惑地说："我错了吗？换位想想，你们会怎么样？"

两位师兄诚恳地说："换位想想，我们会跟你一样！"

"就是！"团长笑了笑，"我必须拿掉他们，因为我有前车之鉴！其实每走一步，我都在问自己，我是出于公心还是私心？这样一问，我心里就敞亮了！"

我们解释说，道广几人也未必就是私心——

"说得好！"团长笑了笑，"但中国的事情你们也知道，往往出发点都是好的，但搞到最后，就变成个人之间搞来搞去！"

我们一时沉默了。

"积怨太深了！"团长长叹一声，"找你们来也就是这个意思，是到该解决的时候了，要不成天净搅事儿！你说我怎么弄？哄着他们？跟他们斗？我没那么多精力呀！我给你们丢个底，解决他们，但我并不想把事情搞大！"

我们不知道团长的解决是指什么，可能他自己也不知道。

"成天说我搞独裁，玩专政！也不看看我治下都是些什么人！——"指的是全体村民，"哪个是歪种？嚄，个个都是好汉哪！先祖的血正在他们身上淌着呢！要搁以前，这些都是拼刺刀、堵枪眼、当炮灰的主子！对付这帮王八蛋，我跟他们讲民主？——"说到这里，团长又好气、又好笑，"难道我会跟他们说：胡性来，我派你去炸碉堡好不好？——"弯下身子，声音是温柔的、探寻的；接着口气一转，变成了娘娘腔，身子扭来扭去，"嗯，不嘛！"其实胡性来也不是这模样。

我们都笑起来。

接着团长继续表演:"那么我只好去找胡道广,我说道广,你看,兄弟我遇上麻烦了,你今天去把这阵地给我拿下!你猜道广怎么说:滚你妈的蛋!这下我不让了,我得有个团长的样子呀,于是我把桌子一拍——"果真把桌子一拍,"来人哪,把他拉出去给我毙了!"学得惟妙惟肖,末一句话,是扁着嗓子、一字一字从牙缝里蹦出来的。

"当然我不会这么做,这只是打个比方!我只能自己冲锋陷阵,我把手一挥,回头说:弟兄们,跟我上,冲啊!——"说到这里,团长顿了顿,竖出三个手指头,正色说道,"三年!"

"三年啊!"他大发感慨,"我把一个穷山沟带到今天这个样!谁能做得到?我应该进吉尼斯世界大全,因为我做到了别人三十年做不到的事!为什么?——"他站起身来,背着手在屋子里踱了两步,突然回身,攥了攥拳头。

我不知道他这拳头是什么意思,强权?专政?

他放下拳头,一边低首踱步,一边自言自语:"三年来,我每天都在打仗!"他突然停下,跺了跺地板,看定我们说,"我把这儿当作战场!明白我说什么了吗?这儿从来就是战场,以前是,现在是,永远是!"

他又踱回窗边,一下子落在椅子上,架起腿颠了颠,问:"知道我这三年是怎么过来的?"

我和两位师兄都不说话,完全被他吸引了。

"三年来,我就没睡过一次安稳觉!因为我身后跟着一只老虎,这老虎每天都在吼叫:效益,效益!那好,我也不管三七二十一了,我身先士卒,带领弟兄们就上!什么招没用上?军车就是一个例子!好了,等到我把效益搞上去了,这老虎又改口了,他说他要公平!"说到这里,团长朝我们眯了眯眼睛,他被自己的这番演讲给搞笑了。

他朝我们摊了摊手,说:"难道我不知道这两样此消彼长,就不能放一块扯?但是没办法,服从是军人的天职!于是我又不管三七二十一,带领一班弟兄就上,我干什么呢?我组织了一支特别行动队,简称别动队!"

"什么?"我们吓了一跳,又禁不住想笑。

"别吓着,"团长摆摆手,说,"也就是你们见到的巡逻队!这帮兄弟可是惨啰!又要管治安,又要防腐败!他们是什么都得管呀!没办法,现在人心这样坏,大伙儿愣是看什么都不顺眼!——"他把手越过头顶,反手推开窗户,"可是我这村子,却是全县最干净的地方,吃喝嫖赌全没有,贪污腐化死光光!"

"为什么?"团长开始设问,他的声音是那样的铿锵、有力、富有韵律,"因为我自己做得好,我不贪,不嫖,不赌!因为我是当家的,我得带头做个榜样!因为我有理想,我要把沿河村领到一个繁荣、干净的地方!"

我第一次知道,团长的口才竟这样好,声音并不大,但字正腔圆,语速张弛有度,再兼表情丰富,或诚恳,或诙谐,极富感染力。

接着他把话题绕回来了,——兜了个圈还没转向:"这别动队是干什么的?这别动队可不是个玩意儿!他们不光要抓小偷、贪官、淫妇,他们的设立本是为了维护工人阶级的利益!这么说吧,我这边命令老板拼命剥削工人,那边命令别动队反对老板剥削工人!这就是我现在干的活儿!我拿我的矛攻我的盾!"说到这儿,团长笑了笑,既无奈又轻佻。

"那么好了,"他站起身来,一脚踢开椅子,面向窗口,那姿势就像将军站在他的前沿阵地,长长地叹了口气,说,"等到我把这些都搞定了,精神的、物质的、效益的、公平的,我受到了县里的表彰,忽然又有一个声音响起——"

他转过身来,问:"什么声音?"

我们摇了摇头。

他尖着嗓子说:"有人说我侵犯了人权!嗨,他们要搞什么民主!——"说到这里,他弯了弯腰,拿眼睛觑着我们,颇有点舞台作风,我想他是不是入戏太深了?这是晚上,而且房间里的灯光也不是太明亮,他极有可能振臂一呼,喊一句"打倒胡道广!""反对资产阶级自由化"什么的,就像当年人们对待他一样。

好在他适时地控制了自己,只平静地问了一句:"你们说吧,我该怎么弄?让位给他们搞民主,叫村子乱得像无政府?或是跟他们斗一斗?"

那天晚上,我们三人又是一个彻夜不眠,商量了一个结果:站在团长一边,支持他实行威权统治!这是一个冒险的结果:哪怕像团长这样一个品行端正的人,权力一旦发作且不受约束,它将长成怎样的庞然大物?也正因此,这也是一个无奈的、权衡利弊的结果:沿河村再禁不起折腾了!

那几天,我们走访了一些村户,想听听他们的意见。没想到村民们困惑得厉害,半天没明白怎么回事。我们只好直话直说:"你们支持哪一边吧,是兵团还是村寨?"

"兵团?什么兵团?有这回事?"

我们大吃一惊:难道这是我们在做梦,还是他们记性太坏?

突然想起了一个物证,于是便提醒他们:"军车呀,村公所大楼旁的那辆军车呀!"

他们确乎想起了什么,笑道:"有冇搞错?那不是什么军车!你以为屎壳郎穿上马甲就变成了乌龟?哈哈,那不过是辆绿色货车!"

221

两位师兄摆摆手，示意我不要再纠缠这个问题了，他们问："村长和道广他们有矛盾，你们总知道吧？"

这下他们听明白了："嘁，说的是这个呀，干吗绕来绕去？都是整顿引起的！——"并且高屋建瓴地给出了总结，"官商矛盾，不足稀奇！由他们闹去吧，我们只挣自己的小钱！"我不由得放下心来，群众不参与，看道广几人怎么和村长斗！

我们又问：那他们可有倾向性？如果一定要站队，他们站在哪一边？

他们是这样回答的：站什么队？两边都不是好东西！

我们很是头疼：可怜村长鞠躬尽瘁，先人后己，三年来把全村引向小康路，到头来却仍不落好，弄了一身不是！我们不明白是怎么回事。

村民们暧昧地笑了："你们当然不明白了！管得太宽了，什么都弄得干干净净！"

其中一个直言不讳："又不让嫖，又不让赌，就连搞个婚外情都不允许，现在男男女女都压抑得要命！"

我和两位师兄忍不住笑起来，原来是这么回事！

那么道广呢？道广几人可正在想方设法为他们争取权益啊！没想到村民们更来气了："别跟我提这个人的名字！一听就上火！这个吸血鬼！暴发户！他的钱哪儿来的？那是榨取我们的血汗得来的！三年来，他剥我们的皮，抽我们的筋！叫我们加班加点，还不长工资！现在还说给我们争取什么权益，谁稀罕！我们现在好得很，我们不需要权益，我们需要的是钞票！"

另一个挥挥手说："叫他们搞去吧，最好两败俱伤才好！——"歪头想了想，似乎不对，恨资本家更多一点，于是便说，"我是支持村长的，早该下手了，最好把他们的钱没收了，拿来大家分一分才好！"

后来我们又找到道广等人，还没说上几句，道广跳起来便骂："这帮小人、愚众！我好心好意为他们着想，倒落了这个下场！这绝对是仇富心理！我可以告诉你们，哪天我一高兴，我千金散尽，我出家做和尚去！你看我做不做得出来！但这事我得自愿，谁要是逼迫我，动我一个子儿，我跟他拼个鱼死网破！——"冷笑一声，"我明白了，肯定有人在挑唆劳资矛盾，好掩饰他的独裁统治！"

我们只是摇头，沿河村要出事啦！一个唾沫星都能引起一场大火！有一天，我们正在跟团长商量对策，几个别动队员闯进来报告：道广正在发动群众搞民主测评，想把团长给搞下去。

团长不介意地笑笑："叫他们搞好了！群众会听他的？不自量力！还以为这是从前哪！"

别动队员说："他们正在花钱买选票，一百块一张！"

我们一听"啊"了一声：这招太损了，能成事儿！

团长激动得一蹦三尺高："好，好！狗娘养的，跟我玩这套！来人哪，去把他们给我铐了！就说聚众闹事，妨碍生产！"

正说着，另一批别动队员又跑进来报告：道广的厂子已经被封了，正待停业整顿！

我们吃了一惊，怎么团长事先不知会我们一声？这等于是，两边同时出手了！

还来不及问什么，突听楼下一阵吵嚷，我们扑到窗前：浩浩荡荡的游行示威已经开始了！领头的举着标语横幅，上写"失业工人大联盟""我们要吃饭""打倒独裁"等字样，一路直奔村公所而来。而楼下已是人山人海，有站着，坐着，有喊口号的，有往楼上冲的，有爬上电线杆的，就连军车上都站满了人。

先前的两个别动队员又跑回来了,团长问:"道广呢?铐了没有?"

回答是:"人没了,找不着了。"

团长掉头就往楼下跑,被别动队员一把拉住:"这边走!"

我们也跟着他们跑,楼道里的人越来越多,推推搡搡竟然也下了楼,回身一看,团长没了,周围全是人,挤进挤出都不可能了!再往上看,整个村公所大楼都被占领了:各个楼层都站满了人,或交头接耳,或东张西望,也有人手扶阳台作领袖状的,挥挥手说:"同志们好!"楼下也一阵狂呼乱叫:"首长好!"有人搭着人梯爬阳台,阳台上的人把他们往下推!顶楼的平台上,有人摇着小红旗在四处奔跑!没有人关心结果会怎样,全民狂欢的场景又开始了。

我们急得团团转,拉住几个人问了问,什么说法都有,有说团长被绑架了,又有说道广、性来被制伏了,又有说三人都在村公所里,被群众给包围了!

后来才知,三个人都不在村公所。最先出现的是性来,也不知怎么就在人群里遇上了,彼此都很惊讶。性来汗渍淋漓,一问三不知,只说:"那个人跑了,找不着了。"那人是谁?团长?

又问:"道广呢?"也不知道,走丢了。

"那你是哪儿来的?"也不知道,被挤到这儿来的。

直到这时,性来还不当个事儿,四下里看看,笑道:"乖,瞧他们高兴的!一帮无政府主义!"一边还安慰我们:"没事儿,他们堂兄弟一家人,道广这人也不好,性子太急,太耿!"

又议论团长:"玩得确实过分了点,这几年尤其厉害,整一个暗无天日!但这种事也别太认真,他人不坏的,又没什么私心——"我们很感动于性来如此宽宏、体谅,谁知他话锋一转,"搞搞他也可以的,给他提个醒!"

正说着，人群那边一阵骚动，原来道广出现了。道广不知怎么已经站到了一张桌子上，正鹤立鸡群对着群众喊话，他一手放在腮边作扩音器，一手紧握拳头，——隔得远，我们听不见，有人立马给我们传话，喊的是：打倒独裁者！民主村寨回归了！

我们一阵茫然：就这么回归了？

还不及明白怎么回事，那边又是一阵狂欢。

我们急问：又说了什么？

那个传话的人也勾过头去问，总之，一传十，十传百，传到我们这儿的是：以后自由啦！可以吃喝嫖赌、乱搞男女关系啦！

性来上前把那人踹了一脚，笑骂道："我叫你胡说！他会说出这种话！"

我们也直笑，怎么也搞不明白，政治运动怎么就变成了一场娱乐！

最精彩的是团长的出现，团长的出现引来了万民欢腾，那是帝王一般的待遇，首先出现的是两列威风凛凛的别动队员，他们手持棍棒，硬生生地从人群里拼出一条御道来，我们都屏住呼吸，在翘首企盼的那一刹那，有人熬不住了，一个嘶哑的声音开始呼号："胡道宽，我爱你！"

话音未落，整个广场开始地动山摇，有跺脚的，有尖叫的，有竖起拳头喊口号的："胡道宽万岁！""打倒资本家！"……团长就是在这样的场合闪亮登场的，他一身旧军装，脚蹬解放鞋，整个人神采奕奕，仿佛刚冲过澡！他一边大踏步，一边向群众挥手致意，妇女们开始掩脸哭泣，广场一片如痴如狂！

很多年后我都在想，团长的情绪也许是从这时飞起来的，他进入了忘我的状态，步伐一纵一纵的，像是在飘，当看见道广还戳在人群中的时候，他愣了一下，喝令别动队："去！把竖着的那个人给我绑了！"说完便沿着御道走向村公所。

我们愣了一下，赶紧挤过去，跟上了他。

团长踏上二楼，此时，整幢大楼没什么人了，别动队员已把人群撵了干净，各楼层正在实行戒严！团长把双手搭在楼沿上，开始了一场即兴演讲："是的，同志们，民主村寨确实回归了，因为我又回来了！从来就没有什么兵团，这是臆想的产物！一小撮别有用心的人阴谋推翻村政府，逼着我成立兵团，但是我拒绝了！"

楼下传来道广的怒骂声："我操你八辈子祖宗，胡道宽！我跟你没完！"

我们回过头去，却见道广已被绑架上楼，趔趔趄趄地停在楼梯口。

团长侧身把他看了看，笑道："我看你还是免了吧，那也是你的祖宗！"

这时发生了一点小意外，已被架往三楼的道广突然挣脱了别动队员的手臂，转身往楼下跑，他踏着跨栏运动员的步伐，三步并作两步，飞身扑向团长，我们一声惊叫，道广已经架住了团长的脖子，手里攥着一把匕首，两个人在走廊上扭了几回，十几个别动队员围着他们转，只是不敢近身。

道广架着团长面向群众，一边说："这些年你翻了天了，无法无天！看整个村子被你弄成什么样，谁还敢说一句话？动不动就封厂，你还让不让人活？"

团长气喘吁吁地说："你别逼我啊，我当兵出身，可是什么事都做得出来的！"

道广笑了笑："我这身手，从前飞檐走壁，可真叫一个了得！哈，现在权当练练手！"

团长一反手,把道广的匕首给打落了,两人抱成一团,滚到了地上。别动队员这才一窝蜂地跑上来,按住了道广,团长一下子跳将起来,撸了一下头发。

团长围着躺在地上的道广直转圈,他脸红脖粗,我想他这时可能已经晕了,身子踉踉跄跄,步伐也不稳,他弯下腰来,把眼睛睨着道广,瞄了又瞄,突然直起身来,发出了我这一生所能听见的最歇斯底里的一声呐喊:把他拉去给我毙了!

我们大惊失色,原先狂欢的人群突然安静了,此时天色已近黄昏,路灯还没有亮,一阵微风吹过,我浑身抖了抖,很分明的,感到四周有一股苍凉、肃杀的气氛,那是团长在剥夺一个犯了错误的士兵的生命!不远处能看见几户人家,灰色屋顶,平台上晾着夏天的衣服,一只老猫走在灰色的屋檐上,也有炊烟……这些都是生命,都慢慢隐于夜色里了。

别动队员站着不动,远远看上去就像一桩桩雕塑。

我慢慢地蹲下身来,把脑门磕在膝盖上,虽然头晕目眩,其实也知道,这是和平年代,我身处的这个边疆小寨正在热火朝天地奔向现代化。

两位师兄走上前去,拿手碰了碰团长。

团长像触了电似的,再次跳起来,挥起手臂,一连串地嚷:"毙了,毙了,把他们拉出去统统给我毙了!"

广场上的人群一下子作鸟兽散,团长扭头看了看他们,静静地笑了,他笑了好长一会儿,只是不出声,然后他把身子前倾,膝盖一软,磕到了地上,他一直跪在那儿,即便在黑暗里,我也能看见他那散淡的目光,有如夜游……

八

  第二天，我们便离开了沿河村，而且走得很不体面，等于是不辞而别，于这个村庄而言是消失得无影无踪。这件事对我们打击之大，以至于后来再没有回过沿河村。我们后悔当初的选择吗？老实说，不！我说过，这世上没有完美的生活，无论选择谁都是错的。

  很多年后的今天，我们三人都已隐遁于生活中，只做一个看客。偶尔，我们还能听到这个村庄的一点消息，村长、道广、性来也总有电话过来，抱怨各自的苦闷和烦恼，我们听着，也只是笑。

2010 年 3 月初稿
2010 年 5 月 21 日改定

姐姐和弟弟

父亲说，
在我们每个人的心中，
都有一条蛇。
　　——题记

楔子

背景一：我和爷爷走在 H 城的一条小街上，我们将步行去参加一个追悼会。那年冬天灰暗肃穆，一九七六年的 H 城没有风景。人们很悲哀。一个男孩从我的身旁"倏"地跑过，他的左臂上戴着黑色

"袖章"。

我问爷爷,为什么所有人都戴黑袖章,而我偏偏戴红的?

爷爷说,小孩子都戴红的。

我立即哭闹起来,因为知道他在撒谎。我弯腰蹬掉鞋和袜,赤脚站在沿街的枯叶上。爷爷继续往前走。司机把我抱回街道拐角处的吉普车里。

后来仍不能原谅这个错误,觉得自己是站在外围,硬是挤不进去——连颜色也无法选择。作为补偿,司机买了一双黑布鞋送我。因为我不久就要回乡下父母家里。我想象着在那崎岖的山路上,是无法穿红皮鞋的。

爷爷回来的时候,眼睛肿得厉害。我后来才知道,敬爱的周总理死了。

背景二:母亲不久来H城接我回家。我一见面就喜欢她了,她是个美丽的女人,高颧骨,白皙,很"洋气"。我曾经为怎样称呼她讨教过奶奶。奶奶说,在学校你喊她"李老师",回家就叫"妈妈"。

母亲带我逛街。她似乎对走路报有极大的热情,她在灰暗的H城穿街走巷,并任意停留。她叫得出各种街衢的故名。她说,这条街原来不叫向阳街,叫郝巷。她说的时候很满意。

我说,妈妈,你喜欢城里吗?

母亲好看地笑了起来。她说,不久我们还会回来的,还有爸爸和弟弟。

我们去"红旗"照相馆拍影留念。母女俩的头紧密地相靠。那是一张普通的经典照片,照片上的母女很相爱。孩子眉飞色舞,快乐地大笑,她的眼睛大而黑,嘴巴咧得很大,露出不整齐的牙齿——人们总是根据这个来断言一个人的童年，诸如天真可爱，幸福单纯。

可事实上正好相反。人们总在犯错误。

那一年，我四岁，母亲二十七岁。

背景三：我叔叔在浙江当兵，当时正和师长女儿谈恋爱。他才十九岁，是个美男子。他生性腼腆而多情，有许多女人为他发疯。

那一年他回家探亲，顺便来乡下看我们。有一天，他顶着红头巾，挤眉弄眼地朝我冲过来，嘴里嚷着："我是江青，江青来了。"我尖叫着滚进被子里，快乐而凄凛地大笑。这已是七六年下半年了。

关于江青，一个农民一天愤愤然地说，听说她一生和七个男人睡过觉！我父母都笑了起来，显然他们以为这是个大数字。农民仍在激愤，他觉得很不平。

我抬头看他们，装作没听懂。事实上我早就明白"睡觉"的另一种含义。此睡觉不是彼睡觉。

时间在一九七六年流得浩荡而缓慢。一件件大而空旷的事情接踵而来。人们来不及地悲恸、忧虑、欢欣、声讨。他们甚至来不及调整自己的表情，显得呆若木鸡，丧失了背景。

这一年成为中国人的集体记忆。历史学家们开始总结它的含义，时代在这一年分叉、拐弯，一拨人永远消失了，一拨人回来了。一九八〇年，我读郭沫若的《科学的春天》，我读得很吃力，许多字我不认识，趣味索然。然而我还是感到那文字里的希望，充满着热情和力量。

我坐在窗前读这篇文章，是在午饭后，人很饱，快要睡着了。记不起是在什么样的季节里，只觉得屋子里很冷，脚冻得冰凉。我睁眼看窗外灿烂的阳光，想起那"科学的春天"——仍很迟钝。后来一想起午后的阳光，春天，希望，绝顶认真的人——就非常伤感。我想跟那年读《科学的春天》时无动于衷的态度不无关系。

由于一些伟大而崇高的理由，不经意的念头和语气，迅疾而正确的动作，我们记住了一九七六年。它已经远去了。当时的青年正在衰老，当时的婴儿已经长大——

我之所以怀念一九七六年，附会上很多庄严盛大的政治背景和各种不相干的小事情，完全是因为在这一年里我认识了我的弟弟。

一

我终于回到了乡下，成为自己家庭的正式成员。一路上我忐忑不安，我不知道等待我的将会是一种什么样的生活。我那从未"谋过面"的父亲和弟弟。两个男人。他们长得好看吗？我们会相爱吗？

我和母亲搭乘驴车赶往我家所在的吴村。那是冬天的田垄——二十年前的农村并不像我们想象的那样萧索、荒凉。田野里藏着一种东西，我后来从邻家姑娘苏芹那肥硕的后臀看到了相类似的东西。那时农村很好，每家都有炊烟升起，人们紧巴巴地过日子，笑逐颜开，照例也无聊。

我母亲和我说些闲话，然后问起我奶奶的情况。我顺着她的口气说着奶奶的坏话。我母亲很高兴。我们在瞬间走近了许多。我坐在驴车上，看着傍晚的原野渐渐地黯淡了下来，有些冷。我想起城市的奶奶，我们在一起朝夕相处了五年，她是个善良的小脚文盲，视我如命根子。

走的时候我们抱头痛哭。现在我在讲她的坏话,心里稍稍有些难过。

我想象着父亲和弟弟都是美男子,他们性情温和、可爱,我们处得非常融洽。我和我母亲的关系稍稍紧张一些——由于我自己也不清楚的某种原因。但我们也相爱。我要努力地维持我和她的美妙关系,融入到这家人的血液里去。我看着面前的这个美丽女人,心情渐渐地开朗起来。

我在村头看见了我的弟弟。

那年他四岁。他跟在一群叫作"三毛""四毛""二狼毛"等男孩身后,手里拿着一根树枝,一路厮杀呐喊过来。我母亲叫住他,说:"这是姐姐。"他抬头看着我们,顿了一顿,又继续向前冲杀过去。在二十年前的冬天,他穿着老虎头棉鞋,开裆棉裤,屁股冻得像两只红苹果。他渐渐地落单了,仍在跑着,很吃力。我在从前的年代里看着他的背影消失在村头,我的视野之外,更广阔寒冷的天地间。他的单薄和微小。他需要扶助。

他是个漂亮的小人儿,长着一只美丽的猫脸,大眼睛,白皮肤。我想象着,我将和这个小我一岁的男孩一起长大,衰老——他也会衰老吗?他那张美丽的、女孩子似的脸终有一天也会消失了。我们长大,有共同的记忆,负着责任,感到一种真正的悲伤。

我跟在母亲身后,回家。我低着头,看着自己的脚落在小路上,发出"吧嗒吧嗒"沉闷的声音。我对自己说,我走在别人的年代里,那么微小,可以忽略不计。等到我们等来自己的年代,也不过像我母亲一样,要步行走很多路,面对一个无所不知的世界,风吹乱了头发——那平静里总有一些不耐烦吧?

在自己的年代里,他又会怎样呢?

我后来知道,我弟弟并不皮。他是个安静的男孩,喜欢一个人在桌子底下玩瓶塞和卷头发夹子。有阳光的日子,他会玩一种叫作"蒸馒头"的游戏,在酒盅里装满泥土,然后倒放在地上。他一个下午能蒸五十个馒头,沿着窗户排成两排。他喜欢睡觉,惊人地贪吃。吃完以后,重又去做他那孤独的游戏,蹲着,恰似个大蛤蟆。

我猜他并不思考,也不富有情感。他没有我坚硬,也没有我有强盛的心力。他只是个平面的、单薄得像只纸片似的男孩。我猜他将来生活得并不好,甚至还不如我。他会很平庸,备尝生活艰辛,无力改变。然而他那张美丽的脸!

有一天,我和母亲坐在水井边洗菜,我们聊起了弟弟。不知说起了什么,我的眼泪突然淌了下来。

我母亲吃惊地看着我,问:"你怎么了?"

我不得不说:"他很好看,我喜欢他。"

我母亲轻轻地笑起来,她说:"你总是很多情吗?这不好。"她似乎有些忧虑。

我的眼泪重新淌了下来。我想了想,觉得自己确实太富有情感;再想想,又觉得并不是这样的。我赧赧地笑了起来。四年级时,我学了一个生词"怜悯",我便固执而想当然地把我和弟弟的感情固定在这个词上。这是一种与生俱来的、没有理由的怜悯。

二

我后来多次回忆起我和弟弟见面的情景,那是一次极普通的会面，在村口，一个孩子看见了另一个孩子，站下来，说上几句话，又走开了。

那是一个冬天的傍晚，一对有血缘关系的孩子，一个男孩，一个女孩。他们肯定会见面的，假如不是那个冬天，也会是另一个冬天，或者春天，或者清晨，或者傍晚。

我常常对我母亲讲起，我说，你还能记得吗？——又想起了那个傍晚，我看见他从一群孩子里跑出来，他的身底下骑了一根树枝，额头上有汗，夕阳在他的脸上投下了阴影。

就是那样的一个孩子，矮而肥，他抬起了头，他有一双非常空茫的眼睛。

我母亲叫住他，说，这是姐姐，你还能记得吗？你不是常念着要见姐姐吗？

他低下了头，扭着身体，两只老虎头棉鞋不时在绞动。我猜他可能有些难为情了。——就是那样的一个傍晚，我看见了他，我把他放在一个更广阔寒冷的天地间，我看见了他的单薄和微小，他需要扶助。

我们就这样站着，也没说什么，看了几眼，就走开了。

我跟我母亲说，弟弟，真是很面熟啊！

我母亲笑了起来，说，你们两个长得很像的。

我走在我母亲的身旁，看见了暗色的村庄和农舍，和篱笆墙后面的菜园子……冬天的风从菜园子的深处吹过来。我觉得寒冷。

有人从我们的身旁走过，和我母亲搭讪着话，有时也会看上我几眼，并不停下来，就擦身而过。

我又想起了我的弟弟，非常平静地；然而也欢喜，也伤感，也感恩……我想一定是有些什么东西的（也未必是具体的，就像人生的一种基调），在我和他第一次见面的那个傍晚，就种下了；然后蔓延，然后对我们发生了作用。

　　只可惜我当时并不知道这些，我自顾自地往前走着，在二十年前的冬天；我低着头，非常认真地，听着脚步在村路上发出"吧嗒吧嗒"沉闷的声音，我想象着和弟弟一起相处的岁月——我无法想象。我对自己说，我就这样开始了我的新生活了么？

　　我在乡下度过了一段短暂而快乐的时光，我母亲那时很喜欢我，为我做很多漂亮的衣衫，她是个虚荣而可爱的女人，喜欢把我打扮得花枝招展去见客。每个人都喜欢我，问，这就是姐姐了？

　　我点着头，瑟缩在我母亲的身旁，从她的膀子后面只露出一只眼睛。

　　星期六的晚上是一家人团聚的日子，我父亲从城里回来（他被借调在水利局工作）。他是个清癯的年轻人，戴着眼镜，说话的声音很清朗。

　　我穿着最好看的衣衫，倚在家门口的一棵老槐树上，等着我父亲回家。天色渐渐暗下来了，我拢着袖子，在那静静的等待中度过了我一生中最罗曼蒂克的岁月。

　　有时候也会带着我的弟弟，去村头接父亲。那时候我们还很生疏，不太讲话。两个人走得很慢，一个走在前，一个走在后。有时候我也会停下来等他，他一下子就意识到了，也在走着，却更慢了。

　　我想，我真是以一种罗曼蒂克的情感来爱我的父母和弟弟的，那是我一生中体会到的最完美的一段情感，那么执着，赔着小心，富有牺牲精神；夜深人静的时候，我想着他们甚至会淌下了眼泪。我掐着我的小手指，让它疼，我对我自己说，我爱我的父母和弟弟，我要爱他们一辈子；我要为他们受苦；假如我们中必须有一个人去死的话，那一定是我——我愿意为他们去死。

为什么不呢？他们是这个世界上我最亲近的人，他们是我的父母和兄弟。他们血液的河流在我的身体内流淌，越来越汹涌、澎湃。

我父亲也喜欢我，他看着我，常常会情不自禁地笑起来。有一次，他悄悄地对我外婆说，这是方圆几百里最漂亮的女孩，你说呢？我外婆不置可否，私下里她是笑话他的，觉得他近乎浮夸了。

有一次他去学校找我母亲，顺便到一年级的教室来看我，当时正是自修时间，我拿着教鞭督促学生作业（我母亲给予我的特权）；我看见他趴在窗口，朝我微笑，不一会儿他就走开了。回家的时候，我看见他向我母亲描述我课上的一幕，他学着我的样子，头来回地摆动，"是这样的，哎，这样子的……"他说着大声地笑出声来。

我非常地难为情了。

他和我们相处的日子并不多，可是非常"亲爱"。我还能记得冬天的晚上，我们一家人同床共眠的情景。我父亲搂着我，教我学一些简单的英语单词（他那时正在自学英语）；第二天清晨再复述一遍，问我，想想看，狗叫什么？叫什么？D——我大声地念出来，他近乎快乐了。

我们的床很大，我和弟弟在床上翻跟头，他翻得没有我快，可是他照样笑个不停，眯着眼睛，上气不接下气。——可是隔了一会儿，他就会伏在被子上睡着了。

大部分的时间是父亲和弟弟睡一头，我和母亲睡另一头；第二天醒来的时候，就变成了我和弟弟在一头。在清明的天光里，我看见了弟弟的脸，这个长得有点像我、气质比我柔弱的男孩，他的睫毛很长，微微扑闪着，像只好看的灰毛兔。——我不知道他是否也醒来了？

我母亲向我解释，为什么弟弟会睡在我身边；她轻轻地微笑着，有些心虚，像个犯错误的孩子。我坐在水井边洗手，一边听我母亲说话，一边擦肥皂，搓揉着，然后把手放在溢满了水的脸盆里；我看着自己的手，非常认真地，那是一双小孩子的手，小而肉感；我看着水和肥皂的泡沫从手指间流出来，流出盆外，流出很多；盆里的水总是满的。

我喜欢在清晨醒来，并不立即起床，躺在床上和我弟弟说话；有时候也会侧头看褐色的窗棂，看见窗棂外青白的天空，被分成一小片一小片的方格子，流云从方格子里慢慢地跑过。

我跟弟弟讲起从前的生活，我在 H 城的小朋友，有一个叫张泽南的，是我在幼儿园时的同学，一个流里流气的男生，平时不怎么来上课。有一次来了，突然喊了我的名字，是在窗外，喊了一声，头急忙缩下去了。

我跟弟弟讲起他的坏，他父亲死了，母亲患了肝炎，为他操碎了心，他仍是不争气……我说着，很激愤的样子，然而心里是快乐的。

又有一个同学，叫耿涛的，他是一个白胖的男生，戴着眼镜，非常安静的样子。有一天放学，几个人同路，走到他家门口时，他站住了，看了我一眼，犹豫着说："到家里坐坐怎么样？"很能记得他说这话时的神情。

——跟我弟弟是不说这些的，说的仍是他们的名字，然而是另外一些事情，一些轻巧的、"外面光"的东西。头蒙在被窝里，嘴巴咕咕嘟嘟像在冒气泡。

我弟弟躺在我身旁，把舌头伸出来，向上翘着，努力地去舔他自己的小鼻子。我不知道他是否在听我说话。

有一天清晨，正躺着，我母亲的一个学生进来了，看见了正在说悄悄话的一对姐弟,搭讪着笑道:"姐弟俩睡在一头啊?"

便记住这句话了。以后很长的一段时间里,一直耿耿于怀着。

我母亲后来知道了,安慰我说:"这没什么的,你们是姐姐弟弟啊!"

我说:"是啊,我也是这么想的,可是别人……"拿指甲去划墙,不再说下去了。仍无法释怀。

我和弟弟渐渐熟起来了。春天的时候,我会带着他去不远的田里挖荠菜。他走在我身后,手里拎着个小篮子,不时地停下来,弯腰捡起一些我根本不认识的果实放在嘴里,有滋有味地吃着。

我站在一个很远的地方等他,我看见了一个矮而小的孩子,肥嘟嘟的脸,风和时间从他身旁走过了,麦浪在他身后起伏着,像绿色的海。更远处,是蓝天和白云,还有绿树。

我看着,不知为什么,就有些感动。就更加感觉他的"小",一种无边的东西,一种空旷。

我想,他在田野里的感觉是好的,因为很协调;他回到家里,就不太"像"了,虽然也受宠,然而他总是寒寒缩缩的,有些萎,像只动物。

我回过身去和他说话,说的都是极简单的话,一字一句说的,很轻柔,觉得用尽了平生的感情。他也答应着,继续低头找他的"食物",而且两腮嚼动得更欢快了。

我和母亲曾说起弟弟,我问,他是个什么样的人呢?

我母亲说,胆小,懦弱,贪吃,不太有感情。……她是不经意说这些的,然而每个字都很准确,在日后他成长的过程中一一得到了应验。她自己也吃惊着,他这儿子,他才五岁,他那么柔美、温良,有两条小短腿,整天"刷刷刷"跑个不停。大人看着都会笑起来。

我母亲有时也显得忧虑,她问我,他什么时候才能长大呢?他会成长成一个什么样的人呢?

她跟我讲起他的从前,我坐在一旁认真地听着,不时地拿指甲去剔另一只指甲里的灰垢,觉得平生再也没有这样畅意的事情。

我母亲说,他很坏的。

我不禁笑了起来,她也笑了。

他喜欢偷东西吃,我母亲说,凡是能吃的东西,他都往嘴里塞;从三岁起,他就开始学抽烟,烟放在五斗橱上,他够不着,他就搬来两只凳子,加在一起,"攀登"到五斗橱上去了。

他所有的聪明才智全部用来"学坏",他对"坏"似乎有着天生的敏感和迷恋。他撒谎,用尽了各种技巧,知道在哪些地方应该埋下伏笔,知道声东击西,知道在一些极不重要的细节上用力,知道说一些毫不相干的话,做一些毫不相干的动作,呢喃着,默默地走开……他即使打一个哈欠也许都是有用途的。他甚至还学会了动用感情。

可是奇怪的是,他又是个懵懂无知的孩子,他对任何事物的反应都不灵敏,他对世界似乎还缺少感觉。他在常态下是个向天空吐泡泡的小孩子。

我母亲说着,一边摇头,一边苦笑。

她反问我,你说他是个什么样的人呢?

我低头坐在板凳上,看着脚上穿的灯芯绒方口布鞋,那是一双紫色的绣花鞋。我摇了摇头,我觉得自己是很无力的。

我对我母亲说,我知道你是喜欢他的。他做最坏的事,你也不会怪他的,因为他不是有意的,他就是那么一个人。

我母亲笑了起来,她没有回答我的话,只问我,那你呢?你喜他吗？你将来会对他很好吗？你会不会欺负他呢？

我把双手撑在板凳的边缘，双腿并拢，微微地抬起。我说，我是喜欢他的。——轻轻地说着这句话，话很短，一下子就说完了；我在空气里静静地坐着，感觉着来自这句话的力量，我觉得有些压迫。

我母亲抬头看我，她微笑了。

我也笑了，抬胸向后仰去，放声大笑出来，觉得快乐之极。

三

我叔叔从浙江回来了，他退了伍，在我爷爷的水利管理处工作。他才二十一岁，是个帅气的小伙子。我喜欢他。

他常到乡下来看望我们，有一天清晨，他到床边来喊我和弟弟吃早饭。他把弟弟从被窝里抱出来，一边替他穿衣服，一边摸他裤子里的"小麻雀"；我弟弟刚从睡梦中醒来，不很有知觉，然而隔了一会儿，他到底忸怩了起来。我叔叔便笑了，说，叔叔摸摸，也难为情了？

我叔叔看了我一眼，笑道，姐姐是不能看的了。

我低头加速穿衣服，抿着嘴微笑着，不一会儿就跑开了。

饭桌上，叔叔打量着我们，微笑着，说了一句没头没尾的话："我的侄儿和侄女。"我想他实在是喜欢我们的，或者，他也想到了一些更深远的问题了？

我弟弟正低头吃饭，立志赛过我，这样他就可以得到父母的夸奖了。叔叔从身后突然打了他一下，我弟弟吃了一惊，他抬起头来看我叔叔。我至今还能记得那一刻他的神情,很惊恐。

我叔叔说,是姐姐打的,你还她。他举起拳头,向弟弟做着手势,叫他打我。

我弟弟又扭过头来看我,看了一会儿,就低下了头,他的眼泪就淌下来了。我父母笑道,没出息,就知道哭!

我叔叔说,打姐姐呀,不怕的,有叔叔在呢!她不会打你的。

我弟弟泪流满面地抬起头,瑟缩着说,我不敢!……所有人都笑了起来。我也笑了,可是心里很是吃紧。

所有人都担忧着,这可爱的一对姐弟,也许并不像他们自己预料的那样互相善待。姐姐是这样的一个人物,她天生知道很多感情,她受它们控制,她成了它们的奴隶。她坚硬,有力,明朗;她不快乐。

而弟弟呢?弟弟正好相反。

姐姐从来到这个家门的第一天起,就发誓要善待她的弟弟,她那么爱他,她不能容忍他受一点委屈;因为他是她的弟弟,他长得那么像她,他是她前世的一个影子……

有时候她也怀疑着,他们可能"处不好",她会打他,她常常有这样的冲动;为了按捺这种冲动,她必须和自己拼命;她看着自己微小的身体在力量的驱动下,一点点肌肉都在颤抖,她就会心疼、流泪;她想,她才只有四岁,她这一生不能做她喜欢做的事情,她为自己心疼、流泪。

她无数次地有打她弟弟的冲动,她需要伤害他。可是她对自己说,不管她如何伤害他,她都是爱他的。

到有一天,她真的动手打他时,她还是吃了一惊。因为这是毫无理由的,她到死都不明白,她为什么会这样对待她的弟弟,她为什么打他。

后来,她打弟弟就打顺了手,她打弟弟不需要任何理由,快乐的时候打他,不快乐的时候更要打他;快乐的时候打他,打着打着就不快乐了;不快乐的时候打他呢,当然更不会快乐了。

现在,她回到这个家庭已经有一年多了,她和她的亲人们朝夕相处,耳鬓厮磨。她爱他们,她是这样一个有力的小姑娘;可是她爱他们,觉得自己很乏力。

有时候,她也会去爱别人。

是同村的一个男孩子,姓杨,因为排行老四,所以简称"杨四"。他家是南京的下放户,住在她家的西北角。两家虽离得不远,可是平时并不来往。那一年,他大概十岁吧,在她母亲执教的村小学读三年级。就有一天,大概是农忙季节。他和她来到田头,给大人送水。两个人在田头坐了一会儿,离得远远的,也没有说上什么。她记得那是个炎热的下午,她听到了很多蝉声。

后来,她母亲就吩咐他们把一小捆麦秸抬回家,他似乎是爽快地答应了。两个人走在村路上,她走在前,他在后;一路上也没有说什么话,只觉得路很漫长。到她家门口时,他们停了下来,他似乎还有些留恋,执意要把麦秸送到院子里去,两个人在门口僵持了好一会儿。

她低着头,有一瞬间,她觉得自己离他已经很近了,她看见了他的脸,那是一张男孩子的脸,不丑,可是也不漂亮,五官有些含糊。站了一会儿,她就进屋去了,他也离开了。

她后来回想着这一幕,那个傍晚,非常安静的一瞬间,她觉得在她和他之间的空气里,一定有过什么东西,两人都很明白,然而又非常的模糊,微弱。她不是很喜欢。她是这样的一个小姑娘,她天生就

243

会去爱很多人，可是她的内心非常"清洁"，她不允许别人来爱她。后来她又看见了他，是在她家的门口，她正和一群孩子在空地上玩"跑方程"，他也加入进来了。她记得那天他穿着一件白衬衫，一开始，他是站在一棵槐树底下，他个子不高，站在槐树底下显得很瘦弱。

她一下子从队伍里退出来，领着她弟弟回家了。她弟弟不愿意，哭哭啼啼地跟在她后面，赖着不走，她"啪"地给了他一巴掌，弟弟便哭得更凶了。她说，你知道不知道，你知道不知道……她近乎声嘶力竭了。

她这一生爱过很多人，可能的人，不可能的人，意料之中的人，意料之外的人，丑的人，美的人，可爱的人，枯燥的人……都是与她不相关的人。她在爱这些人的时候，是与爱她的父母和弟弟不相同的——当然，这怎么能相同呢？

她爱这些人爱得坦白放松，即使在睡着的时候也会微笑，在微笑的时候会淌下眼泪；她也会掐自己的小手指，让它疼；她也会茶饭不思……可是过了几天，她就会忘掉了，开始重新爱另一个人。有时候她也会苦恼，她会同时喜欢两个人，那该怎么办呢？可是隔了几天，连这两个人也一块忘掉了。

她爱这些人，其实是爱得很苦的，她用了很多力气，有时候竟浑身颤抖。每当这时，她就觉得自己是很热烈的，跟她的外表正好相反。

那么她爱她的父母和弟弟呢，则完全是另一种了。

她非常平静，虽然有时候也会捧腹大笑，可是她是平静的。她喜欢一个人在太阳底下静静地坐着，并拢着双腿。院子里没有人，是一个晴朗的秋天的下午，她看见了蓝天和白云，那么高，那么远，她久久地看着，看了一会儿，她就淌下了眼泪。

她想，秋天的阳光那么刺眼，也许每个人在这太阳底下坐着，都会淌眼泪吧？

她抱着胸，把头抵在膝盖上，她的眼泪就会"哗哗哗"淌个不停，她觉得自己是伤心了。她那么爱父母和弟弟，所以她就伤心了。她伤心的时候总是要淌眼泪的，她淌眼泪的时候是无声的。

她从小就爱哭，自从踏进这个家门的第一天起，就哭个不停；她母亲有一次对她说，这不是个好兆头，你这样哭下去，将来也许是要倒霉的。他们从来不知道她是为什么哭的，她也不知道。

就像今天，她在这太阳底下坐着，是一个人，她看了一会儿蓝天和白云，想了一会儿父母和弟弟，她就哭了。

她哭，不是因为她不快乐，也不是因为她没有漂亮衣服穿，没有苹果吃；她哭，是因为她爱她的父母和弟弟，她不知道怎么去爱他们。她的爱从一开始就达到了极致，不可以多一点，也不能再少。

从来没有过这样的一种"爱恋"，它不热烈（也不可以热烈），可是它深广，她从生下来就注定要和它碰撞，她懂得了哀伤。

这是怎样的一种哀伤呢？

这个秋天的下午，她在院子里静静地坐着。偶尔，她也会站起来，掸掸身上的灰尘，接着又坐下了，看院子上边一方蔚蓝的天空。那样明亮的色彩，她是第一次看见。有一个静静的瞬间，她觉得她离一切都远了，她像白云一样在蓝天上飘着，可是她离它们仍是远的。

她又想起了她的弟弟，她想，她和弟弟真是很微弱的，他们像一粒灰尘，可是他们也会老去，直至死；很多年后，生命和情感从他们的身体内消失了，他们之间所有的一切，都像没有发生过的一样，就像世界上从来没有这样的一对姐弟，从来没有发生过这样的一段情感。……

　　现在，她已经彻底地平静了下来，她是这样一个安宁的小姑娘，她从不激烈，她内心有很多汪洋恣意的情感，可是表现出来时，她已经很平静了。一切绚烂归于平淡，只有她自己知道，她经历了怎样的一个过程。

　　她打开院门，倚门而立，田野的风从菜园子的深处吹过来；那一瞬间，她觉得一切都很明朗了，有天光的这个下午，可以看得见很多事物，村庄，农舍，草垛，一只猫从屋顶上跑过，芦花鸡在她身后啄食……有天光的这个下午，她明白了一些道理。

　　她走出院门，去找她的小伙伴玩，她的心情已经很开朗了，然而不知为什么，也觉得深深的悲哀。

四

　　姐弟两个渐渐地长大了，一样的单薄和苍白，姐姐高一些，弟弟矮一些。两个人的容颜也略微有一些改变，姐姐瘦了，清秀了，明朗了，弟弟呢，仍旧很含糊。

　　姐姐已经七岁了。她不再常常淌眼泪了。她仍爱着她的父母和弟弟，她的爱让她变得有力而坚硬。她和他们已经很熟了，他们越来越深地融入一体，她的生活嵌入他们生活的深处，天衣无缝。

　　她懂得了劳作和分工，做她力所能及的一切事情，她感到劳累。每天傍晚，她清扫院子，把鸡鸭赶进圈里，抱柴火到厨房；她弟弟呢，则在她的吩咐下，查看铁锹等器具是否物归原处，或者吃力地把粪箕里的土倒到门外的猪圈里……

然后姐弟两个站在院门口的槐树底下，等收工回家的母亲。

在黄昏的天色里，物体隐藏到黑暗后面去了，世界也消失了。只剩下了人。这时候，姐姐才看见了人。看见了她的家庭，她和父亲和母亲和弟弟……有一点点震惊。这是第一次，她以另一种眼光来打量着自己，以及她和家庭成员之间的关系。

她想，他们是谁呢？他们是父亲、母亲、姐姐和弟弟。可是除了这些以外，他们还是他们自己，在某一瞬间，他们与任何人都没有关系，他们很孤单。

就像现在，她和弟弟在院门口的槐树底下，一个倚树而立，一个坐在地上玩石子，他们离得如此之近，甚至听得见彼此的呼吸；这是深秋的黄昏，天色已经很暗了，然而她还能看见他长睫毛下的眼睛……她认真地看着他，有一瞬间，她差点认不出来他了。她想，他是谁呢？她知道他是她弟弟，可是她还是要问，他是谁呢？他离她那么遥远，她听得见他的呼吸，可是她觉得他们很遥远。他终于成了一个与她不相干的人，他的生老病死——在这一刻，她再也不关心了。……

现在，她只关心她自己。

她看着自己的手，那是一双小孩子的手，因为劳作的缘故，手上裂了口子，在寒风中皴得疼。姐姐轻轻地挤压手上的口子，有脓血从里面慢慢地淌出来。姐姐的眼泪也淌出来了，因为疼。这是第一次，她对自己充满了怜惜。她想，她才只有七岁，她在时间的风里走动，走过的也不过是一些田野和城市，看见了很多新奇的事物，家家户户的生活；窗户上贴着红鸳鸯，邻居的三喜娶新娘子了。……姐姐一年年地长大了，她从时间的风里走过，一步一个脚印地，小心翼翼地，然而仍保不住在那开怀的一瞬间，时间和外物对于她的伤害。利刃割破了她的手，沸水烫伤了她的身体，风沙刺痛了她的眼睛……

时间一寸寸地作用于姐姐，在她的身体上留下了伤痕；她看见了一个正在腐坏的自己，她的身体已经很粗糙了。

她的心呢，也是粗糙的。她不再是从前那个细敏的小女孩了。一个人，经历了很多事情，经历了伤害，哪怕只是肉体的伤害，也足以使一个人的内心变得坚硬而刚强，变得粗糙。所以姐姐觉得，她的心是很粗糙了。

再说，姐姐又遇见了她的弟弟，他是那样一个安宁的男孩子，体质柔弱；间或也有调皮开朗的一瞬间，眼睛坏坏的，露出一点笑泡儿。他大部分时候是懦弱的，贪吃、撒谎、不很有感情。五岁了，还穿着开裆裤，露出很肥的、像女人一样的可爱的屁股，走动起来时，轻轻地绞动着，有些吃力。静下来时，他便一个人坐在太阳底下，拢着袖子，眯缝着眼睛，像要盹着了一样。他的影子在太阳底下显得很薄弱，很孤单……他长着一张清秀纯净的脸庞，漫不经心地，有些无辜；是悲伤以外的某种情感，弟弟永远只有一种情感，同一种表情。……

姐姐想，她的柔软的美弟弟在想些什么呢？他想要什么呢？……她不知道。姐姐永远也不可能知道。

姐姐的眼泪快要淌出来了。她看着他，是一个和暖的有阳光的下午，她坐在门槛上做她的针线活，她的脚边搁着她外婆的针线匾子，里面有红的绿的黄的丝线。姐姐在学绣一朵花。是外婆给描的样子，一朵牡丹花。偶尔姐姐也会抬起头来，看见太阳底下自己矮小的影子落进了针线匾子里。她的头有些晕。也会看见弟弟，看见他一个人在空落落的院子里坐着，安静而沉默的。远处可以听见风声。蓝天和白云依旧很高远。太阳下的弟弟的影子也变长了，变弱了，一开始影子是在弟弟的左边，隔了一会儿影子就走到了弟弟的右边。姐姐知道，这是时间在走动了。

姐姐低着头在绣一朵花,很认真地;偶尔也会想起弟弟,想起来时就会觉得很心疼,也心疼自己,也心疼弟弟。就觉得平生受到了莫大的委屈,想哭。——就觉得他伤害了她。多么奇怪呵,弟弟并没有打她,也没有呵斥她,也没有冷淡她,弟弟只是在一旁静静地坐着,可是姐姐觉得他伤害了她。

姐姐在绣花的时候,在针插入花瓣深处的那一瞬间,也在想一个问题:她和弟弟之间的感情,他们的渊源在哪里?是什么使她和她的亲人们生活在了一起,互相依存?——是爱吗?姐姐不知道。

她抬起头来,拿针在头发上轻轻划了两下。阳光像水一样地荡漾在她的身旁,轻轻地跳动着。阳光还洒在她的脸上、手臂上,像极了一种小虫子,毛绒绒的,痒唆唆的。做活的时间太长了,脖子有些酸了,姐姐放下针线活,活动了一下脖子。

在那空旷的院子的当中,有一口井,还有一个水缸,水缸里蓄满了水,有阳光落在水面上。风吹皱了水面的那一瞬间,芦花鸡从缸边走过。……屋子里有辆笨重的自行车,还有"蝴蝶牌"缝纫机,床底的搭板上搁着母亲的一双布鞋,呈八字形微微地张开着,像注入了新的活泼的生命,正准备开始走路。

姐姐看着这些物体——她并没有分明在看,可是看见了,看得很清楚。物体与物体之间隔着很长的距离,彼此并不能联系,可是总有一种无形的东西把它们联系在了一起。活塞井和水缸,自行车和布鞋,沾满了灰尘的相片镜框,她和弟弟……世界像一间打开了门和窗的屋子,透体明亮。

姐姐在想着她和弟弟之间的关系……她坐在安静而开阔的天底下,

偶尔会听到虫子的鸣叫。人是小的，肃穆的，可是情感很大，很端庄。那样铁铮铮的事实，在那儿，无论如何都不应该怀疑的，可是姐姐还是怀疑了。

她想，她和弟弟的感情，他们之间的爱，真的就那么可靠吗？是天生的情感吗？很强烈吗？很单纯吗？

除了爱以外，是不是还有另一些东西渗入他们的情感中，比如恨（没有理由的那种），利益，力量的此起彼伏和交叉，男女之情，犯罪感和恐惧感……

是不是这些东西在左右着他们的情感，一点点侵蚀着原生的爱，使他们分不清彼此，分不清什么是爱，什么是恨；什么是对的，什么是错的。

姐姐坐在凳子上，膝盖上放着针线匾子，手撑在针线匾子里，身体整个伏在针线匾子上。有很长的一段时间，她认真地听着自己的呼吸声，很匀称地，气吐幽兰地。阳光渐渐衰落了，她地上的影子变得很轻，很淡，仿佛轻轻一抹就可以去掉一样。

姐姐知道，今天，她看到了另一个世界，这个世界也有规则，也有物体与物体之间的距离，和彼此的微弱的联系。也有人，也有情感和爱恋……可是在爱恋的背后，还有另一些东西，她不知道它是什么，可是她知道它是存在着的。

天色渐渐暗下来了，在那隐约之中，还能看见院门口的梧桐树枝上系着的一根红布条，在风中轻轻地飘扬着。世界在瞬间就恢复了它原来的面目，有原因和结果，有严密的内在的逻辑，不感伤，不热烈，不神秘。每个人都如履薄冰，在飞驰而过的一瞬间，也会遇见一两个他熟悉的人或陌生的人，也会有情感和爱憎，然而这都是不奇怪的。

姐姐大声地呼唤着弟弟，向他拍拍手掌，示意他起来干活了。弟弟应声站起来，跟在姐姐的身后（他向来都是很听话的）。她吩咐他把粪箕里的土倒掉，她自己呢，则在草垛旁垒着柴火，然后抱到厨房里。

有时候姐姐会从劳作中抬起头来，看见黑暗迎面砸下来，到处都是黑暗，可是不知为什么，姐姐却觉得她的世界慢慢变得清澈澄明了，浑浊的那部分下沉了，清扬的那部分升腾而起。姐姐从她的感情里走出来了，她现在能站在她的体外——一个遥远的地方来爱她的弟弟了。她的热情沉淀了，她变得明晰和冷静。

姐姐成"人"了。人的一切最基本要素在她身上已经具备了：热情，温良，理智，自私，道德律，对自身适当的控制和约束……不多的一点动物性已经从她的身上慢慢消失了。

姐姐想，是什么使她成为了这样？这是人的必然之路吗？在由"荒蛮"走向"文明"的过程中，人丢弃了哪些东西，对自身造成了哪些束缚，跨越了哪些障碍，血源的深情也是这种障碍吗？真的能跨越过去吗？觉得哀伤吗？

多年来，姐姐就是想着这些问题长大的。后来就不想了，因为有的问题想通了；想不通的呢，在她成长的过程中也慢慢地消失了。就忘了。

五

算起来，姐弟俩的感情是什么时候恶化的呢，姐姐也不记得了。

所能记得的就是她对他的爱，从见他第一面起，她就知道她会爱他。只不过是那样的一个男孩子，在很多年前她回家的那个傍晚，他突然出现在她的视野内。他的身底下骑了一根树枝，额头上有汗，夕阳在他的身后留下了影子。

可是她爱他，一定跟这些都没有关系。

他是个懦弱的男孩子，他是她的弟弟。他的瘦小的身体穿过时间之光，一寸一寸地长大。有一天清晨，他突然从厨房里跑出来，她在院子里看见了，她看见他的衣衫在清晨的风里飘舞；院子里没有人，天地在他跑过庭院的一瞬间，突然显得异常地空洞、遥远；她觉得他被淹没了，他融入了天地里，被凭空抹去了。

她在庭院里站了会儿，拿手去摸耳腮边的一颗痣，久久地摸着。四周非常安静，在那静静的一瞬间，只有炊烟飘过庭院。——她感觉自己的喉咙有些吃紧。

有一次，她告诉母亲，她害怕长大。是在阳光底下，她母亲伏在桌边改作业，她坐在一旁的凳子上，玩"折纸衣服"的游戏。

母亲便问："为什么呢？"

她低着头一直在做纸衣服，做好了，方才抬起头来说道："长大了，他该怎么办呢？他能做什么呢？"非常安静地说着话，声音很平安，可是她听得出来，她的声音里有哭音。

母亲也默然，摇着头，深深地叹了口气。隔了一会儿，母亲才说："那你呢，你对他这样不放心，可是你自己又能做什么呢？"

她把拳头轻轻地握在嘴边，用牙齿咬食指的骨节。她说："我是不怕的，过得不好，受再大的苦，哪怕死我都不怕的，可是他——"她觉得快要说不下去了，因为她的眼泪淌出来了，"他是不行的。他不能那样子的。"

母亲把笔放下，把本子合上，她看着她。她并不知道她这女儿，她才六岁，回到这个家庭也不过才两年，她所有的眼泪都是为她的五岁的弟弟淌的。

"我还害怕……"隔一会儿，她又说话了，但没有说下去。

母亲说："你害怕什么？"

"假如有一天我不喜欢他了，那该怎么办呢？"

"你会不喜欢他吗？"

"不知道……"她轻轻地摇着头，"因为时间长了……"她抬起头来看着前方，看见庭院的上空，有几片梧桐的叶子，在阳光底下；她没再说下去，也许她说了，可是声音很轻，她自己也听不清楚了。……

虽然姐姐也怀疑着，她和弟弟的感情，那样单纯伤怀的爱，迟早会出错，可是到底会错在哪里呢，她倒又说不清楚了。

就有一次，她领他走过一条小街的拐角，她走在前，他跟在后，不一会儿，她就把他甩在身后了。她站在一棵老树底下等他，回头看他，她看见了一个矮小的、懵懵懂懂的孩子，正在埋头走路，他的身后是空茫的天……她竟觉得深深的悲哀了。也不知为什么，初始她是爱着他的，到最后，爱的成分消淡了，只剩下了悲哀。

她看着他，便以为自己是站在一个很遥远的地方，居高临下的，彼此都够不着的——就像在看一个陌生人。她看着他走过来，低着头，脚踢着石子、蹦蹦跳跳的；偶尔他会抬头看她一眼，他的眼神是小心翼翼的，揣测的，惊恐的。

这不是第一次，他用这种眼神看她。她跟他讲过无数次了，她是他的姐姐，她爱他，她只会善待他，她从不会伤害他。他虽也答应着，点着头，可下次再看她时，他的目光仍是闪烁的、惊恐的，畏畏缩缩的像只小虫子。

姐姐便想哭。

她从没想到他们之间会是这样……从前她爱过他——最简单朴素的那种。她的爱让她凭空受了许多委屈，虽然她也没做什么，只不过是在太阳底下静静地坐着，想起他的时候便会淌下眼泪。大部分时间她是不爱他的，她有着自己的微小而整洁的世界，她的世界里还有很多其他的人物，以及人物之间的关系，友爱的，暴力的，自私的，冷漠的……可是在那业已过去的荒老的岁月里，哪怕她爱他只是一瞬间，她也得承认，她为他受了委屈。

他从不知道，当然，他怎么能知道呢？他是那样一个缺少感应的人。——他从不知道，在他一生的某一段时间里，他曾经被一个人关爱过，那个人是他的姐姐。她是那样一个明朗而坚强的人，可是因为爱他，她变得伤怀而感恩，她满腹幽怨，她不快乐，她的躯体变得格外地柔弱，一阵微风都可以把她吹得淌下眼泪。

心情好的时候，她会破例地讲很多话，坐在板凳上，并拢着双腿，偶尔会爆发出一阵大笑。他很少看到她有这样的时候，略略有些吃惊，可是隔了一会儿，他便也笑了。他是多么愉快啊！

她跟他讲起她从前的事情，很慢很慢地；坐在太阳底下，眯缝着眼睛，偶尔也会有风吹过，风把她的头发吹下来，她便会把发梢抿在嘴里。她叫他搬来板凳，像她一样坐着，坐在她的对面。有时候他也会学她的样子，并拢着双腿，把双手撑在膝盖上，瞪着一双清明的眼睛看她，认真地听她讲话。——她看着便会笑起来。

两个人离得是如此之近，以至于他能看得见她眼睛里的瞳仁，她的瞳仁发着光，里头也有他的影子。他的膝盖挤着了她的膝盖。她便会坐起来，把身体稍稍往后仰去。有时候她也会停下来，告诉他他的眼睛里有眼屎，他便会拿手背去擦眼屎。擦完了，她方才接着讲话。

讲故事的间歇，她偶尔会抬头看天，整个人显得异常地静默、空远。——他便也抬头看天，在他视线所及的地方，有高高的院墙，梧桐的叶子，还有蓝天底下正在飞翔的小鸟……他不知道她到底在看什么，是看蓝天，还是看梧桐树叶，还是看小鸟。他便回过头来看她的眼睛，她虽然仰着头，可是他很容易就看见了她的眼睛了。她的眼睛是很好看的，她有着水晶般明亮的眸子，闪闪发光的……弟弟看了很长时间，才突然明白了，那闪闪发光的原来是她的眼泪。

弟弟觉得很奇怪了。他想，她这是哭了么？——这不是她的第一次，从遇见她不久，他就知道她是个喜怒无常的人，常常由平安转向暴怒，由暴怒转而欢喜——对于她，他只知道她是他的姐姐，他身体之外的另一个人，与他有着亲密的血缘关系，可毕竟不是他自己。她欢喜的时候他也欢喜，她沉默着他便有些担心，她生气了他感到害怕。

他想，她到底是谁呢？她是他的姐姐，她也是个陌生人。

他就这样战战兢兢地坐在她的面前，低着头，他的眼睛落在了她的格子布的裤角上；也不敢问，也不敢拔腿就走，过了很长时间，他方才壮胆怯怯地问道："那后来呢？——你还会讲下去吗？"

她站起身来，弯腰捡起板凳，说道："不讲了，天也不早了，下次再讲吧。"轻轻地说着这些，非常温和地看着他，还笑了起来，露出她那不整齐的牙齿——她笑起来的时候是很好看的。

弟弟这才放下心来，他那亲切的小姐姐又回来了。他喜欢她看他时的眼睛，她的眼神不再空洞和遥远了，它重新充满着温情，变得非常的安静、朴素。偶尔也会有些嘲讽——对于她过往的情感——也有些不耐烦。然而这些弟弟都是看不出来的。

……姐姐走过小街的拐角，在一棵老树底下站住了，回头看身后那苍茫的天，她看见了她的弟弟，站在那小街的尽头，那天底下……姐姐觉得苍茫。仿佛在那一瞬间，什么都消失了，也爱过，也恨过，有过委屈和疼痛，有今生也不可以达成的那种默契和谅解，可是在某种时候也会有片刻的欢喜……然而毕竟都会慢慢地消散了。

　　从前她也这样看过他，站在一个很遥远的地方，以一种冷漠的、不相干的态度来回忆起从前，他和她之间的那一点一滴已经流逝掉的日常生活。

　　这次呢，她扶着一棵老树——是阴沉的下午天气，她领着他走过一条小街的拐角，一开始两人是并排走着的，偶尔还会作一些简单的交谈；不知为什么，走着走着她就生起气来了，又不好发作的，只好大踏步地往前走着，用了很多力气。

　　现在呢，她站在一棵老树底下等他，气还没有消，但正努力地克制着。她看着他，偶尔也会抬头看树冠，看见满树的叶子，一线一线的天色和云朵从叶子的深处漏进来。

　　有一瞬间，她觉得自己凭空往后跌了很远，跌到一个离她自己都很荒远的地方，来看着她自己，她的弟弟，她和他共同走过的日子。——便觉得一切都是很平常的，很多年以后，可不是一切都平常了么？只不过是一对普通的姐弟，天生就注定有很多不同，她爱他，可是他有点怕她，他看她的眼神总是瑟缩的，惶恐的。

　　如今，很多年过去了，他和她之间已经隔着很长的一段距离。她自己都不能相信，她爱过他，只不过是那样的一个男孩子，小，微弱，有一双迷糊的眼睛，因为他的存在，任何物体都显得庞大……就是这样的一个男孩子，他在她身上还投入了情感，凭什么呢，她摇了摇头，竟叹息了。

她又抬头看了一下天色，天更加阴沉了，是要下雨了么？远处有风吹过来，刮起漫天的尘土。小街的尽头突然出现了两三个人，急匆匆地，身子向前探着，一晃而过。她弟弟也跑起来了，捂着头，一步一摇的——他的鞋有些不跟脚。姐姐才知道果真是下雨了。

她把衣服裹了一下，往树干上更紧地靠了靠。她想，今天有什么不一样吗？——人也还是从前的那个人啊，有肉身和情感，也需要呼吸，也需要吃饭——也还在爱着——可是她觉得她对他很不一样了。

他在她面前站定了，拿袖子去擦头上的水。两个人很长时间没说话。他侧头看了她一眼，她的脸色铁青，他愣了一下，很惶恐地，又举起袖子去擦头上的水了。

仅仅在一瞬间，她突然暴怒了起来。她看着他，非常冷漠地，她从来没有像今天这样，对她身边的这个男孩充满了怨恨和鄙夷。从前她爱过他，是的，她知道，她的爱让她受了很多委屈；从前她不快乐，是的，她一直不快乐。——可是她知道，今天她这样恨他、瞧不起他，一定跟这些都没有关系。她的恨在她的体内。

从见到他的第一面起，她就知道这一天迟早会到来；她从来就知道，她对他的爱是不可靠的，脆弱的，应该值得怀疑的；她知道它会坏掉、烂掉、碎掉。有一天她会打碎它——她非打碎它不可。

她是这样的一个有力的小姑娘，她坚硬而明朗，她有着骨子里的真正的冷漠。是因为爱，才把她变成了另一个人，爱把她全毁了。它伤了她的心，也毁了她的身体。

她看着自己的躯体一天天地长高了，变瘦了，却更加的结实和茁壮了。嗨，她有什么办法呢，她更加的结实和茁壮了。

她把他叫到跟前来，起先也并没想打他，不过训斥两句，撒撒气就算了；可是她看见了他的眼睛，那是一双平静的眼睛，看不出个子丑寅卯来，可是她还是着实地气恼了一番，她想那一定是他的神情，瑟瑟缩缩的，有点萎，像只动物。

她把他唤过来，一只手撑在树干上，为了镇静她自己，她的小手指在树皮上摩擦；另一只手展指向他伸开。她哆嗦着嘴唇——她发现她的全身都在颤抖，她的身体是绵软的，更是有力的。今天，她有许多话要说，——关于他，她有很多话：他的懦弱和无情，他的可耻，他甚至还偷钱。他偷钱做什么，啊？他偷钱是为了买东西吃……她要说很多，她瞧不起他，她恨他，她要伤害他。他是这样的软弱，不伤害他伤害谁？

她要说的并不是这个，可是她要说什么，她自己也不知道。

她说："今天我不打你，啊？你知道，今天我不想打你——"她拿手指点着弟弟的脑门，敲得铿锵作响，"但我告诉你，你别惹我生气。……"话还没有说完，她的眼泪已经淌下来了；脸色仍是铁青的，脸上的表情很坚硬，有点扭曲。

弟弟站在一旁，弓着身子，哆嗦成一团。他的眼泪淌下来了，抽抽泣泣的，又想哭，又不敢哭。姐姐见他哭了，自己越发觉得委屈，便撕开嗓子痛哭几声——势必压过他的。雨下得更大了，滂沱似的，两人虽站在树底下，周身竟淋得瓢浇似的，没一个干处。

她在树底下蹲了下来，低着头，拿双手搂住肩膀，很紧地，她觉得自己快要喘不过气来了。雨水砸在她的脸上、头上、脖子上——她那小而茁壮的身体上，一点点都感到疼痛。雨水从她的衣服里淌下来了，很重地，她觉得自己的身体已经快撑不住了。

有好几次，她想抬头看他，可是她不敢，也不能。她将会看见一个弱小的、值得怜惜的孩子，看见外物怎样作用于他的身体，在他的身体上留下了伤痕。看见他正在忍受着屈辱,这屈辱来自于他曾经很依赖的人。

现在,他离她已经很近了,仿佛又很远,隔着一道又一道的雨帘,他和她始终不能走近。他站在雨里,捂着眼睛,嘴里"咿咿呀呀"哭个不停。有人从他们身边走过,打着伞,看着雨地里的这对奇怪的姐弟。走了很远,仍禁不住回过头来看着他们,终于一点一点地远去了。

六

弟弟五岁那年,跟着父母和姐姐来到城里,住在水利局家属区的大院子里,院门口就是 H 城最繁华的街道,一个人的时候,弟弟会倚在门口看街景,看见很多人从街上走过;还看见街的斜对面有一家理发店,不知为什么,就记住了。……后来长大了,经历了很多事情,对于童年最深的记忆还是家门口的那间理发店,开着门,梧桐树叶遮住了门上的半块玻璃;他远远地看着,一开始,他还是在看玻璃,后来他就不知道自己在看什么了,非常遥远的一种感觉,不疼痛,不爱,也不恨。

这是弟弟常有的一种感觉。

——弟弟自己也记不清楚,他挨了姐姐多少打,他受了多少她的呵斥、辱骂,简直没有来由的,有时候两个人正在说笑,她就会跳起来打他。一开始弟弟也反抗,后来就不反抗了,因为知道没用。

每次打完了,惊动了父母了,该抚慰的抚慰,该惩罚的惩罚了……弟弟就会一个人来到这街头,贴墙站着,手背在身后;一抬眼就会看见马路对面的那家理发店,看见被梧桐树叶遮住的那半块玻璃;有时候是冬天,梧桐叶凋落了,梧桐树枝还是在着的,把玻璃分成一块一块的。弟弟看着,看了一会儿就回家了,非常遥远的一种感觉,也不疼痛,也不爱,也不恨。

姐姐的脾气一天天地大起来,有时竟很粗暴;她是天生坏脾气的,然而她打弟弟也许跟她的脾气并没有多大关系。她爱他吗?——是的,她很爱他。她恨他吗?——不知道,真的,她不知道。

从前也有过这样的时候,为一点小事就打他,有一次母亲看见了,非常的吃惊。母亲抱着弟弟,查看他的手臂上是否有伤痕,母亲说:"我从来没想到你会打他,因为他是你的弟弟,他才只有四岁……"她说着摇了摇头,吁了一口气,觉得很可怕了。隔了一会儿,又说:"你曾经那么喜欢他,你还答应过我,你要好好善待他,你忘了吗?"母亲认真地看着她,低着头直问到她脸上来,"你忘了吗?"

姐姐转过身便哭了起来。

又有一次,打弟弟打得重了一点,弟弟便跌跌爬爬地跑到父母处告状。母亲抱起弟弟,好半天没有说话;父亲在一旁喝问她:"你为什么打弟弟?"——她站在屋子当中,低着头,觉得自己是震了一下;父亲的声音并不大,然而姐姐觉得自己的身体震动得很厉害。满屋子都是父亲的声音。在她视线所及的地方,有桌椅的木腿,碎纸屑子,从墙上耷拉下来的一幅画……满屋子都是父亲的声音。

她不知道怎么回答。

母亲转过头来,母亲的眼里有泪水。母亲说:"你不是在打他,你是在折磨他;他还是个孩子……你不能伤害他。"母亲的眼泪终于淌了下来。姐姐的眼泪也淌了下来。……

这已经是从前的事了。一年年地过下来，在姐姐和弟弟的关系中，时间带走了很多东西，也改变了很多东西；但是只有一点没带走，那就是疼痛。弟弟为什么会觉得疼痛呢，因为总是被姐姐打；姐姐为什么打弟弟呢，因为她感到疼痛。

有时候，姐姐觉得自己已经完全脱离了从前的情感，她再也不会去爱人了。她现在自私、豁达、美好。她是这样一个安宁的小姑娘，她灰败的容颜将来会变得很美好。

有时候走过一条小街的拐角，小街上没有人，静静的晌午人们都睡去了，窗玻璃上有蓝天的倒影，流云从玻璃上慢慢地淌过。不觉又想起了弟弟，想着他将来会成为一个什么样的人——她真是不放心啊！有一个恍惚的瞬间，她觉得从前的一切仿佛又回来了，虽然很多年过去了，斗转星移了，人也不是从前的那个人了；虽然原初最单纯明亮的情感到后来也慢慢地走了样，然而在那晌午的阳光底下，她看见了自己微小的影子……不由得又停住了脚步，内心禁不住一凛，觉得很伤心了。

这一天在饭桌上，又不知为了什么，她拿筷子抽弟弟的脸，弟弟举起碗挡着，碗掉下来，饭菜洒在桌子上。他低下头，半天没有声响，后来拿袖子擦眼泪。母亲俯身安慰他，查看他的脸、手臂是否有伤痕。她递给弟弟一把筷子，对他说："去，她刚才是怎么打你的，你就怎么打她！"母亲的话在空旷的屋子里慢慢地荡漾开来；饭有些凉了，汤顺着桌沿往下淌，一支筷子安静地躺在墙角，猩红的颜色。

弟弟似乎没有听见母亲的话，他把脸藏在桌子底下，身体抽搐得厉害。姐姐看着他——她的心在发紧。她不知道他是否听见了这世界的一点声响。他将如何感应？他的可爱的肉脸，怯弱的眼神，巨大的时间潮中——一点点的摧残和伤害。

姐姐站在门口,看见了自己在太阳底下的影子,仓促地赤着脚,披头散发,屋子里的一切,凌乱而败坏。她看见母亲站在五步开外的桌边,母亲的左手捏着一根木棍,右手在剔牙。姐姐突然打了一个寒战,她在想——是呀,她在想,死是一件多么美好的事情啊!

母亲并没有打她,她以一种与这种场合极不相称的冷静的眼神看着姐姐。她说:"他是你弟弟。他跟你是不一样的人。你不能这样待他。"母亲的话句句顶真。她是把它当作话来说的——她只能这样了。

母亲也许什么都明白了,她的内心透彻明亮,可是她又能明白什么呢?

静下来的时候,姐姐也会想想自己,想着她是一个什么样的人,她为什么如此残忍地对待她的弟弟,想了一会儿就睡着了。是冬天的午后,她躺在自己的小人床上,拿被子捂住头,泪水沾湿了被角。

很多年后,姐姐仍在想着这个问题,到她成为一个少女,一个青年;她渐渐地老了,结了婚,生了孩子,她已经是一个中年妇女了,仍在想着这个问题,她为什么残忍地对待她的弟弟。她为什么?

似乎有千百万个理由,然而每一个理由都不成为理由。她在爱着,她那么温绵善良,她弟弟也是温绵善良的,他们彼此充满着静静的、深厚的情感。他们应该互相善待。

星期天的上午,大人都上班去了。初冬的阳光照在屋子里的茶几上,"红灯牌"的收录机里苏小明在唱歌。姐弟俩守在沙发的两旁,拢着袖子,非常快乐地、认真地听歌,都有些茫然。

日子那么漫长,冬天照样的冷,冷得无处可藏。苏小明是个可爱的姑娘,听说她已经二十六岁了。她现在在干什么呢?她生活得幸福吗?

姐姐对弟弟说:"你已经十岁了。"

弟弟睁着眼睛,想了想,有些吃惊。"是噢,都十岁了,那么快。"他爽朗地笑起来。又说:"那你呢? 也十一岁了——那么大了。"姐姐也笑了,眯着眼睛,仿佛一下子不能接受。

夏天他们会躲到屋子里说话。各自屈膝抱腿,很乖的样子。说到开心处,会大声地笑出来。有时候也会撒一些娇,娇嗔的样子,很轻巧,都是把对方当作异性来看了。母亲进入屋子,看着被热气焐得汗流浃背的一对儿女,奇怪地问:"在屋子里干什么? 也不嫌热?"答曰:"在说话。"齐声笑了起来。……

最快乐的时候也是最危险的时候。姐姐往往在这时突然动起怒来,她听见了自己的笑声戛然而止,她的肌肉紧张而有力,她的神情,在瞬间变得格外地坚硬。

弟弟抬起头来,他的笑声也戛然而止了。他抿着嘴巴,侧头看着窗外,绿色的纱窗上有两条金鱼,在阳光底下显得格外醒目。屋子里非常安静,偶尔也会听到间歇的蝉鸣,在那蝉鸣的背后,弟弟也听见了自己心跳的声音,一下,两下,不知是快了还是慢了。

姐姐立在窗前,他看不见她的脸色,然而他知道她的脸色一定是很难看的,她生气的时候总是很难看的。她打开一个抽屉,又一个抽屉,他听见了她的手触碰到纸张时所发出"窸窸窣窣"的声音。她关上抽屉,又是木头撞击的声音,并不很响,然而他知道她是用了一些力气的。

弟弟从墙角站起身来,如果这时候他走出房间,必须经过姐姐的身边。他犹豫了一下。他看着她的背影,瘦而高的,她只比他大一岁,然而从身量上却要高出他许多。他喜欢看她的背影,因为背影是没有表情的。他顶害怕她转过身的一瞬间,她的脸。她的脸也是没有表情

263

的，木然的。她有一双非常大的眼睛，双眼皮很沉厚，眼皮的后面没有内容。整个儿像个死人，死人的身体里也积蓄着力量。

姐姐转过了她的身体，她发现她的眼里有泪水。她看着他，他也看着她。——他也发现了她的眼里有泪水。

她对他说："你走吧。"她的声音很轻，很平淡。

他长长地舒了口气。——今天她并没有打他。他低着头，从她身旁走过，走到门口，推开纱门，闪身而出。纱门自动关上了，在他身后发出"哐当"的声音。今天她并没有打他。……

七

姐弟俩现在难得说一句话了，他们读的是同一所小学，她念四年级，他念二年级。有时候两个人会结伴上学，一个走在前，一个走在后，冷漠、不相干的样子。走过家门口的一条马路，过了十字路口，两人就分道扬镳了。各自沿着不同的路向前走着，越走越远了。

两人的世界都空前地开阔起来，出现了很多新的有趣的人物，二（1）班的杨小丹是从新疆来的，陈家培去省里参加作文竞赛了，王敏敏是校花……陆玉明上课时爬桌底，像个小耗子一样，笑死人了。

回到家里呢，面对的仍是从前的环境、房间和人，窗台上放着一盆万年青，还有一盆仙人掌，仿佛从来就在那儿，还将永远在那儿。

姐姐的脾气更加暴躁了。她学会了摔碟子打碗，和父亲顶嘴，和母亲生闲气。平时尚好，逢着寒暑假，必有一场大闹。打得最多的还是弟弟，打完了，两败俱伤了，姐姐就会在那静静的空气里待着，待得久了，连自己也恍惚了，竟不知身在何处。有一瞬间，她觉得自己仿佛失去了那微小的肉身的所在，她掐着自己的手腕，温热的，软而光滑的，——左不过是那轻微的肉的感觉。偶尔也会摸到脉搏的跳动，很急促地；她听到了自己微弱的呼吸声，她的身体已经瘫软了。

她弟弟倚在墙角，双手圈住头，他的手臂上有青一道紫一道的伤痕。他低头哭着，一开始是认真哭着的，哭到后来就忘了，也不知自己在哭什么了。偶尔也会侧头看自己受伤的手臂，原已是不哭的，这一下却哭得更气壮山河了。

她打他，他从来不还手，能躲则躲，躲不掉的，就由着她打。她要打到他臣服才罢，他却又不答应了。她哭着说："你起来，起来把脸洗干净了，我就不打你了。"又说："你向我认个错儿，就说原是你错了，下次改正，就喊一声姐姐……"

他低头擦泪，认真地听她说话，等她说完了，"呜呜啼啼"地却哭得更响了。

她拿双手搬住他的脑袋，夹紧了，对着他的脸问道："你没听见我的话是吗？你的耳朵聋了是吗？——"她说着哭了起来，道，"你拿这个报复我，你报复我！"她再也忍不住了，她掐他的脖子，她和他扭在一起，她把他的头搬起来往墙上撞，她自己的头也往墙上撞，她听见了她头皮撞击的声音，天花板、桌椅、窗外阳台上晾晒的衣服，在她面前旋转了起来……也不知闹了多长时间，两人终于歇息了下来，他吃了亏，但她也没占到半点便宜。

她在屋子里坐着，是一个酷热的夏天的晌午，屋子里略显阴凉。墙壁上的挂钟已打过十一下了，父母也快要下班了吧？姐姐突然打了个寒战。她坐在那儿静静地听钟摆的"嘀答"声，很清脆地，屋子里更显安静了。

她看着他，他瑟缩在墙角，气息奄奄，她听到了他那粗重的喘息声，——这次打得确实重了一点。偶尔他会抬起头来看着她，他的眼里有小鹿般惊恐的神情。她想，她已经认不出来他了，他是她的弟弟，可是他们现在是如此地生疏和遥远。

她自己也没有想到，她和他会有今天，从前她爱过他——最广泛开阔的那种。一个明朗的深秋的下午，她一个人坐在庭院里为他淌眼泪；她带他到春天的田野里割野菜，她远远地看着他，看着风和时间从他身旁经过了，她就觉得自己在淌眼泪。她走在他的身旁，去村头接周末回家的父亲，偶尔她会侧头和他说一两句话，都是一些极简单的话，语气很平淡，在空气中静静地震颤着——这些话至今还留在她的记忆中。更小些的时候，她和他还在一张床上睡觉，睡在一头，清晨他们会一同看窗棂外的天空，也会说一些话，她说话的时候，他就伸出舌头够他自己的小鼻子。

如今很多年过去了，时间在他们之间拉下了间隙，使他们彼此嫌恶，彼此生疏和陌生。时间也改变了她很多，挫败了她的情感、尊严、和对自己不多的一点爱怜。——现在她一点也不爱惜自己。她嫌恶自己比谁都厉害。时间还改变了她的形体和容颜，使她从一个女童到少女，从一个少女到女人……她十二岁那年来了"初潮"，她就对自己说，是从这一天开始，她已经成为女人了。

她弟弟呢，仍是从前那个光溜溜的小孩子，人高了、瘦了，扁平的，更加懦弱了。姐姐便想，真好啊，时间还没有在她的弟弟身上留下阴影。她怎么能容忍他长大呢，他那么温绵善良，一阵风都可以伤害他，她怎么能容忍时间伤害他呢？有时她想，他们中的一个人要是死了就好了，死了，一了百了；死了，他们就再也不会互相伤害了。

她扶着墙壁站起来，伸了一下懒腰，头仍是隐隐作痛；屋子里的空气很沉重了。她要到室外去。后门口是一条小街，她沿着小街走路，偶尔也会在一家五金店前停下来，看看玻璃柜台里的电线和电插座。看了很久。

她在一棵老树底下站住了，一抬头就能看见小街的对面她的家，在二楼，玻璃窗上有耀眼的光芒。窗户有一扇是关闭着的，是厨房，厨房的左边就是她的卧室了。她弟弟的卧室在那一面，她是看不见的了。

她在树底下站着，树叶很茂盛，有阳光洒在她的身体上、衣裙上。偶尔也会有风吹过，风吹过的时候，对面巷子里的一条狗正在吐着舌头。越来越多的自行车从她面前穿梭而过，也有正在行走的人，走过她的身边，脚步稍稍带起了她的裙角。……在那一瞬间，她仿佛突然怔住了一样，她看着这些人，这条狗，这夏蝉……这些活泼的、尖锐的生命，在这正午的阳光底下，突然变得静默了。阳光有一阵是弱下去了，可是还留下了人的轻淡的影子，矮小的、虚弱的，惶然而过。人们"叽叽喳喳"地说着话，发出笑声，可是她听不见他们。——一切都像在梦中。不知是真的还是假的。

她抬起头来听树丛深处的蝉鸣，很认真地，听了很久。阳光重新强大了起来，发出白炽的光芒。——在那样白炽的阳光底下，她觉着悲凉。

她拔腿就往家里跑，穿过一条漫长的小巷，院墙，二号门的楼梯，自家的门口……她又看见他了，他仍坐在客厅的地上，两腿盘起，正在划墙；一横，又一竖，他有着细而长的指甲，在墙上留下了一道又一道的指甲印子。

她在他身旁半蹲了下来，她拿起他的手臂看着，紧紧地贴在她的脸上，她抱着他，失声痛哭。她说："是姐姐错了，姐姐本来没想打你，姐姐是个可恶的人，……姐姐下次再也不打你了。"

弟弟原是哭着的，这时却突然噎了声，那可怕、沉默的一瞬间，屋子变得阴凉。他畏缩在墙角，背对着她，身体抽搐得厉害。不一会儿，他重又哭起来，哩哩啦啦地哭诉着他自己也听不清楚的话。

她也哭了起来，一切全错了，事情不是这样子的。她打他，不为别的，只是打他。一开始有点不快乐，后来打着打着就恨起来，他的懦弱和不争气。甚至他对她的误会，他把她当作了另一个人，一个外表上看上去的那个人。

他终于开口"说话"了——他微弱地叫了声"姐姐"——她的眼泪再次夺眶而出。天知道她多么爱他。她喜欢他干净、温和、好脾气的样子，就是现在，他像个婴儿。他为什么不早"说话"呢？事情本来不会这样糟的，她要的不过是他的一句话，一个眼神和手势，微弱地屈服着，像个女孩子。

母亲下班回家了，看见亲爱的儿子青头紫脸，满脸伤痕，便明白是怎么回事了。她板着脸朝姐姐走来，还没走到她跟前，姐姐就跪下了。母亲手扶着沙发，眼泪不禁落下来。她哭道："你总得告诉我是什么原因吧。弟弟就是犯了错，也由不得你来管教。现在人都被打成这样子了，你总得有个理由吧？你恨他，总归也有恨的理由吧？"她又转过头来对父亲说，"我自己养的儿子，我从来舍不得打，凭什么要由她来打？她凭什么？"

她再也忍不住了，上前扯住姐姐的头发往墙上撞。姐姐弓着腰，拿手捏住母亲的膀子，护着自己。她哭了起来，然而内心还是坚挺的，站在制高点上，不肯屈服。她抬头平静地、干巴巴地看着母亲，她让她感觉到一种分庭对抗的力量。母亲更是发了疯了似的掐她的脖子。姐姐一动不动地贴在墙上，感觉到呼吸的急促和困难，力量从她的体内散发了，生命变得气若游丝，——她闭着眼睛，不挣扎、不还手，她等待着生命以一种极端的方式结束。

她贴在墙上，看见母亲的身体变得越来越模糊，像狰狞的影子。——她一点也不恨她的母亲，她爱她，她曾经那么信任她。很多年前，她是个美丽、温良的女人，她有很多情感。很多年后，她老了，粗糙了，臃肿了，脾气越来越暴躁了。也许在她心情很好的时候，或者是晴天，她的手触碰到了一块有机玻璃，她就会想起很多年前，她自己，她的一双儿女。想起那些在阳光底下的日子。可是她再也不会知道，在她一生中的某一段时期，她曾经被一个人爱过，那个人是她的女儿。——那时她也不过才五岁吧！就为了爱她，这个当年只有五岁的小姑娘吃了许多苦头，她为她淌了很多眼泪，——她再也不会知道。

她同时也不会知道，很多年后，她的"爱过"的女儿会突然变成了另一个人，她残忍、坚硬、无情、忧郁……她常常会失声地哭起来。——连姐姐自己也不知道，在这漫长的时光之流中，到底是什么起了决定性的作用？她看着她身处的世界一寸寸地腐败了，人衰老了，肉体腐烂了，情感不纯良，……它跟她小时候看到的世界完全不一样了。

她还记得小时候，她和父母弟弟同床共眠的情景。是夏天的晚上，一家人躺在凉席上，在院子里乘凉。母亲穿得那样少，她甚至光着上身，露出耷下的乳房，姐姐笑着打趣时，她便会笑道："是自己的儿子，怕什么？"口气干净明朗，是说给弟弟听的，竟带有女人撒娇的口气。姐姐呢，则穿着短裤和胸衣，因为小，还没有胸脯，愈加喜爱自己的纯洁。父亲半躺着，正在抽烟，手臂围在脖子上，露出浓密的腋毛。姐姐并不朝他看，只安静地坐在他的脚头，偶尔她会搭讪一些话，自言自语地，自己先笑起来。——他们说着话，吃消暑食品，然后重新躺到床上，姐姐和母亲一头，父亲和弟弟一头，盖宽大的毛巾被，享受着亲密无间的肌肤相触的乐趣，敏感着彼此的体温和体香，父母对孩子，男人对女人。那裸露的身体及四肢、体毛，光滑清洁的肌肤，浓郁芬芳的夏夜，——他们躺在一起。一家人简直是天真了。

她喜欢那样的晚上，那么安静，没有邪念。四个简单的男人和女人，朴素的生活。她聆听着父母和弟弟的呼吸声，骨骼翻动的声音，声音如此清晰明朗，时间在此间凝固。她抚摸着母亲的身体，有些潮湿，柔软的体温和淡淡的肉香，如此真实。她的手从父亲和弟弟的脚背上轻轻掠过，并不碰他们，她能感觉到那两个男人宽厚结实的身体，在夜深人静的背后，她感觉他们。呵，她曾和他们同床共眠，她珍惜这些。

她贴在墙上，静静地看着母亲，她的眼泪淌下来了。她对自己说，她回到这个家庭已经十年了。她为什么要回来？这整个是一场错误，她遇见了她的父母，然后是她的弟弟。她和他们发生了一些情感纠葛——这样的情感里有许多委屈。她以一种不可遏制的力量成长，波及到许多人——然而她总觉得自己受到了莫大的伤害，再也补救不回来了。

她想她应该离家出走，到一个陌生的城市生活。她走遍那个城市的所有街道，希望寻访到一个男人，一个长着络腮胡子的陌生男人，粗黑、丑陋、模样吓人。他们走进城市深处的旮旯里，正确地拥抱。——为什么不呢？爱一个人，在她是早就懂得、无师自通的。她才十五岁，可是这不要紧。这很好。她父母、弟弟在一旁看着，都有些目瞪口呆了。……

　　她走在她十五岁那年的小街上，是在夏夜，她又听见密密麻麻的蝉鸣，像一张无穷无尽的网。街上没有暴力事件发生，没有情杀。时代与城市都显得过于正确了，男人们不知在干些什么？——她走在自己的城市里，被悔恨和爱恋折磨着，被自尊折磨着，被一种广大无边的力量所困扰，她的眼泪终于忍无可忍地又淌了下来。

　　是一种"爱恋"，她想着，后来变成一种仇恨；再后来就是隔膜了，像她对弟弟，说到底还是疼痛，是打和被打的感觉。也不晓得怎么弄成这样子了。